일요일의 철학

일요일의 철학

조경란

소설집

창비

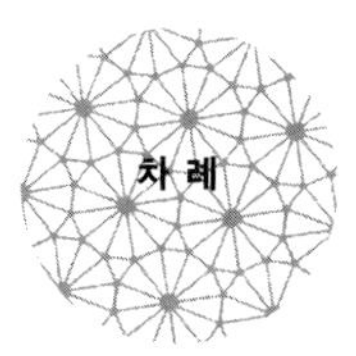

차 례

파종

어제는 달에 갔습니다. 보름이 가까운 달은 쑥갓의 꽃을 커다랗게 확대해놓은 것처럼 속은 샛노랗고 달무리가 진 바깥은 둥글고 희게 빛나고 있었어요. 밤이 아니라면 태양과 다를 것이 없어 보였지요. 진짜로 먼 데로 오게 돼서 다행이라고 생각했어요. 이곳에도 봄바람이 부는지 아직 쌀쌀하고 한기가 느껴졌어요. 우두커니 앉아 방금 떠나온 곳을 바라보았어요. 그저 보고 있기만 해도 놀라운 장면들이 있지요. 새벽빛을 받은 에메랄드빛 빙하와 검은 초록빛 육지는 여신이 떨어뜨린 거울처럼 조각조각 흩어져 빛나고 있었어요. 바다는 말할 것도 없었지요. 진화론의 첫 단서를 찾는다면 거기는 단연 바다가 될 거예요. 그것은 그것 자체로 느리고 위엄있는 생물 같았어요. 수면을 솟구쳐오르는 대왕고래들도 있고 가오리도 있었어요. 무리 지어 다니기를 좋아하는 바다코끼리들이 해안가에서 뒹굴고 있는 것도 보았어요. 길이도 굵기도 제각각 다르지만 모두 뾰족하고 단단한 송곳니를 갖고 있는 녀석들이지요. 그 송곳니로 때론 무심히 상대를 찌르기도 하고 자신을 쿡 찌르기도 합니다. 바다코끼리를 보다가 식구들을 떠올렸다면 그건 바로 저 송곳니 때문일 거예요. 다만 우리는 찌를 때마다 좀더 오래, 몸속 깊이 서로의 송곳니를 작살처럼 쑤셔넣었거든요. 대단치는 않습니다. 한때 그런 적이 있었다는 거지요. 이 이야기는 그 시간이 지난 어느 해 3월의 이야기가 될 겁니다.

*

도쿄에 살고 있는 동생에게서 전화가 걸려온 것은 2월 둘째 주 금요일 저녁이었어요. 자전거를 타고 건널목을 건너다 신호등 앞에 설치된 보호대에 트렌치코트 자락이 걸려 넘어진 모양이었어요. 왼쪽도 아니고 오른쪽 팔목을 깁스하고 돌아오는 길이라고 했어요. 동생하고 통화한 사람은 어머니지만 이쪽 식탁에 있는 아버지와 나도 이야기를 전부 알아들을 수 있었어요. 그러니까, 뭐라고? 넘어졌다고? 자전거 타다? 애들 데리러 가다가? 어떤 팔? 오른쪽 팔을? 이렇게 상대방이 하는 말을 되물어가며 통화하는 게 어머니 버릇이거든요. 그것 참. 아버지는 입맛을 다셨어요. 술이 마시고 싶을 때 그러는 것처럼. 나는 아무 소리도 못 들은 척 젓가락으로 산나물을 뒤적거리고 있었어요. 전화기를 안방으로 끌고 들어갔다가 나온 어머니가 통화를 다 끝냈는지 다시 자리에 와 앉았어요. 누가 좀 와줬으면 하는데, 이은이가. 왜? 아버지가 물었어요. 왜긴 왜야, 오른쪽 팔을 깁스하고 있는데 당장 살림은 누가 하고 애들 뒤치다꺼리는 어떻게 해요. 슈우이찌는 저녁 일곱시나 돼야 퇴근하고. 이은이가 넘어진 게 마치 아버지와 나의 책임이라도 되는 양 어머니가 숟가락 등으로 식탁 유리를 소리 나게 쳤어요. 그 기세에 놀라 우리는 얼른 고개를 수그리고 말았지요. 그럼 누가 가나? 만회하듯 아버지가 먼저 말을 꺼냈어요. 잠시 침묵이 흘렀어요.

시 외곽에 자리하고 있는 대학의 교무처에서 오랫동안 일했어요. 여상 때부터 아르바이트를 하다 들어간 학교였어요. 그래서였는지 취직하는 데 어렵지는 않았어요. 대학을 졸업한 후부터 치자면 거의 십삼년이나 재직한 셈이군요. 하는 일이라고는 특별한 것이 없었어요. 행정에 관한 서류 정리를 하는 게 대부분이었지만 일년 중 3월과 9월은 달랐어요. 새 학기가 시작되는 달이기도 하지요. 그때는 등록금 미납 학생들의 연락처를 찾아 하루 종일 자리에 앉아서 전화를 하는 게 주된 업무였어요. 행정직을 시작한 지 한 오년쯤 지나서부터 맡게 된 일이었지요. 서둘러서 등록금을 좀 내주었으면 좋겠다,로 시작되는 친절한 전화는 자동 제적 처리될 때 딴소리하지 말라는 협박으로까지 이어지곤 했어요. 그런 협박전화를 할 때면 끈적거리는 검은 타르처럼 내 피가 맹렬히 끓어오르는 것을 느끼고는 했어요. 내 돈도 아닌데 말이에요. 그것은 희열 같은 것이었을까요. 얼굴도 모르는 상대방이 내 전화 한통으로 단박에 기가 죽고 사정하는 게 뜻밖의 즐거움을 준 것은 사실이에요. 내가 의기양양해지는 것은 오직 그때뿐이었으니까요. 그러나 지나치게 극적인 설정은 신빙성을 잃게 마련인 것처럼 그 즐거움은 곧 모멸감으로 바뀌었지요. 제풀에 나가떨어진 채 화장실 변기 뚜껑을 내리고 앉아 집에서 스타벅스 텀블러에 담아온 맥주를 찔끔거리기 시작했던 거예요. 차가운 맥주도 좋지만 김이 빠지고 적당히 눅눅해진 맥주는 취기를 빨리 느끼게 할 뿐 아니라 공복에도 그만이거든요. 3월과 9월만 없으면 어려운 대로 살아볼 만한 인생이라고 생각했어요. 그러나 2월 다음에 4월로 건너뛰거나 8월 다음에 10월이 오는 일은 한번도 생기지 않았지요. 업무를 바꿀 수 있는 기회도 없었고요.

일을 그만두게 된 것은 등록금을 안 낸 학생에게 전화를 건다는 것이 그만 학적부에 적힌 그 부모의 전화번호로 전화를 건 게 발단이 되었어요. 저는 다짜고짜 학생 이러면 정말 학교 측으로서도 곤란하다, 추가납부 기간까지 넘기면 자동 제적이다,라고 말해버렸지요. 시종일관 침묵으로 버티던 상대가 제 이름을 묻더군요. 그런 일은 처음이라 얼떨결에 아, 저는 이이송이라는 사람인데요, 하고 말해버렸어요. 다음 날 머리카락과 옷차림이 푸들 같아 보이는 여자가 교무처 문을 밀고 들어와 대체 이이송이라는 직원이 누구냐고 소리를 지르기 시작했지요. 나중에 알게 된 사실이지만 내가 전화를 걸어 등록금을 독촉한 사람은 바로 대학 이사 중 한 사람의 부인이었고 그 아들은 이미 등록금을 최신형 오토바이를 사는 데다 써버린 후였다고 해요. 잘못 건 전화 한통 때문에 교무처뿐만 아니라 학교가 이래저래 시끄러워져버렸지요. 처장은 나에게 일을 잠시 쉬는 게 어떻겠느냐고 했어요. 아니, 이 일 때문이 아니라. 말을 멈춘 그가 나의 분홍색 텀블러를 흘긋 보는 것을 나는 느꼈어요.

그게 지난가을의 일이니 이제 백수가 된 지 오개월이 되어가는 중입니다.

약속이나 한 듯 아버지와 어머니가 동시에 나를 보더군요.

"……니가, 길래?"

한번 떠났다가 다시 들어와 살게 된 부모의 집은 이제는 떠나는 것이 영원히 어려운 일처럼 느껴집니다. 이따금 어디 똑똑한 전세라도 하나 얻지 그러냐 하던 아버지도 언젠가부터는 아무 말도 하질 않아요. 하긴 따로 살아야 할 이유도 희미해진 지 오래입니다. 같은 집에 살고 있어도 우리는 각자 다른 세상에 살고 있으니까요. 두살 터울이 나는 동생과도 가깝게 지낼 기회가 별로 없었어요. 대학에서 일본어를 전공한 동생이 졸업과 동시에 일본으로 떠나 직장을 잡고 일본 남자와 결혼까지 하여 그곳에서 살게 되었으니까요. 일본이 가깝다고는 해도 서울에서는 비행기를 타지 않고서는 갈 수 없는 곳이기도 합니다. 거기는 아직 못 가본 데니까. 나는 자리에서 일어나서 짐을 꾸리기 시작했어요. 그때만 해도 살림 걱정 같은 것은 하지 못했지요. 내 짐은 단출했지만 어머니가 동생에게 보내고 싶어하는 짐은 만만치 않았어요. 어머니가 겉절이를 하고 게장을 무치는 동안 며칠 더 기다려야 했어요. 서울에서 결혼식을 마친 동생이 도쿄에서 한번 더 결혼식을 할 때도 어머니와 대만에서 연수 중이던 막내 남동생만 초대받아 간 기억이 떠올랐어요. 도쿄로 떠나기 전날 『초간단 일본어 회화』 책을 더듬거리며 읽고 있는데 아버지가 내 방문을 빼꼼히 열고 들어오더군요. 그리고는 우리 집안의 또다른 백수인 아버지가 이마를 긁적거리던 손을 내려뜨리고는 이렇게 말하는 거였어요.

"거 뭐냐, 나도 따라가면 안되겠냐?"

서울에서 태어나고 자랐으면서도 남산타워에 올라가본 것은 직장을 그만두고 난 후의 일이었지요. 중학교를 마치고 고향을 떠나 서울로 혈혈단신 상경한 아버지가 가장 먼저 가본 데가 바로 남산타워라고 합니다. 우리가 어렸을 적에 아버지는 사람은 높은 곳에 올라가봐야 꿈을 가질 수 있다고 누누이 강조하곤 했지요. 그래서 자식들을 남산타워나 63빌딩 같은 데 열심히 데리고 다녔어요. 하지만 그런 것은 기억이 나지 않아요. 도쿄에 도착하자마자 아버지는 다른 곳은 몰라도 꼭 도쿄 타워에는 올라가봐야 한다고 주장하셨어요. 나는 타워 같은 것에는 관심 없었지만 그래도 처음 동해를 건너오자마자 동생의 좁은 맨션에 틀어박혀 있기 싫은 건 마찬가지였지요. 아버지 뒤에 서서 동생 눈치를 살폈어요. 오른팔을 깁스한 동생은 그런 아버지와 나를 쌍으로 정말 한심한 부녀군, 하는 눈으로 마주 보다가 그래도 지금부터 살림을 맡길 사람이 나라는 데 생각이 미쳤는지 할 수 없다는 얼굴로 그럼 딱 하루만, 하고는 나갈 채비를 하더군요.

도쿄 타워는 영화에서 보던 것보다 훨씬 크고 높아 보였어요. 위로 올라갈수록 뾰족해지는 거대한 오렌지빛 나무 같았어요. 동생 부부와 일곱살 네살 난 조카들, 그리고 아버지와 나는 어두워질 때를 기다리면서 타워 안 쇼핑몰에서 아이스크림도 사 먹고 기념품 가게도 둘러보았어요. 동생보다 두살 연하인 슈우이찌는 대개의 일본 젊은 남자들처럼 사교적인 성향의 스포츠보다는 낚시나 조깅 같은 내향적인 스포츠를 더 좋아하는 사람이었어요. 물론 말수도 적은 편이에요. 우리말을 유창하게 하는 게 다행이라면 다행이지요. 그날은 모처럼 나들이를 한 것인지 제부도 동생도 허공에 대고 자주 웃었어요. 그래서 그런지 나는 내가 환영받고 있다는 느낌이 들었지요.

여섯시가 넘어 본격적으로 어두워지기 시작하자 전망대로 올라 갔어요. 수많은 피조물들에 둘러싸인 도시는 검은 천에 박힌 스팽 글들처럼 반짝이고 자동차들은 빛을 내며 달려가고 있었어요. 어떤 도로는 휘갈겨 쓴 큰 대 자 모양을 하고 있었고 어떤 길은 십자 가 모양처럼 보였어요. 저 멀리에는 시시각각 오색으로 바뀌는 레 인보우 브리지가 보이고 도시의 눈처럼 커다랗고 둥근 대관람차 가 빙글빙글 돌아가고 있었지요. 높은 곳에 올라가봐야 꿈을 가질 수 있다는 아버지 말은 맞는지도 모르겠어요. 전에 없던 생기로 가 슴이 터질 것만 같았어요. 어떤 신비한 밭에 서 있는 기분이었어요.

씨앗이 가득 든 바구니를 옆구리에 낀 채 말이죠. 그래서 우쭐거리며 동생에게 '우리 외식하고 갈까?'라고 말했어요.

동생이 다시 한번 어이없다는 표정으로 나를 봤어요.

"쯔쯧, 언니 돈 많어? 요즘 엔달러가 얼마나 치솟았는지 모르나 보네."

동생 부부는 아이들과 아버지와 나를 우리로 몰아넣듯 자동차에 태우고는 집을 향해 달렸어요. 아버지는 차창에 얼굴을 바싹 대고는 아는 글자가 쓰인 간판이나 신호판이 나올 때마다 큰 소리로 아는 척을 하고 있었어요. 나는 여태도 250미터 높이에서 보았던, 물보라 위로 부서지는 아침 햇살처럼 빛나던 도시의 불빛들을 떠올리고 있었지요. 제부가 집 근처 슈퍼마켓 앞에 차를 세웠어요.

"……고마웠어."

나는 나도 모르게 동생 부부에게 꾸벅 인사를 하고는 불고깃감을 사러 슈퍼마켓으로 뛰어들어갔어요.

일은 저절로 분담이 되었어요. 나리따공항 면세점에서 일하는 동생은 한달 동안 일을 쉬기로 했어요. 성격이 급한데다가 한시도 가만히 있는 걸 못 견디는 동생은 그나마 발을 다친 게 아니라서 다행이라고 했어요. 보육원 버스는 정확히 다섯시 삼십분에 맨션 앞 골목으로 왔고 조카들을 데리고 오는 일은 여전히 동생이 맡았지요. 세탁물은 제부가 출근하기 전에 베란다에 널어놓고 가고 쓰레기 분리수거는 퇴근 후에 했어요. 나는 장을 보고 점심과 저녁을 준비하는 일을 도맡았어요. 그 나이가 그런 건지 조카들은 어려도 어른 분량의 밥을 먹었어요. 총 여섯 사람 끼니를 만들러 장을 보러 다니는 건 쉽지가 않았지요. 게다가 냉장고도 큰 것이 아니라서 날마다 장을 봐야 했어요. 내가 지갑을 챙겨들고 나서면 어느새 아버지가 짐받이가 달린 동생 자전거를 끌고 털레털레 뒤따라오기 마련이었지요. 아이들 때문에 오후 시간에 일을 못하는 동생은 새벽 두시에 출근했다가 낮 한시에 퇴근하곤 했다고 해요. 그동안 밀린 잠이 많았는지 다치지 않은 왼팔을 이마 위에 올려놓고 거실 소파에 누워 거의 하루 종일 잠을 잤어요. 점심을 먹고 치우고 나면 나는 간식으로 감자를 갈아 전을 부치거나 단호박과 밀가루를 섞어 빵을 만들어두곤 했어요. 그러고 나면 저녁 식사를 준비해야 하는 오후 여섯시까지는 한 서너시간쯤 혼자 있을 시간이 생겼어요.

나는 어려 보이는 옷을 입고 시내로 나가요. 도쿄의 지하철이라는 것은 노선도를 들여다보기만 해도 어지러울 정도로 복잡했어요. 서울에서처럼 서너번씩 갈아타고 어딜 가는 일은 엄두도 내지 못했지요. 다행히 동생 집과 연결된 히비야센이라는 회색 라인만 타면 한번에 우에노나 아끼하바라, 긴자, 롯뽄기 같은 유명한 거리들을 갈 수 있었어요. 집은 좁아도 교통만큼은 편하다는 동생의 말은 사실이었어요. 그중에서도 우에노 공원은 동생 집에서 두 정거장밖에 안 걸려 자주 나갔지요. 우에노는 아메요꼬 시장이라는, 우리 식의 남대문시장 같은 게 있어서 그런지 도쿄에서 유독 낯설게 느껴지지 않는 장소였어요. 어딘가 깎여나간 얼굴을 하고 있던 아버지도 그 시장에만 가면 아연 활기를 띠는 것 같았어요. 다른 장소와는 달리 아버지도 그곳에서는 혼자 다니는 것을 좋아했어요. 시장에 도착하면 몇시쯤 어디서 다시 만나자, 하는 식으로 헤어져 따로 시간을 보냈어요. 일본어라고는 한마디도 못하시는 양반인데, 하는 걱정도 차츰 잊게 되었지요. 말을 못하는 건 나도 마찬가지였거든요. 이상한 것은 그래도 크게 불편한 게 없다는 거였어요. 혼자 식당이나 찻집에 가면 종업원들이 몇분이세요 하는 뜻으로 물어봐요. 그러면 검지를 펼치며 기세 좋게 '히또리!'라고 말하면 그만이죠. 생선과 고기, 가죽, 의류, 신발, 식료품 등을 파는 오백여 개의 상점들이 늘어선 시장을 구경하다보면 시간 가는 줄 모르지요. 아버지와 나는 시장 뒷골목 같은 데서 마주치는 일도 왕왕 있었어요. 집으로 가는 지하철에서 보니 아버지가 검은 비닐봉지를 들고 있었어요. 뭐 먹을 거라도 샀나. 나는 넌지시 '그게 뭐예요?'라고 물어보았어요.

"거 뭐냐, 베란다가 비었잖냐. 꽃이라도 심어보려고."

"……네에. 그런데 무슨 꽃을요?"

"글쎄다, 뭐 이 꽃이 아니면 저 꽃이겠지."

나는 알 듯 말 듯 고개를 끄덕거렸어요. 아버지라고 무료하지 않을 리가 없을 테니까 말이에요. 도쿄에 온 지 열흘이 지나가고 있었어요. 남쪽 후꾸오까에서는 벚꽃 봉오리가 열리기 시작했다고 하지만 꽃샘추위인지 도쿄는 바람이 심하게 불고 자주 비가 내렸어요. 창문이 흔들릴 때마다 흠칫흠칫 놀라게 돼요. 오랜만에 살림을 도맡아 하려니 그것도 쉽지는 않았어요. 아버지는 나 몰래, 나는 동생 몰래 모두가 잠든 한밤중의 식탁에서 눈치껏 술을 마십니다. 하루 종일 이 시간이 오기만 기다리는 것은 아닐까 하는 생각이 들 만큼 하루를 보내는 일이 힘들게 느껴질 때가 많아요. 하지만 쓰고 쌉쌀한 액체가 목구멍을 넘어가는 순간에는 모든 게 정지되는 것 같아요. 이곳에서 나라는 존재는 저녁 밥상을 치우는 것으로 깨끗이 끝납니다. 조금만 배려받지 못하면 풀이 죽고 무시당한 느낌이 들곤 해요. 나이 탓이라고 생각했지만 아버지를 보면 그건 아닐지도 모르겠어요. 도쿄에 온 후로 술의 양이 비약적으로 늘고 있었어요. 특히 비 오는 오후에 빈집에서 낮술을 마시면 금세 취해요. 그러고는 아무 데서나 엎드려 잠들어버리기 일쑤입니다. 그러면 동생은 엎드려 있는 내 귀를 왼손으로 잡아 끌어올리며 언니야, 또 달에 갔다 왔냐? 혀를 차기 마련이지요.

이따금 깊은 새벽에 불 꺼진 식탁에서 깨어날 때도 있습니다. 텔레비전은 지지직거리며 켜져 있고 저녁에 구워 먹은 비릿한 고등어 냄새가 희미하게 나고 공룡이나 로봇 같은 아이들 장난감이나 시계 같은 사물들이 거리낌 없이 움직이고 있다가 갑자기 멈춘 듯한 공기의 흐름이 느껴지고는 하지요. 그러다가 문득 냉장고 문이 열려 있는 것을 보게 됩니다. 한 아이가 괜히 냉장고 문을 여닫고 있어요. 냉장고 주변은 적외선카메라로 들여다보는 것처럼 차가운 청색으로 둘러싸여 있고 팔다리가 깡마른 아이의 뒷모습은 흰 테두리를 두른 듯 더 짙은 파란색으로 보입니다. 그러면 나는 에? 여기까지 용케도 따라왔군그래, 시무룩이 중얼거리곤 합니다.

아버지는 조카들이 커 이제는 베란다에 버려진 유아용 플라스틱 욕조에 흙을 부어담고 모종삽으로 일구는 시늉을 하고 있었어요. 어디서 구했는지 흙은 흠치르르하게 윤이 나고 있어요. 그러고 보니 아버지는 밖에만 나가면 어딘가 안절부절못하는 것 같아도 염색약이나 발가락 양말같이 당신에게 필요한 건 어디서든 구해오곤 하는 눈치예요. 아버지가 우에노 공원과 아메요꼬 시장을 잇는 대로변 상점 앞에 쭈그리고 앉아 그 모종삽을 고르는 것을 맞은편 도또루 커피숍 이층 창가에서 본 적이 있어요. 나는 주춤거리며 아버지 옆으로 다가가 앉아 밀봉된 봉지에서 씨앗들을 꺼내 손바닥 위에 올려놓았어요. 이삼 밀리쯤 돼 보이는 작은 씨앗은 손을 찌를 만큼 한쪽 끝이 뾰족하고 단단했어요. 차라리 모종을 사는 게 나았겠어요. 내 말은 듣는 둥 마는 둥 아버지는 나에게서 건네받은 씨앗을 손바닥에 느슨하게 쥐고 있다가 흙에 뿌렸어요. 나는 지레 겁을 집어먹고는 봄바람이 심하게 불면 모종의 목이 부러질 수 있으니 씨앗을 조금 깊게 심는 게 좋겠다고 아는 척을 했어요. 아버지는 웃차, 몸을 일으키며 바가지에 물이나 떠오라고 말했어요.

상대방의 의견에 동의하지만 실천하기는 어려운 그런 종류의 일들이 있지요. 술을 끊어야 한다는 것도 그중 하나입니다. 내 '알코올의존 선별검사표'를 들여다본 의사는 내가 초기 의존 단계를 지나 만성 의존 단계에 와 있다고 겁을 주었어요. 하지만 그 선별검사의 질문들이라는 것은 시시하기까지 한데다 믿을 수도 없는 것이었어요. 여덟가지 항목 중 겨우 두 문항 이상 해당될 경우 알코올의존이라는 진단이 내려지게 돼 있으니까 말입니다. 내가 표시한 항목도 이런 것이었어요. '혼자 술 마시는 것을 선호한다' '일단 취기가 오르면 술을 계속 마시고 싶은 생각이 지배적이다'. 이 두 가지 항목은 술을 조금 마실 줄 아는 사람이라면 누구나 다 표시하는 것 아니냐고 나는 자못 항변했어요. 의사는 퉁명스럽게 고개를 젓더군요. 그러고는 알코올의존이라는 게 얼마나 심각하고 교활한 질병인지에 대해 설명하기 시작했어요. 의사 말대로라면 술을 끊지 않는다면 가족으로부터 사회로부터 지금 당장 격리되고 말 것만 같았지요. 나는 술을 많이 마시는 사람이 아니며 술을 마시고 난폭한 행동을 한 적도 없고 자해를 한 적도 없다, 그냥 잠을 잘 뿐이다,라고 말해도 소용없었어요. 의사는 볼펜 끝으로 쿡쿡 찌르듯 나를 가리키며 바로 그런 태도가 더 큰 문제라고 지적했어요. 내가 입을 다물어버리자 알코올중독의 요인들에 대해서 말해주었어요. 그다음부터 병원에 가지 않았어요. 어차피 가족들 몰래 간 거였고 상담이라는 것이 나에게 기대 이상의 효과를 가져다줄 것 같지 않았거든요.

아버지가 엉망으로 취해버린 건 서울에서 사돈어른이 왔다고 동생 시댁에서 저녁 초대를 한 자리에서였어요.

동생의 결혼식 이후로 우리 가족이 도쿄에 온 것이 처음이라 그런지 저녁 자리에 치매기가 있는 사돈댁 할머니까지 화려한 키모

노를 차려입고 나왔더군요. 키모노만큼이나 화려한 음식들을 구경하고 먹는 것까지는 좋았는데 젊었을 적에 게이샤였다는 사돈 할머니와 술을 권커니 잣거니 하는 사이에 아버지가 그만 긴장을 잃고 만 거예요. 치매기가 있는 사돈 할머니가 어디서 샀는지 삐뚜름히 중절모를 쓰고 맞은편에 앉아 있는 아버지를 어느 틈엔가 손님으로 착각했는지 노래를 부르고 술 한 잔 마시고 샤미센 치는 흉내를 내면서 아버지에게 술을 따르고는 했어요. 제부가 중간에서 통역을 하면서 진땀을 흘리고 있었어요. 아버지는 사돈 할머니가 따라주는 술을 재빨리 비우고는 젓가락을 두드리며 노랫소리에 장단을 맞추었지요. 종업원들이 웃었어요. 한국에서 온 분들이냐, 하며 정종 한 병을 써비스로 갖다주었지요. 동생의 시부모는 술 한 잔 입에 못 대는 사람들이었어요. 신이 난 사람은 사돈 할머니와 아버지였지요. 모처럼 드러내놓고 술 마실 수 있는 기회라고 여겼는지 아버지는 연신 잔을 비우며 흥겨워했어요. 거동이 불편한데도 사돈 할머니는 아예 자리에서 일어나서 춤까지 추었어요. 조금씩만 몸을 움직여도 아주 야하게 느껴지는 춤이었어요. 안절부절못하기는 동생 시어른들도 마찬가지였어요. 동생은 서둘러 자리를 끝내고 싶어했지만 음식은 끝도 없이 나왔어요. 나는 그런 동생의 기색을 살피느라 맥주를 계속 들이켰고요. 체통을 잃고 비틀거리는 아버지와 사돈 할머니가 서로 부둥켜안으며 건강해라, 다시 만나자 하는 등의 인사를 나누고 각자 허둥지둥 두대의 자동차에 나눠 타는 것으로 저녁 식사 자리는 완전히 파했어요. 차 안에서부터 아버지는 코를 골기 시작했고 운전을 하는 제부도 동생도 아무 말도 하지 않았어요. 냉랭한 침묵 속에서 나는 손바닥으로 얼굴을 쓸어대며 내 취기만이라도 지우려 애쓰고 있었어요.

곯아떨어진 아버지를 간신히 안방에 눕히고 나자 저녁 내내 화를 참고 있던 동생이 정말 피는 못 속여! 하고 소리를 지르더군요. 서로 기세가 대단하고 한번 싸움이 나면 죽일 듯이 밀어붙이곤 하던 시절은 다 지났는데도 가족들이 한번 모이면 언제 터질까 언제 터질까 조마조마한 순간이 지속되는 것은 여전합니다. 상스럽고 폭력적으로 변하는 건 순식간의 일이지요. 그러나 그런 시간이 한번 지나가고 나면 같이 있는 게 비로소 안도가 되고 얼마간의 평화가 찾아오기 마련입니다. 아버지가 잠결에 벗어던진 양말을 줍고 있는 나를 동생은 토끼 눈처럼 빨개진 눈으로 쏘아보고 있어요.

동생이 이렇게까지 화를 내는 것은 당연한 일인지도 모릅니다. 나는 아버지의 양말을 손에 든 채 고개를 떨구고 있었어요. 그러나 나는 동생의 편도 아버지 편도 아닌 중립적인 표정을 짓고 있었을지도 몰라요. 동생은 할아버지 생각 안 나? 하고 한번 더 빽 소리를 지른 후에는 모처럼 시작된 싸움이 너무 싱겁게 끝난다 싶을 정도로 입을 다물고 있더군요. 동생도 이불도 안 깔린 다다미 바닥에 몸을 오그린 채 누워 두 무릎 사이에 손을 집어넣고 잠들어 있는 아버지를 일별했을까요. 사자나 호랑이 같은 것과는 거리가 멀지만 젊었을 때의 아버지를 동물에 비유하자면 알을 품고 얕은 시냇물에 배를 담근 채 사지를 쭉 뻗고 버티고 있는 암컷의 몸통을 뒤에서 앞다리로 꽉 짓누르고 있는 기세 좋은 두꺼비 같은 모습이었어요. 지금은 그 수컷 밑에 깔려 있던 납작 뻗은 술 취한 개구리 같다고나 할까요. 경비나 청소부로도 써주지 않을 나이에 친형제처럼 가깝게 지내던 숙부에게 사기를 당한 뒤로 아버지가 급격히 무기력해진 것은 사실이지요. 애써 숨을 고르고 서 있던 동생이 언니도 그만 정신 좀 차려, 하는 말을 남기고는 미닫이문을 부서뜨릴 기세로 닫고 방에서 나가버렸어요. 방문 틈에 내 목이 낀 것 같은 느낌이었어요.

겨우 시작된 싸움이 이렇게 시시하게 끝나버리다니. 하마터면 방문을 열고 모르는 척 뒤에서 술을 사다주는 너는 그럼 공모자야 공모자,라고 동생에게 소리 지를 뻔했어요. 막상 싸움이 시작되면 누가 먼저랄 것도 없이 서로 미온적인 태도를 보이며 슬금슬금 자리를 피하게 되었어요. 예전에는 없던 일이지요. 지금부터 뭘 해야 할지 몰라 잠든 아버지를 다시 내려다보았어요. 그것은 뭐랄까 흐릿한 유리구슬에 거꾸로 비친 내 모습처럼 보이기도 했어요. 얼른 거실로 나와버렸어요. 동생과 제부는 세수도 안하고 방으로 들어가버린 모양인지 거실에는 아무도 없었고 과일만 주면 바닥에 전부 쏟은 뒤 하나씩 주워 먹곤 하는 조카들이 남긴 딸기만 군데군데 흩어져 있을 뿐이었어요.

의사가 말한 알코올중독의 원인 중 첫째는 바로 유전적인 요인이었지요. 농사를 지었던 친할아버지는 삼년째 가뭄이 이어지던 해에 농약을 마시고 죽음을 기도했어요. 목숨은 건졌지만 식도가

다 상해버려서 위에 호스를 끼워놓고 살아야 했어요. 그래도 술을 끊지 못해서 그 호스에 매일 막걸리 한 병씩을 부어넣다가 돌아가셨어요. 나는 거실 바닥에 주저앉아 피처럼 점점이 떨어져 있는 붉은 딸기들을 하나씩 주워 입에 넣고 우물거렸어요.

까마귀 소리에 눈을 떴어요. 보육원 갈 준비를 하는 조카들이 거실을 뛰어다니고 있었고 재활용품을 분리하고 있는지 동생은 베란다에서 허리를 숙이고 있었어요. 식빵을 굽고 달걀을 부쳐 아침 식사를 준비해야 할 시간이었어요. 술이 덜 깬 얼굴로 아버지가 방에서 나왔어요. 나는 물잔을 아버지에게 내밀곤 턱짓으로 동생 쪽을 가리키며 얼른 들어가시라고 싸인을 보냈어요. 아버지가 소리 안 나게 미닫이문을 열고 들어가려는 것과 동시에 동생이 베란다 문을 젖히더니 이쪽을 향해 이게 뭐야?라고 물었어요. 손에는 씨앗이 들어 있던 봉지를 들고 말이에요.

"뭐긴 뭐야, 꽃씨지."

나는 아버지를 한번 쳐다보고는 두둔하듯 말했어요.

"꽃씨 같은 소리 하네."

알겠다는 듯 동생이 핀잔하는 소리를 냈어요.

"왜? 우리가 며칠 전에 심은 건데."

"이것도 못 읽어? 여기 쓰여 있잖아. '호오렌소오(ホウレンソウ)'."

"호오, 렌소오?"

"그래, 시금치."

“……!”

“아, 그게, 그러니까 꽃씨가 아니었냐?”

아버지가 이마를 긁적거렸어요.

“어휴, 아버지도 정말.”

누구에게랄 것도 없이 동생이 또 혀를 차기 시작했어요.

경칩이 지나자 우에노 공원에도 하나둘씩 벚꽃 봉오리가 열렸어요. 일교차도 커졌지요. 동생 말로는 한 보름 후쯤 벚꽃이 절정으로 필 때면 그 넓은 공원이 상춘객들로 발 디딜 틈이 없어진다고 해요. 지금은 공원 안에 있는 국립서양미술관에서 열리는 ‘루브르전’을 보러 오는 단체 학생들뿐, 산책을 하기에는 더없이 좋을 만큼 한산한 편입니다. 벚꽃이 필 무렵이어선지 봄 풍경이 갑자기 화려해지고 소란스러워지는 느낌이 들기도 했어요. 그러나 해가 기울어 하늘이 서서히 팥죽색으로 물들어갈 때면 도리 없이 차폐감 같은 것에 휩싸여 막막해지기 마련입니다. 하늘은 일상의 근심들이 돌연히 몰려오는 속도만큼이나 빠르게 어두워져가곤 했어요. 아름답게만 보였던 꽃과 나무들도 저녁의 쌀쌀하기 그지없는 봄바람 속에서는 상승하는 자연이 아니라 땅으로 곤두박질치는 재(災)의 덩어리들처럼 보여요. 바람이 분다는 것은 곧 물웅덩이가 사라질 거라는 뜻입니다. 만약 이곳이 사막이라면 말이지요. 나는 윈드브레이커에 달린 모자를 뒤집어쓰고 녹초가 될 때까지 공원을 가로지르고는 해요.

이제는 요령이라는 게 생겨서 점심밥을 챙겨주는 일은 슬쩍 빼먹을 줄도 알게 되고 김밥을 싸놓거나 잡채 같은 것을 잔뜩 만들어놓은 날은 저녁까지도 내처 어슬렁거릴 줄 알게 되었지요. 동생뿐만 아니라 제부나 조카들도 전자레인지에 음식을 데워 먹는 일만큼은 능숙했어요. 그건 허기를 참지 못하는 아버지도 마찬가지였지요. 아버지는 아버지대로 나를 따라나서지 않을 때는 늘 어딘가로 다니는 것 같았어요. 동생도 아이들을 데리고 오는 시간을 전후로 해서는 그동안 못 만났던 친구들을 만나거나 쇼핑센터 같은 데를 다니는 눈치였어요. 다리를 다친 것은 아니니까 말입니다. 아버지가 어지럼증을 자주 호소했을 때 귀담아두지 않은 것이 잘못이겠지요. 동생은 술 때문이라고 간단히 여겼고 그건 나 역시 마찬가지였습니다. 술을 마시면 나는 몸이 붕 뜬 채 제멋대로 하늘을 날아다니는 느낌인데 아버지에겐 그게 어지럼증으로 나타나는 모양이라고 대수롭지 않게 생각했어요. 출구가 하나밖에 없는 하라주꾸의 오래된 지하철역 앞에서 아버지가 쓰러진 것은 우리가 도쿄에 온 지 보름쯤 지난 금요일 오후였어요.

아버지는 지하철역 뒷골목에 있는 개인병원에서 잠들어 있었어요. 행인들이 아버지 주머니에서 동생 전화번호를 발견해 연락을 했다니 어쩌면 아버지는 우리가 알고 있는 것보다 훨씬 용의주도한 사람일지도 모르겠어요. 조카들 보육원 버스 시간에 맞추느라 동생은 내가 온 것을 보더니 허겁지겁 가방을 챙기며 걱정 마, 별거 아니래, 하는 말을 남기고는 병실을 나갔지요. 그 말을 말 그대

로 믿어야 좋을지 아닐지 몰라 얼마쯤 그대로 서 있다가 의자에 앉
았어요. 낯선 도시의 한 소박한 개인병원 병실에 누워 잠든 아버지
는 언젠가 보았던, 금단증상에 지쳐 무기력해진 초로의 환자 같아
보였습니다. 오백칠십 그램의 미숙아로 태어나 평생 몸으로 하는
일이라고는 안해본 게 없는 사람이었지요. 원대한 꿈을 가진 적도
있었을 거예요. 지금은 엇비슷한 것 하나 이루지 못했지만. 한때는
나에게 햇빛도 막아주고 바람도 막아준 그런 사람이었을 것입니
다. 자동차 사고로 한날한시에 죽은 남편과 아이를 화장하고 산을
걸어내려오던 날이었어요. 문득 걸음을 멈추고는 바람이 불어오는
쪽을 바라보며 아버지가 한 말은 이랬습니다. 참 잘 끝났다. 밑도
끝도 없는 말이었지요. 어쩐지 셋이 같이 있다 혼자만 살아남은 나
를 비난하는 말처럼 들려 들고 있던 막대기로 나 자신을 푹 찌르고
싶어지더군요. 그 말이 아버지가 태어나고 자란 곳에서 어린아이
를 묻고 나서 큰 소리로 외치곤 하는 말이라는 것을 알게 된 건 시
간이 지난 후였지요.

병실 창틀에 아이가 걸터앉아 천천히 다리를 흔들고 있어요.
……할아버지는 주무시고 계셔. 나는 얼빠진 소리로 말했어요. 우
리는 한 사람은 물속에 한 사람은 물 밖에 서 있는 형국일 거예요.
물속에서는 물 밖에서 내는 소리를 듣지 못합니다. 나는 다시 말했
어요. 내가 미안하다. 아이는 어떤 결정을 내릴 때처럼 신중한 눈으
로 제 할아버지와 내 얼굴을 물끄러미 내려다봤어요. 그림자처럼
따라다니지만 나는 지금 저 아이가 행복한지 불행한지 알지 못합

니다.

　일 센티미터쯤 떡잎이 올라왔어요. 파종한 지 열흘쯤 지나서였어요. 떡잎만 봐서는 그게 꽃인지 채소인지 분간하기 어려웠어요. 떡잎은 꼭 부추같이 가늘고 뾰족했어요. 너무 밀생시켜 뿌린 탓인지 떡잎들 간격이 터무니없이 빽빽해 보였지요. 연한 줄기를 기대하기는 틀린 것 같아요. 그래도 떡잎이라도 난 게 신기해 목욕통 앞에 한참을 앉아 있었습니다. 이런 데서 싹이 날 리가 없잖아, 했던 동생도 이쪽을 흘긋거리더니 이번엔 용케도 해냈군그래, 하는 표정을 짓고 있었어요. 채소 중에서도 성장속도가 유독 빠른 편이라니 재배는 물론이거니와 내 손으로 씨앗을 받을 수 있을지도 모릅니다. 뜻밖의 기대 속에서 나는 플라스틱 욕조에 물을 흠씬 뿌려주었지요.

　어지럼증의 원인은 한쪽 귀의 세반고리관에 들어 있는 작은 돌 부스러기 때문으로 밝혀졌어요. 이석증(耳石症)이라는군요. 물안경같이 두껍고 투박해 보이는 안경을 쓴 아버지는 회전의자에 앉아서 세반고리관의 기능을 알아보는 검사를 받았어요. 제부가 통역을 해주었어요. 아버지는 술을 한 방울도 마시지 않았는데도 이렇게 빙글빙글 돌아가는 게 신기하다며 검사가 끝났는데도 회전의자에서 내려올 줄 몰랐죠. 계절이 바뀌는 3, 4월에 자주 일어나는 증상이라고 합니다. 의사는 어지러울 때마다 자리에 누워 머리의 위치를 이쪽저쪽으로 바꿔보라고 조언해주었어요. 그러면 세반고리관에 들어 있던 돌 부스러기들이 저절로 떨어져나갈 거라고 말이에요. 또 쓰러질 때 다치지 않는 법 같은 것도 설명해주는 눈치였어요. 제부가 통역해주지 않았는데도 아버지는 알아듣겠다는 듯 고개를 끄덕였어요. 그까짓 돌 조각 하나 때문에. 아버지는 혼잣말하며 목 뒤에 꾸깃꾸깃하게 접혀 있던 깃을 두 손으로 단단히 세우고는 병원 문을 밀었어요. 위용을 자랑하는 목조 역 입구로 한 무리의 사람들이 몰려오고 몰려가고 있었고 우리는 이제 막 깜박거리기 시작한 초록 신호를 놓칠세라 횡단보도를 향해 뛰었어요. 그까짓 돌 부스러기 하나 때문에. 앞서가는 아버지와 제부를 뒤쫓아 종종걸음 치며 나도 그대로 흉내내보았어요. 하루하루가 정말 아슬아슬합니다.

떡잎 사이로 손을 내밀듯 두세장씩 본잎이 올라오기 시작했어요. 바람은 불지만 고온 현상이라고 할 만큼 기온이 높아서 그런지 잎이 올라오는 게 눈에 보일 정도였어요. 보고만 있어도 신기한 장면이었죠. 나는 퇴근하고 온 제부에게 서점에서 사온 책을 매일 한 페이지씩 읽어달라고 부탁했어요. 제부는 시금치에 관한 책을 읽는 것은 처음이라고 말했고 그건 나도 마찬가지였어요. 조카들은 제 아빠가 한국말로 이모에게 무슨 책을 그렇게 소리 내서 읽어주는지 궁금한지 내 옆에 와서 귀를 쫑긋 세우곤 했어요. 덕분에 나는 시금치가 산성 땅을 싫어하는 대표적인 식물이라는 것을 알게 되었어요. 무엇보다 토양을 중성으로 만들어줄 필요가 있었지요. 생선 뼈나 달걀 껍데기를 모았다가 잘게 빻아 흙에 뿌려주었어요.

아버지라면 이곳에서도 비료나 퇴비 같은 걸 구해올 수 있을 텐데. 한가지 이상한 점은 막상 잎들이 올라오기 시작하자 아버지는 베란다에도 자주 안 나가볼 만큼 시금치에 대한 관심을 잃은 것처럼 보였다는 것입니다. 이제 이것이 꽃이 아니라는 사실이 자명해졌기 때문일까요. 나는 모시조개도 여러 봉지씩 사와 국을 끓여 가족들에게 주곤 껍데기 빻은 것은 모종에 뿌려주었어요. 동생은 모시조개가 얼마나 비싼데 이렇게 자주 사오느냐면서 타박을 했어요. 그러다 내가 조개껍데기를 하나라도 쓰레기통에 잘못 버리면 얼른 주워 질구에 넣어주었어요. 깁스를 한 팔의 석고에 때가 끼어 거무스름하게 변해 있었어요. 어물어물하는 사이에 동생이 깁스를 풀 날이 다가오고 있었고 그것은 나도 곧 이곳을 떠나게 될 거라는 뜻이었지요.

나는 불 옆을 오래 지켜야만 만들 수 있는 음식을 자주 만들었어요. 오후 시간에는 탐사를 하는 것처럼 걷고 또 걸었어요. 아버지가 곁에 있을 때도 있었고 없을 때도 있었어요. 먼 데서 보면 아버지는 영락없이 늙고 한물간 노인네처럼 보였어요. 아메요꼬 시장 같은 데서는 아버지가 어디 있나 저절로 뒤를 돌아보게 되었어요. 시장 골목 안에 있는 메밀국수집에 들어갔어요. 종업원이 물어보기도 전에 '히또리'라고 말했어요. 그러자 끼어들듯 뒤에서 누가 '후따리!'라고 박력있게 외치는 소리가 들렸죠. 아버지가 검지와 중지를 펼쳐 보이며 둘, 두 사람요, 하고 말하고 있었어요. 아버지도 나처럼 내내 이 시장을 배회하고 있었던 걸까요. 청결해 보이는 앞치

마를 두른 종업원이 하이 하이, 하면서 아버지와 나를 자리로 안내했어요. 후따리. 그 말도 '히또리'를 발음할 때처럼 우스꽝스럽게 느껴진 것은 사실이었어요. 나는 온메밀을 아버지는 냉메밀을 주문했어요. 이 거리에서의 마지막 식사가 될지도 몰랐어요.

이따금 도또루 창가 자리에 앉아서 술을 끊어야 하는 이유를 적어볼 때가 있어요. 그런 것은 동생 집 식탁에 앉아서는 하기 어려운 일입니다. 역시 나는 술 마시고 난폭한 행동을 한 적도 없고 자해를 한 적도 없으니 알코올의존증이 아닌 것 같아요. 하지만 술을 끊거나 줄여야겠다고 느낀 적이 있다면 알코올의존일 가능성이 클 거예요. 메밀국수가 나오기를 기다리는 동안, 나는 두 손으로 물잔을 잡은 채 침울해지는 것을 느꼈어요. 의사는 의존증에서 회복되는 것은 자꾸만 발목이 빠지는 습지에서 육지 쪽으로 걸어가려고 애쓰는 것과 같다고 충고했어요. 그러니까 회복은 시간에 비례하는 건 아니라고 말입니다. 이렇게 후따리가 되어 아버지와 마주 앉아 있자니 그 말을 우격다짐으로라도 혼자 힘으로 모든 문제를 해결할 수 있는 것은 아니라는 말로 이해하고 싶다는 생각이 스쳤어요.

"그러니까, 딱 한 잔만 마실까?"

퉁명스럽게 아버지가 물었어요.

"……그럼 딱 한 잔만."

울고 싶은 마음으로 웃으면서 대답했어요.

우리는 의기양양하게 맥주를 세 병 시키고는 이내 엇갈리듯 서로의 어깨 너머로 눈을 돌렸어요.

*

　동생이 깁스를 푼 이튿날이었어요. 떠날 날을 하루 앞두고 아버지 약을 타러 병원이 있는 하라주꾸로 나갔어요. 다 모여 외출을 한 것은 근 한달 전 도쿄 타워에 올라간 이후 처음이었지요. 깁스를 풀어서 그런지 아니면 아버지와 내가 떠나는 게 좋은지 동생은 상기된 표정이었어요. 병원 내기실에서 아버지를 기다리는 동안 동생에게 저녁에 불고기 해줄까, 백숙 해줄까? 물었더니 모처럼 밖에 나왔는데 외식하는 게 어떻겠느냐고 했어요. 그러고는 얼른 시금치 이야기를 꺼냈어요. 기온이 지금보다 높아지면 더이상 자라기 힘들 거라는 말이었어요. 그러니까 씨 뿌리는 시기를 잘못 선택한 거지. 동생은 또 핀잔을 주듯 말했어요. 잠자코 있는 내가 마음에 걸렸는지 날씨가 좀 쌀쌀해지면 다시 파종할 수 있을 거라고 덧붙였지요. 식탁에 올려둔 책을 어느새 다 읽은 모양이에요. 나는 겨울이 오면 이파리를 땅에 바싹 붙인 채 월동 자세를 취하고 있을 시금치를 떠올려보았어요. 마치 납작 엎드린 것처럼 말이에요.

　병원을 나와 오모떼산도오로 이어지는 언덕을 걷기 시작했어요. 지금은 현대적인 쇼핑몰들뿐이지만 예전에는 느티나무 가로수로 유명한 언덕길이었다고 아버지가 아는 척을 했어요. 인파가 몰리는 주말인데다가 무슨 퍼레이드까지 열리는지 도로와 인도의 일부를 차단해놓았더군요. 초록색 티셔츠와 높고 긴 펠트 모자를 쓴 행렬이 지나가고 맥주병과 로고 모양의 애드벌룬들이 하늘에 둥둥 떠 있었어요. 퍼레이드 같은 것을 직접 눈으로 보기는 아주 오랜만인 것 같았어요. 트럼펫을 불고 큰북과 작은북을 치며 걸어가는 사람들 속으로 문득 한번 끼어들어보면 어떨까 싶은 생각이 스치기도 했어요. 무슨 일이냐고 물으니 제부는 봄이 온 것을 축하하는 의미로 도쿄에 사는 아이리시들이 매년 성 패트릭 데이에 개최하는 행사라고 심드렁하게 말해주었어요. 행인들은 아이리시 맥주 로고가 새겨진 티셔츠와 모자를 쓰고 있었어요. 한쪽에서는 홍보용으로 미니어처 캔맥주와 안경알이 초록색 맥주병 모양으로 만들어진 플라스틱 모형안경을 행인들에게 나누어주고 있었어요. 제부가 그중에서 모형안경 두개를 쏜살같이 받아와 아버지와 나에게 두 손으로 내밀었어요. 아버지와 나는 조카들 성화에 못 이긴 척 맥주병 모양의 안경을 받아 썼어요. 웃음을 참느라 그런지 동생은 고개를 돌리고 조카들은 도쿄 타워 앞에서 원숭이 공연을 보았을 때처럼 발을 굴러대며 웃음을 터뜨렸어요.

우리는 다시 걷기 시작했어요. 분분히 휘날리던 흰 벚꽃 이파리들이 콧등과 이마로 떨어졌어요. 나는 그것을 손으로 떼어내며 슬쩍 아버지를 돌아봤어요. 검버섯 핀 얼굴에 맥주병 모양의 안경을 쓴 채 태연히 눈을 굴리고 있는 사람. 시금치가 명아줏과 풀이라는 걸 아는 사람입니다. 뽑아서 던져놓으면 마디에서부터 뿌리를 내려 자라기 시작하는 풀. 나는 시금치에도 꽃이 핀다는 사실을 말해야 할지 몰라 가만히 뒤따라가요. 맥주병 모양의 안경을 쓰고 있어서 그런지 술을 마신 것도 아닌데 발뒤꿈치가 들리고 헛발을 딛고 있는 느낌입니다. 그동안 허공을 날고 있었던 게 아니라 이 세계에서 자꾸만 미끄러지고 있었던 것일까요. 아무려나 지금은 집으로 갑니다.

학습의 生

1

　야산은 언덕처럼 평평하고 완만한 형상이었다. 저녁이 되면 산이 아니라 마당과 집 전체를 점유하려는 것이 목적인 사나운 짐승처럼 변했다. 실체와 그 실체를 찍은 사진에 큰 차이가 있듯 산이 가깝다는 사실과 그 산 밑에서 생활을 한다는 것은 달랐다. 그런 점에 대해서는 집을 선택하기 전까지, 그 집에 살아보기 전까지 남편도 나도 알 턱이 없었다. 그것이 우리가 저지른 마지막 실수라는 점에선 그나마 다행이었다. 밤이 깊어질수록 불빛도 인기척도 모두 사라지고 주위에는 냉기만 남는다. 별들조차 이쪽 땅의 세계와는 무관한 듯 단일한 세기로 빛을 발할 뿐이다. 암흑이 있다면 이럴 거라는 짐작이 든다. 그러나 암흑의 깊이에 대해서는 설명할 도리가 없다. 사차원이라면 말이 달라진다. 그건 무중력상태를 의미하기도 하며 살아 있는 것은 어떤 작은 힘으로도 방향을 갖고 움직일 테니까 말이다.

견딜 수 없는 불안은 거의 없었다. 견디기 어려운 불안들은 언제나 있었다. 커튼을 들추고 밤의 산을 바라보는 일은 후자에 속했다. 그러나 빛이 밝아오기 시작하는 동틀 녘이면 나는 절레절레 머리를 흔들곤 한다. 여기는 내가 새로 선택한 환경일 뿐이다. 나와 나를 둘러싼 것들로 존재하는. 나를 새로운 환경에 내려놓는 일은 시작부터 쉽지 않은 결정이었고 마지막까지 후회로 남게 될지도 알수 없다. 다른 선택도 없었다. 이 암흑이거나 사차원의 세계에 적응하거나 체념하거나, 둘 중 하나만 남았을 뿐. 무중력상태에서는 인간의 뼈와 근육이 빠른 속도로 쇠약해진다. 나의 뼈와 근육들도 점점 더 조직이 헐거워지고 염증이 번지는 것 같다. 내 몸에서 일어나는 이 형질상의 변화를 보면 나는 내가 알지 못하는 사이에 무중력상태에 떠 있곤 하는 것일까.

간혹 방문을 원하는 사람들이 있다. 도시에 살고 있는 옛 동료나 성인이 된 몇몇 제자들, 사촌들, 그리고 나와 더 오래 알고 지냈지만 지금은 나보다 남편과 더 가깝게 지내는 사람들. 그들에게 이집의 위치를 설명해야 할 때면 매번 곤혹스러워진다. 나는 집을 찾아오는 방법을 종이에 써보았다. 올림픽대로를 타고 미사리 쪽으로, 팔당대교 방향으로 오다가 양평 가는 이정표 보고 오른쪽으로 쭉 빠져 네개의 터널을 지나 조안면 방향으로, 구 양수대교를 건너 직진, 버스정류장을 끼고 좌회전, 서종면 쪽으로 팔 킬로미터, 명달리 노문리 쪽으로 우회전, 다리 세개를 건너 세번째 다리에서 직진, 언덕 넘어 오른쪽 밤색 벽돌집. 이렇게 적어놓고 보니 이 집은 정말 여기에 존재하는, 실체를 갖고 있는 집 같기는 하다. 지난 삼 개월 동안 내방객들이 많은 건 아니었다. 성별도 관계망도 연령대 도 다 달랐다. 한번에 잘 찾아오는 사람이 없다는 점만큼은 일치했 다. 사람들은 멀지도 않은 거리에서 다리 세개를 모두 건너야 한다 는 사실에 주춤서렸다. 일 킬로미터 간격으로 세워져 있는 다리들 을 건널 때마다 여길 지나는 게 맞느냐고 세번씩 전화하는 사람도 있었다.

다리 이야기를 하려는 것은 아니다. 왜 다리 앞에서 사람들은 망 설이게 되는 것일까 하는 의문이 들었을 따름이다. 그래도 이 집은 진짜 존재하는 공간으로는 여겨지지 않는다. 이 불확실한 느낌은 거실 창에 이마를 댄 채 밤을 보내기 시작하면서부터 생긴 눈앞의 지워지지 않는 얼룩 같은 것일지도 모른다. 마흔아홉의 생을 돌아 보기란 쉽지도 않은데다가 시간도 오래 걸렸다. 그러나 단순한 삶 이었고 멀리서 본다면 때로 소극(笑劇)에 가까운 삶이었다고 생각 한다. 나는 창에서 이마를 떼고 꼿꼿이 선 채 마당과 그 마당을 잠 식한 야산의 울퉁불퉁한 검은 그림자를 노려보았다. 그런 밤의 불 안은 아직 온기는 남아 있지만 쓰러진 내 육체를 얼결에 내가 지탱 하고 서 있는 꿈의 크기와 맞먹는다.

어느날 나는 한 뜻밖의 소리를 듣게 되었다. 마당 한구석이 무너져내리는 것 같은 쿵, 소리. 이곳이 절대 무중력의 상태도, 암흑도 아니라는 것을 일깨워주듯 둔중하고 무거운 무엇인가가 쿵! 하고 떨어져내리는 소리를. 아니 움직임이라고 해야 할까, 진동이라고 해야 할까. 나는 내도록 땅에 쓰러져 있던 사람처럼 온몸으로 그 진동을 느끼고 있었다. 그 쿵 하고 떨어지는 소리만큼 실제적이며 단호한 소리를 그때껏 들어본 적이 없다.

2

야산 너머로는 강이 흐르고 그 강을 경계로 해서 시가 갈렸다. 좁은 포장도로를 달리다보면 분교 하나와 대형 플라스틱 만화 캐릭터를 세워놓은 놀이방이 있고 계곡을 중심으로 펜션과 가든, 모텔들이 밀집돼 있었다. 구조는 특별한 데가 없었지만 그 주변에서 호젓이 떨어져나와 있는 집의 위치와 도시에서는 가져보지 못한 넓디넓은 마당과 앞산에 보이는 소나무 벚나무 단풍나무 사이로 아직 영산홍 진달래가 모닥모닥 피어 있는 정한한 풍경이 마음을 끌었다. 집을 보러 왔던 지난봄. 그날 남편은 오래 나를 진료해왔던 닥터 윤의 후배가 하는, 앞으로 내가 다니게 될 병원의 위치를 확인하고도 집을 중심으로 반경 삼 킬로미터를 돌고 또 돌았다.

나는 잠자코 옆자리에 앉아 차창 밖을 내다보았다. 이제 이곳에서 살 것인가 아닌가 하는 결정만 남았고 그것으로 우리에게 남은 일은 더이상 없었다. 끝까지 그는 남편으로서의 의무를 다하고 싶어 했다. 그래야만 앞으로 내 쪽에서 더는 아무것도 요구하지 않을 거라고 기대하는 건 아니었을까. 여전히 전방을 주시한 채 남편이 정말 후회하지 않을 거야?라고 물었다. 나는 그 질문이 주목하는 대상에 대해 짚어보았다. 그리고 아니,라고 짧게 대꾸했다. 남편의 질문은 우리의 이혼이 아니라 나의 퇴직에 관한 것이었으니까. 나는 둘 다 후회하지 않았고 그 두가지 결정은 오래전부터 혼자 준비하고 계획해온 거였다. 고개를 돌려 남편의 씰루엣을 바라봤다. 사랑이란 그 대상에게 자신이 속하게 되기를 스스로 노력해야 하는 거라고 침묵으로 가르쳐주었던 사람. 그것은 가치 있는 깨달음이었지만 그걸 얻기까지 너무 많은 시간을 보냈다. 우리가 이렇게 된 것은 남편의 잘못도 나의 탓도 아니다. 사랑을 시작하기는 쉬울지 몰라도 사랑 자체는 결코 쉽지 않다는 것을 서로 알아차린 두 사람 사이에서 일어날 수 있는 통상적인 결과일 뿐이었다. 남편은 차를 다시 복덕방 쪽으로 돌렸고 입주는 5월에 하기로 결정했다.

집에서부터 자동차를 몰고 세개의 다리를 건너면 복덕방과 조립식주택회사가 나온다. 거기서부터 북쪽으로 십 미터쯤 도로를 지나면 '무순상회'가 나타난다. 집에서 가장 가까운 마트였고 가정식 백반을 하는 식당을 겸하고 있었다. 마트라고 하기엔 궁색했지만 종류가 꽤 다양한 채소와 과일을 입구에 늘어놓고 팔았다. 헛일

삼아 주문해 먹은 된장찌개나 비지찌개 같은 음식도 입에 맞아 일주일에 두세번은 들르게 되었다. 내 또래 부부가 운영하는 것 같았다. 남자는 보이지 않을 때가 많았다. 네다섯번쯤 그 가게에 갔을 때 여주인이 말을 건네왔다. 상추와 참치캔, 두부를 사놓고 식당 평상에 앉아 점심 겸 저녁으로 모듬전이나 한 접시 먹고 가려던 참이었다. 물잔을 놔주러 왔던 여주인이 저 다리 건너 사신다면서요? 아는 척을 해 무심코 고개를 끄덕였다. 그러자 여자가 이렇게 한번 더 물었다. 선생님이셨다면서요? 나는 평상 옆에 바짝 붙어 서 있는 여주인의 얼굴을 올려다보았다. 여자가 어쩐지 싱긋 웃고 있는 것 같았다. 좁은 마을이었다.

낮 기온이 오르기 시작하자 자리에서 일어나기가 더 어려워졌다. 더위와 습도 때문이었다. 얼굴 바로 앞에서 윙윙거리는 모기조차 손을 들어 쫓을 기운이 없는 날이 많았다. 날씨가 화창해지면 간신히 운전을 해 무순상회로 갔다. 콩국수를 먹고 있는데 안면을 트게 된 상회 바깥주인이 슬며시 평상에 와 앉았다. 이곳 토박이인데다가 일대에서 일어나는 일이라면 모르는 게 없는 남자였다. 아직 개발되기 전, 문을 열면 이 일대가 온통 산과 들이었던 시절에 남자는 오리, 산양, 사슴, 꿀벌 같은 특수가축을 사육하는 일을 했다고 했다. 남자는 틈이 날 때마다 그 시절 자신이 사육했던 오리의 일인당 소비량과 다른 축종에 비해 사료에 대한 의존도가 상대적으로 낮아 소자본으로 사육이 가능했던 산양 산업, 그리고 소비층 확대가 가장 큰 어려움이었다던 사슴 산업에 대해 말하기를 좋아했다. 그런 이야기는 상회 남자에게만 들을 수 있는 이야기였지만 서너번 듣다보면 그게 사육에 관한 거라기보다는 식용과 보신에 관한 말이라는 걸 알아차릴 수 있었다. 남자는 나에게 요즘 몸이 많이 축나 보인다고 말을 던졌다. 여름을 나는 게 힘드네요. 나는 조금 웃었다. 남자가 아예 상 맞은편에 자리 잡고 앉았다. 혼자 지내시기 적적허시죠? 남자의 얼굴은 진지해 보였다. 동네 사람들이 보기에 나는 남편과 함께 집을 보러 왔다가 그 집에서 혼자 살게 된 여자로 보일 터였다. 그러지 말고 산양이나 한 두어마리 사다 길러보시는 거 어때요? 그럼 덜 적적할 텐데, 남자가 운을 뗐다. 남자 입에선 시큼한 식초 냄새가 풍겼다. 글쎄요, 산양이라. 남자는 내 집의 유난히 널찍한 마당과 앞산과 먼저 살던 사람이 마당 한구석에 놓고 갔다는 빈 닭장 이야기를 꺼냈다. 닭장이라니, 그런 게 내 집 마당에 있는지도 몰랐다. 남자가 내 집에 관해 더 세세한 것까지 알고 있을지도 모르는 일이다. 유쾌한 직감은 아니었다. 다시 산양 이야기로 돌아가 남자는 체구가 작고 귀가 늘어지지 않은 놈으로 파주에서 두마리쯤 사다줄 수 있다고도 했다. 그러곤 산양을 기르는 일의 이점에 대해, 즉 초식동물이라 깨끗하며 임신 기간도 짧고 똑똑한 놈은 말귀까지 알아듣는다고 늘어놓기 시작했다. 남자는 내가 그 외딴집에서 혼자 지내는 게 정말 걱정스럽다는 표정이었다. 이마의 땀을 훔치면서 나는 산양에 대해 떠올려보았다. 건조하고 청결한 환경을 좋아하며 높은 곳에 올라가는 것을 즐기고 습기와 악취를 싫어하는 동물. 높은 곳에 올라가는 걸 좋아한다는 점만 제외하면 나와 비슷한 데가 많은 동물이기는 했다. 나는 남자에게 그 산양이라는 게 염소를 말씀하시는 거지요?라고 물었다. 그러자 아주 좋은 질문을 했다는 듯 남자가 흐뭇한 얼굴로 그렇죠, 그러니까 정확히는 흑염소라고 할까. 나는 피식 웃으며 남자의 말을 차단하듯 상 위에 젓가락을 내려놓았다. 무순상회 부부와 이야기를 나눌 땐 늘 이런 식이다.

평상에서 일어나려는데 한 더벅머리 사내아이가 가방을 메고 상회 입구로 들어왔다. 주인 남자가 손을 까닥여 아이를 이쪽으로 불렀다. 얼굴은 아직 애티가 흘렀지만 체구는 크다는 말로는 부족할 만큼 과체중인 것처럼 보이는 아이였다. 키는 또래 아이들 평균을 조금 넘을까. 인근 중학교에 다니는 아들이라고 했다. 사내아이는 상체를 오그린 자세로 쭈뼛거리며 걸어왔다. 이런 돼지새끼, 이 더러운 땀 좀 봐라. 남자는 아이 목덜미께를 손바닥으로 한대 쳤다. 시늉뿐인 게 아니었는지 쩍 소리가 났다. 나는 나도 모르게 목을 움찔거렸다. 남자가 인사드려라 인마, 서울서 오신 고등학교 선생님이시다, 했다. 아이가 재빨리 머리를 무릎까지 숙였다 들었다. 나는 아직도 그 마트의 상호인 '무순'이 무슨 뜻인지 모른다. 그게 소년의 이름이라는 것은 알게 되었지만 어떤 의미를 갖고 있든 그 커다란 덩치에는 어울리지 않는 이름이라고 순간 생각했다.

장마철이 시작되었고 이제 나는 집 밖으로는 움직이지 못하게 되었다. 먹을 것도 없고 먹을 수 있을 만한 것도 다 떨어졌다. 불 옆에서 조리를 한다는 건 엄두도 내지 못했다. 누군가 나에게 고통을 주겠다면 그 방법은 간단하다. 습기로 가득 찬 공간으로 나를 밀어 넣거나 뜨거운 불 옆에 서 있게 하거나 짜고 매운 음식을 억지로 먹이면 그만이다. 내가 더 운이 좋지 않다면 그렇게 하는 것만으로도 결국 난 실명에 이를 수 있게 된다. 내가 두려운 것은 그런 순간이 아니라 포도막염이 진행돼 언젠가 앞을 못 보게 될지도 모를, 아직 다가오지 않은 일에 대한 고통이다. 나는 궁리 끝에 무순상회로 전화를 걸었다. 상회 여자는 어딘가 억지스럽고 과장된 목소리로 진즉에 말씀하시지, 했다.

먼 데서 털털거리는 낡은 스쿠디 소리가 들리면 나는 사리에서 일어나 슬리퍼를 찾아 신고 겨우 현관 앞까지 나간다. 식료품과 생수를 싣고 무순상회 소년이 그렇게 내 집을 드나들게 되었다.

세번째 배달을 온 날, 소년은 말했다.

마당 좀 빌려주실 수 있을까요.

기가 꺾인 목소리였다.

나는 소년이 손에 들고 있는 쇠공을 내려다보며 물었다.

그걸로 내 집에서 뭘 하려고 하니?

3

오랫동안 교직에 있었지만 나는 아이들을 믿지 않았다. 그럴 만한 불미스러운 일을 겪은 것도 아니다. 내가 선생으로서 자격이 없는 사람이거나 신뢰가 가지 않는 유형에 속했을 수도 있다. 교과서를 잘 활용해도, 나로서는 진심이라고 해도 좋을 인생의 충고를 해줘도 학생들의 도덕성은 높아지지 않았고 더 친밀해지지도 않았다. 그뿐이었다. 발령을 받자마자 중학교에서 사년 근무하고 퇴직할 때까지 같은 사립재단의 여자고등학교에 있었다. 중학교 남자아이와는 어떤 식으로 대화하는지 잊어버렸다. 무순은 중학교 3학년이라고 했다. 붙임성이라고는 전혀 없는데다 간단한 의사표현을 하는 것조차 불편해하는 눈치였다. 더벅머리나 좀 짧게 치면 훨씬 보기 좋을 텐데. 나는 속으로 혀를 찼다. 제가 애써 설명하는 내용을 내가 제대로 알아듣지 못하자 아이는 진땀을 흘리는 것 같았다. 쉽게 좀 말해봐. 나는 아이 옆에 쭈그리고 앉았다. 내가 이해한건 아이가 내 마당에서 운동을 하고 싶어하며 그게 쇠공을 멀리 던지는 경기라는 것까지였다. 투포환이라는 경기에 대해서 더 깊은 지식을 갖고 있을 리 없었다. 어쩌다 스포츠뉴스 같은 데서 스치듯본 게 다였을 뿐. 아이는 답답하다는 듯 제 머리를 쥐어박으며 아줌만 선생님이었다면서 왜 이렇게 모르는 게 많아요? 했다. 글쎄그 무거운 걸 왜 애써서 던지는지 모르겠네. 나는 눈을 껌벅거리며무순을 봤다. 그러니까 이건 공을 가장 멀리 던지는 사람이 이기는 경기라고요. 그리고 아이는 투척(投擲)에 관해 말했다.

나는 아이가 마당에서 그 쇠공을 갖고 시범을 보이는 모습을 바라보았다. 내가 한 손으로는 도저히 들어올릴 수 없을 것 같은 무겁고 단단해 보이는 쇠공을 아이는 턱 밑까지 올렸다가 미끄러지

듯 발을 이동해 지면을 휙 차며 던졌다. 아이의 시선은 멀리 가 있었다. 나는 공이 날아가는 방향을 눈으로 좇으며 생각했다. 아이가 말하는 것은 투척이 아니라 꿈이나 희망 같은 것일지도 모른다고. 그런 점에서 보면 이 아이도 다른 아이들과 다를 게 없었다. 그 또래 아이들은 제가 가진 능력보다 자신을 과대평가하는 경향이 있다. 삼초 혹은 오초쯤. 마당에 정적이 흘렀다. 공은 멀리 날아가지 못하고 바닥으로 힘없이 툭 떨어졌다. 공부 쪽으론 글렀다고 털어놓을 때보다 더 풀 죽은 모습으로 아이는 긴 팔을 털레털레 흔들며 내 옆으로 와 앉았다. 시난해 가을 학교 대표로 시 경기에 출전했다가 허리를 다쳤다고 했다. 그뒤로 대표팀에서도 밀려났다고. 아이는 뒤를 보는 자세를 하고 있다가 포환을 더 멀리 던지는 방법을 개발해낸 미국의 패리 오브라이언 선수처럼 멋진 투포환 선수가 되는 것이 꿈이라고 했다. 나는 고개를 끄덕였다. 무순이 말하고 싶어하는 건 역시 꿈일까. 땀 냄새가 풍기는 아이 몸에서 열기가 끼쳤다. 나는 세뼘쯤 옆으로 옮겨 앉았다. 비가 그친 하늘에는 꺼무레한 엷은 구름들이 층층이 겹쳐 있었고 그 틈으로 햇살이 떨어져내렸다. 꿈이 아니라 고독. 나는 그런 것에 대해 말하고 싶은 충동을 느꼈다. 어른이 되면, 털어놓는다는 게 그만 상대에게 약점을 보여주는 것처럼 느껴지는 이야기들.

　나는 아이에게 너 혹시 수업시간에 니코마코스 윤리학에 대해서 배웠니?라고 물어보았다가 어리둥절해하는 아이 표정을 보곤 어, 미안,이라고 수습했다. 고등학교에 가야 배우게 될 터였다. 무순의 꿈에 관한 이야기는 나에게 아리스토텔레스의 아들인 니코마코스가 정리한 윤리학 책을 떠올리게 했다. 아버지가 아들에게 들려주는 도덕 이야기의 형식으로 왜 사는가, 무엇을 위해 사는가 같은 질문에 대한 답을 체계적으로 제시하고 있는 책이었다. 정체성에 관한 문제로 시험에 자주 출제되었고 '현대사회와 도덕 문제' 단원 중 핵심적인 부분이기도 했다.

그게 뭔데요?

무순이 호기심을 보였다.

아니, 넌 네가 뭘 하고 싶은지 잘 아는 거 같아서.

그런데 아줌마, 아프다면서요?

그래, 조금.

어디가요? 겉으론 안 그래 보이는데.

너, 허벅지에 그건 뭐니? 누가 널 때리니?

아이는 말이 없었다.

나도 더는 묻지 않았다.

내 병은 드러내놓을 만한 것이 못될지도 모른다. 구강궤양이나 관절, 안구, 피부, 중추신경계 등 여러 장기가 파괴될 수 있는, 유전적인 요인이 가장 큰 자가면역질환 중 하나다. 내 케이스는 예외적인 데가 있었다. 다행이라면 이 병에 흔하게 생기는 음부궤양이 나한테는 나타나지 않았다는 사실이고, 그 반대라면 이십대나 삼십대에 발병했다 나이가 들수록 서서히 중증도가 덜해진다는 이 병이 나에게는 그렇지가 않다는 거였다. 유전적인 요인 외에 바이러스와 세균에 대한 면역반응이 염증질환과 관련 있다고 알려진 병이었다. 공기가 좋은 곳에서 살고 음식 섭취에 주의해야 했다. 쉽게 피로해지고 무기력감에 사로잡혔다. 외상은 거의 없어 보인다. 그러나 의사들의 말에 따르면 이 병은 내 몸이 나를 적으로 여기고 끊임없이 공격하는 종류의 무서운 질병에 속했다.

4

　무순에게 투포환을 처음 알게 해준 사람이 누구인지 궁금해졌다. 그 투척 경기를 이해시키기 위해 힘의 정의나 속도 같은 것들을 가르쳐준 사람이. 무순은 내게 힘에 관해 설명하면서 만약 공을 든 손이 수직 방향으로만 힘을 싣는다면 포환은 멀리 날아가지 못한 채 위로만 똑바로 올라갔다가 다시 아래로 뚝 떨어지게 될 거라고 말했다. 공을 손에 쥐었다고 해서 먼저 던지기부터 해서는 안된다는 뜻일까. 공을 손에 쥔 다음에는 가장 멀리 던질 수 있는 데까지 시선을 보내고 그다음에 공을 어떻게 자신이 원하는 곳까지 보낼 수 있는지 다양한 방법에 대해 고려해보지 않으면 안된다고 덧붙였다. 던지는 게 아니라 이건 밀어내기에 가까워요. 무순은 거기에 방점을 찍었다. 나는 아이가 하는 말을 새겨들으며 밀어내기,라고 읊조려보았다. 그다음에 아이는 내게 투사각도에 대해 제가 아는 지식들을 말해주기 시작했다. 그런 말을 할 때의 무순에게서는 매사에 주눅 든 태도와 흐릿해 보이는 눈빛 같은 건 다 사라져버린 듯했다. 조밀하고 응축된, 어떤 단단한 것을 손에 쥔 아이 같았다. 나는 무순이 말하는 힘이나 속도의 원리에 대해 잘 알지 못했다. 그러나 A가 B에게 힘을 가하면 B도 A만큼 움직이며, B는 크기가 같은 반대 방향의 힘을 A에게 미친다는 것쯤은 어렵지 않게 이해했다. 힘의 그런 상호적인 성질에서부터 작용-반작용의 법칙이 나온 거라고 나는 설명을 보태며 아이에게 이렇게 예를 들었다. 네가 공이고 내가 이 마당이라면 떨어지는 공의 힘이랑 내가 그걸 맞받는 힘이랑 그 크기가 같다는 거지. 그러자 무순은 와 아줌마, 선생님 맞긴 맞네요, 하면서 입을 벌리고 웃었다. 나는 웃는 아이를 맞바라보았다. 무순이 살찐 목을 뒤로 젖히고 진짜 애처럼 천진하게 웃는 모습을 처음 보기도 했지만 더 낯선 것은 내가 웃고 있다는 사실이었다. 아이를 만난 지 보름 만이었다. 웃음소리는 크고 생경스럽게 들렸다. 아이는 공을 든 채 마당 한끝으로 가 섰고 나는 그 웃음을 수습하지 못해 난처해하면서도 혼자서 흠흠 웃음을 흘리고 있었다. 그런데 아이는 만약 A가 움직이지 않으면 B도 움직이지 못한다는 사실을 알고 있을까. 나는 이 웃음소리에 내포된, 아직 내가 알지 못하고 어쩌면 훗날 나에게 큰 변화를 가져다줄 결과에 대해서 지금은 넘겨짚고 싶지 않다.

강수량이 평년 기준치를 넘고 있었다. 습기가 들어차지 않도록 창문이란 창문은 모조리 닫은 채 에어컨과 보일러를 번갈아 틀어가며 습도 조절에 신경을 썼다. 그래도 누워 지내야 하는 날이 늘었고 무엇보다 비가 오는 날이면 무순은 내 마당에서도 연습을 할 수가 없었다. 배달해온 식료품들을 거실 안으로 들여다놔주고 간 줄 알았던 아이가 비가 쏟아지는 마당에서 쇠공을 던지고 있는 모습을 본 적도 있었다. 그런 날의 공은 쿵,이 아니라 퍽, 푹, 둔탁한 소리를 내며 떨어졌다. 나는 무순을 안으로 부르지 않았고 집으로 돌아가라고 말하지도 않았다. 세개의 정원 등 스위치를 올려주었을 뿐 내가 할 수 있는 일은 아무것도 없었다. 상회 여자에게 전화를 걸어 채소와 생선 목록을 더 늘려주고 식당에서 파는 도토리묵이나 감자전, 비지찌개 같은 음식들도 주문해 먹고 싶다고 말했다. 여자는 그럼 배달료가…… 하며 말을 감췄다. 미성년자인 무순이 스쿠터를 타고 돌아다니는 것은 명백히 불법에 속하는 일이다. 여자의 말 속에는 그런 뜻도 담겨 있을 것이다. 배달료는 걱정하지 마세요. 나는 쌀쌀맞게 대꾸했다. 앞으로 상회 여자에게 무엇을 더 부탁하게 될지도, 내 쪽에서 아쉬운 소리를 해야 할 일이 생길지도 몰랐다. 틈을 줘도 쉽게 주지는 말아야 했다. 음식 배달까지 하느라 이틀에 한번꼴로 무순이 집으로 오게 되었다. 일주일에 한번씩 나는 무순에게 여자의 요구치보다 높은 배달료와 음식값을 지불해주었다. 그 때문인지 여자는 종종 깻잎절임이나 장아찌, 오이지무침, 멸치볶음 같은 밑반찬들도 함께 보냈다. 모두 내게는 너무 짜거나 자극적이어서 먹을 수 없는 음식이었지만. 무순은 무덤덤한 얼굴로 그 큰 덩치를 안으로 오그린 채 양손을 내밀곤 내가 내미는 돈봉투를 받아들었다. 나는 스파이크 바닥같이 울퉁불퉁 굳은살이 박인 아이의 손바닥을 내려다보았다. 그 손에 어울리는 건 단단하고 둥근 쇠공밖에 없는 것 같았다. 나는 한달에 한번씩 상회로 가서 직접 계산하겠다고 여자에게 전했다. 그러시든지. 여주인이 전화를 툭 끊었다.

상회 남자 말대로 야산 자락과 경계를 이루는 내 집 마당 한쪽에 커다란 닭장이 있었다. 망 군데군데 아직 닭털들이 달라붙어 있었다. 예각처럼 생겨 무순에겐 쓸모가 없을 귀퉁이 쪽으로 닭장을 끌어다놓았고 비가 그친 날에는 자동차를 마당에서 빼 세번째 다리 아래에 주차해놓았다. 마당에 굴러다니는 빈 화분들과 벽돌 조각들도 치웠다. 무순과 나는 주전자에 물을 담아 마당 왼쪽에 원을 그렸다. 무순에게 필요한 원지름은 이 미터가 넘었고 그 써클의 원심에서부터 육십오도쯤 되는 각도의 선을 양쪽으로 길게 표시했다. 물로 그린 축축한 원을 보고 무순은 한번 히죽 웃었다. 나는 정원용 플라스틱 의자에 앉아 사 킬로그램짜리 쇠공을 턱 옆에 받쳐들고 원 한가운데 서 있는 아이를 지켜보았다. 티셔츠가 딸려올라간 등허리에 빗자루 대나 호스로 내리친 것 같은 멍 자국이 보였다. 나는 얼른 눈을 딴 데로 돌렸다. 아이는 던지는 방향과 반대편으로 서서 몸을 굽혔다. 왼발을 살짝 움직이면서 오른발을 이동시키는 것. 아이는 그것을 글라이딩이라고 가르쳐주었다. 허리를 회전할 때 힘은 이제 어깨, 팔, 손목으로 이동한다. 사십도 각도쯤, 아이는 허공을 휘젓는 기합 소리와 동시에 전력을 다해 공을 밀어냈다. 나는 공이 날아가는 방향으로 눈을 돌렸다. 날아가는 그 힘의 중심을 보고 싶었다. 공이 세상에 머문 순간, 그건 찰나에 지나지 않을 것이다. 그러나 그것은 마치 눈앞에 하나의 구멍을 낸 것처럼 보였다. 내가 아직 알지 못하고 아직 가보지 못한. 나는 나의 눈과 나의 귀와 내 몸으로 전해지는 감각에 집중하고 있었다. 공은 허공에서 중력과 잠시 버티다 바닥으로 쿵, 떨어졌다. 어디선가 오랫동안 밀봉된 병뚜껑을 단번에 열었을 때 나는 확실하고 쾌활한, 그런 소리가 들린 것 같았다. 아직 원 안에 서 있는 아이가 나 잘했어요? 하는 얼굴로 돌아보고 있었다. 그제야 나는 브라보, 다소 과장된 손뼉을 힘없이 짝짝 쳤다. 떨어진 공을 주워 온 아이는 공을 늘고 공이 날아갈 방향을 가늠하고 팔을 뻗듯 공을 던지고 공을 줍는 동작을 되풀이했다. 스윙을 할 때의 무순에게서는 그 어느 때보다 역동적인 힘이 흘러나왔다. 내가 느낀 생의 감각은 그 손을 떠나는 순간의 쇠공처럼 둥글고 활발했다. 나는 열감이 훅 느껴지는 얼굴을 서둘러 두 손으로 감싸쥐었다.

물은 금방 말랐다. 무순이 가고 나면 보통의 흙과는 다른, 오직 나만 알아볼 수 있을 적갈색의 커다란 원만 마당에 남았고 집이 깊은 정적에 휩싸이고 나면 그것만이 누군가 내 집에 다녀갔다는 사실을 증명해주는 것 같았다.

나는 여전히 잠을 못 이룬 채 집 안을 서성거렸다. 내가 걸린 예외적인 병과 그 병에서조차 예외적인 증상과 헤어진 남편과 야산의 그림자와 아이, 그 아이에 대한 생각을 했다. 무순은 자신의 바람대로 뛰어난 투포환 선수가 될 수도 있을 것이다. 그러나 그렇게 되지 못할 가능성이 더 클지도 모른다. 아이의 허리는 계속 낫지 않을 수도 있고 구타를 일삼는 상회 남자의 매질은 그치지 않을지 모르고 남자의 위협처럼 고등학교 진학조차 할 수 없게 될지 모른다. 한순간에도 삶은 가망 없는 방향으로 흘러갈 수 있었다. 나는 아이에게 맨 처음 투포환을 가르친 사람에 대해 다시 떠올려보았다. 내가 할 일이 있다면 투포환이 없을 아이의 삶에 대해서 고민해야 하는 것처럼 느껴졌고 동시에 나는 내가 그 또래 남자아이한테 하고 있는 이 염려가 공연하다는 걸 깨달았다. 아이의 삶에 개입하고 싶지 않았다. 그러나 나의 결심은 지켜지지 않았다. 그건 애초부터 넉넉히 시접을 잡았다가 늘렸다 줄였다 하는 것과는 다른 일이었다. 나는 무순에게 자동차를 운전하는 법을 가르쳐주겠다고 제안했다. 세상의 다양한 직업들을 소개해줄 수도 있고 좋은 책을 권해줄 수도 있었지만 지금 당장 내 집에서 내가 스스로 몸을 움직여 가르쳐줄 수 있는 것은 자동차 운전밖에 없는 것 같았다. 다행히 무순은 흥미를 보였다. 그게 운전을 배우는 것에 관한 거였는지 아니면 우리, 저와 나 사이에 일어난 변화에 관한 것인지는 알 수 없었다.

무순이 내 집에 머무는 시간은 점점 길어졌다.

5

금요일 아침, 맑게 갠 서쪽 하늘에 무지개 모양의 채운(彩雲)이 떠 있었다. 어쩌다 봄에 드물게 볼 수 있고 그 구름이 보이면 지진이 일어날 징조라는 말도 있다. 그런 억측이 무색할 만큼 구름의 갖가지 빛깔은 찬란해 보였다. 나는 진료 예약을 확인하고 옷을 갈아입었다. 자동차는 마당에도 다리 밑에도 없었다. 무순이 어디 내가 모르는 곳에 차를 세워둔 것일까. 다시 집으로 들어가 콜택시 번호를 찾아 눌렀다.

병원은 서울-춘천 간 고속도로와 벽계천 사이에 위치해 있었다. 남편이 여기에 집을 얻은 데는 이곳이 친환경농업특구로 지정된 지역이라는 것과 친구인 닥터 윤의 믿을 만한 후배가 병원을 갖고 있다는 이유가 큰 몫을 했을 것이다. 그러느라 정작 이곳이 겨울에는 북서계절풍의 영향으로 한랭하고 여름에는 강수량이 많다는 사실을 간과했을 거였다. 나는 그곳이 어디이든 상관없었다. 우리가 헤어져 살 수만 있다면. 의사는 지난번 시험 삼아 바꿔본 스테로이드 연고에 관해 물었다. 부작용 때문에 사용해도 최소한으로 줄여야 할 치료제였다. 특별히 새로 나타난 증상도 없고 망막에도 눈에 띌 만한 변화는 없다고 했다. 증상은 호전되지도 더 나빠지지도 않았다. 닥터 윤보다 십년쯤 아래로 보이는 젊은 의사는 이 병은 잘 먹고 잘 쉬고 규칙적으로 생활하는 게 중요합니다,라고 닥터 윤이 마지막으로 나를 진찰했을 때 한 당부를 똑같이 했다. 나는 웃음을 가리며 밤에 검은 물체가 눈앞을 휙 지나가는 것 같을 때가 있다고 털어놓았다. 나는 내가 왜 웃고 있는지 알 수 없었다. 그날 무순과 한번 터뜨린 웃음이 시도 때도 없이 새나올 때가 있었다.

나온 김에 무순상회에 들러 직접 장도 보고 이른 점심도 먹고 갈 요량이었다. 무순상회 옆 세탁소에 먼저 들렀다. 맡긴 여름 이불 한 채와 시트를 찾아내는 데 시간이 걸리는 모양이었다. 나는 출입구에 비스듬히 기대서서 상회 입구에 종이상자째 들어 있는 늙은오이와 애호박, 호박잎, 메론, 수박 같은 것들을 보고 있었다. 그 재료들을 이용해 내가 만들 수 있는 음식과 소화시킬 수 있는 음식에 대해서도 떠올렸다. 식당 평상에는 아직 손님이 없어 보였다. 찾은 세탁물을 커다란 보따리에 한데 묶은 여주인이 자꾸만 내 얼굴을 흘깃거리는 것 같았다. 계산을 하면서 나는 왜요? 물었다. 아니, 저기. 세탁소 여자는 말을 아끼며 출입구 쪽을 가리켰다. 왜 그러시는데요. 나는 무덤덤하게 물었다. 세탁소 여자도 무순상회 부부처럼 내가 말하지 않은 나에 관한 어떤 이야기를 알고 있는 거겠지 싶었다. 무순 엄마가 되게 화가 났어. 세탁소 여자가 소곤거렸다. ……? 무순이가 선생님 집에만 가면 늦게 온다고. 세탁소 여자 목소리가 더 작아졌다. 내가 세탁소에 들어섰을 때 여자가 수직으로 세워놓은 구식 다리미에서 쉿쉿거리며 김이 피어올랐다. 윗부분이 원뿔처럼 뾰족한 다리미 바닥은 스치기만 해도 살갗을 발라내버릴 듯 달아올라 보였다. 여자는 거기까지만 말했지만 누가 들어도 그건 이야기의 전부는 아니었다. 오늘은 저 집 들르지 말고 그냥 가세요, 선생님. 나는 거스름돈을 요구했고 묵직한 보따리를 가슴에 안았다. 세탁소 여자가 문 앞까지 따라 나와 물었다. 자기, 윤리 선생님이었다면서? 나는 하늘을 올려다봤다. 그사이 채운은 사라지고 없었다. 이불 보따리를 끌어안은 채 무순상회로 성큼 들어갔다.

아이는 아무것도 모르는 얼굴이었다. 상회 여자가 아직 아무 말 하지 않은 것 같았다. 일주일에 서너번쯤 여일하게 내 집으로 배달을 왔다. 시료품과 랩으로 씌운 음식 접시들을 식탁 위에 내려놓고 나면 아이는 마당 한 귀퉁이에 갖다둔 공을 들고 원 안으로 걸어가 제가 학교 운동장에서는 할 수 없는 것, 제 부모에게는 하고 싶다고 주장하지 못한 것들을 했다. 나는 원을 표시해놓은 물이 마를까봐 조바심치며 밀찍이 떨어뜨려놓은 플라스틱 의자에 앉아 책을 펼쳐놓고 있었다. 이제 아이는 소매가 긴 옷이나 바지로 멍든 몸을 일부러 가리려고 하지도 않았다. 제게 필요한 바벨이나 타이어, 로프 같은 운동기구들을 마당 한쪽에 갖다놓았고 배달을 오지 않는 날에도 내 마당으로 들어와 공을 던지다 가곤 했다. 내가 부탁하지 않아도 쓰레기봉지들을 길 밖으로 내놓기도 했으며 뭔가 힘을 써서 해줘야 하는 일은 없을까, 어른 같은 눈으로 집 안팎을 둘러보고는 했다. 나는 아이가 아무것도 알지 못하기를 바랐다. 상회 여자가 그날 물건을 사고 돌아서는 내 뒤통수에 대고 그 어린것도 사내라고 했던, 그와 유사한 어떤 것을 암시하는 말들을 무순에게 하지 않기를 바랐다. 아이는 공을 힘껏 던지고 떨어진 공을 줍고 그 것을 다시 더 멀리 밀어내는 데 집중하고 있었다. 그 모습을 지켜 보고 있는 나, 힘을 받지 않는 한 결코 움직일 수 없는 물체에 대해 떠올리고 있는 나는 평온했고 그것이 다였다. 이 사이에 다른 것이 끼어들어서는 안된다고 생각했다. 트레이닝을 하려는지 아이가 다 리를 앞뒤로 벌린 자세를 취하고는 바벨을 가슴 위로 갖다대고 있 었다. 멀찌감치 떨어져 있었지만 나는 털이 숭숭 나고 땀이 흐르고 군데군데 멍든, 아이의 드러난 굵은 팔과 다리를 보았다. 만진다면 아직은 젖먹이처럼 연하고 부드러울지도 모를.

남편과 나는 우리가 헤어지는 서로의 이유에 대해 끝까지 말하 지 않았다. 내가 남편과 헤어지겠다는 각오를 한 것은 술 취한 남 편이 나 한달 전에 수술했다, 당신 몰래 해서 미안해, 한 그날 밤쯤 이었을까. 결혼한 지 오년 만에 임신 육주라는 진단을 받은 날이었 다. 술 냄새를 풍기며 남편은 내 옆에서 잠이 들었다. 의사가 들려 준, 내가 앓고 있는 병을 가진 여러 환자들 중 한 젊은 여자와 남자 의 이야기가 떠올랐다. 여자의 외음부와 남자의 음낭에 궤양이 생 겨 사랑을 나누고 싶어도 성기가 찢어지는 아픔 때문에 나눌 수 없 는. 나는 아직은 건강한 나의 성기와 남편의 성기에 대해 생각했다. 오래 닿아본 적 없는 우리들의 성기에 대해서. 내 배 속의 아이는 우리가 마지막으로 간신히 교합했을 때 만들어진 생명이었다. 남 편 말대로라면 남편이 수술받기 전 나와 최후로 나눈 행위에서 비 롯된. 아이는 자연유산되었다. 그 일과 남편의 고백은 우리 관계에 대한 결정권이 나에게로 넘어왔다는 걸 뜻했다. 같이 더 살아야만 했던 나머지 시간은 수습의 상태에 가까웠다. 나는 서른세살이었고 지금으로부터 꼭 십오년 전의 일이다.

공을 던지는 아이는 투척이 아니라 자신을 둘러싼 것들, 저항하고 싶은 것들에게 조용한 투쟁을 하고 있는 사람처럼 보였다. 어떤 힘은 억제돼 있고 어떤 힘은 터져나왔으며 어떤 힘은 진공처럼 닫혀 있었다. 아이는 내가 모르는 특질이 다른 힘을 갖고 있는 존재 같았다. 나는 내가 느끼는 것이 정확한지 내가 믿는 것이 옳은지 확신할 수 없었다. 다만 지금 내 바낭에 앉아 느끼는 이 친밀한 공기가 아이에게도 그런지 그렇지 않은지 묻고 싶었다. 나는 아이에게 포장해온 음식들이 이미 상해 있다는 점에 대해서, 오이와 감자가 썩고 무른 것들이며 통조림 또한 유통기한이 지난 거라는 사실에 대해서 말할 수 없을 것이다. 상회 여자가 나에게 보내는 그런 식의 경고와 악의에 관해서. 아이는 공을 던지는 행위에 집중하고 몰입해야 한다. 그날 세탁소에 들렀다 무순상회로 간 날, 내가 겁을 집어먹은 건 여자의 오해가 아니라 앞으로 아무도 내 집에 오지 않고 먹을 것을 배달해주지 않을 거라는 이유 때문이었을지 모른다. 내가 느낀 건 수치가 아니라 부끄러움이었다고 언젠가 나는 아이에게 말해야 한다. 저녁이 오고, 쇠락하는 빛 속에서 아이는 태평한 얼굴로 다시 공을 던지고 있었다. 아이가 돌아가고 나면 기다렸다는 듯 산 그림자가 덥석 몰려들 거였다. 옅은 암적색 하늘로 멀리 쇠공이 밀려났다. 내부에 납을 채워 더 무겁고 단단한 쇠공처럼 구

형으로 응집된, 이 똘똘 뭉쳐진 불안한 평화와 고통으로 나는 얼굴
을 일그러뜨린 채 눈을 크게 뜨고 앉아 있었다.

6

　그런 시간은 오래가지 않았다. 나는 아이에게 자동차를 모는 방
법이 아니라 우정이나 신뢰를 지키는 방법에 대해 먼저 가르쳐야
했을지 모른다. 그것이 얼마나 깨지기 쉽고 지키기 어려운 것인지,
한번 무너지면 얼마나 회복시키기 어려운지에 관해서 말이다. 자
동차가 보이지 않는 때가 잦았다. 무순이 내 집에 무람없이 드나드
는 것처럼 나는 아이가 내가 준 스페어 키로 다리 밑 공터로 가 운
전 연습을 하거나 운전만큼이나 혼자 있을 수 있는 데가 있어서 좋
다고 했으니 차창을 잠그곤 운전석에 앉아 있겠거니 짐작할 따름
이었다. 무순은 알 듯 말 듯한 표정으로 공을 던지러 계속 마당을
드나들었다. 차에 관해서는 말이 없었다. 우리 둘은 그런 것쯤은 일
일이 말하지 않아도 이해가 허용되는 사이처럼 느껴졌다. 어차피
무순은 자동차를 몰고 세계의 다리 너머로는 나갈 수도 없다.
　가전제품 상점에서 청소기를 골라 계산하려다 말고 나는 차를
몰고 황망히 집으로 돌아왔다. 자동차 안은 퀴퀴한 냄새로 가득했
다. 식탁 의자에 턱을 괴고 앉았다. 물을 한 잔 따라 마셨다. 한 잔
더 마셨다. 쉽게 화를 내서도 실망을 드러내서도 안된다. 상대는 고

작 열대여섯살짜리 남자아이였고, 그 나이라면 제가 무엇을 하고 있는지 때로 저도 잘 모를 수 있다. 잘못했다고 한마디만 하면 돼. 나는 아이를 벌써 용서하고 있었다. 벽시계를 올려다봤다.

끽, 하고 대문 열리는 소리가 들렸다. 현관문이 열리고 아이가 아줌마, 안에 계세요? 묻는 소리가 들렸다. 여느 때와 다를 것이 없었다. 시간도 아이의 행동도 목소리도. 한 손바닥으로 아랫배를 감싼 채 아이가 들을 수 있도록 여기,라고 기척을 냈다. 종이상자를 들고 아이가 주방으로 들어와 나를 보고는 웃었다. 아이는 자주 웃었고 걸을 때노 능을 펴고 걷곤 했다. 나는 아이가 식탁 위에 내려놓은 종이상자를 열어보았다. 상자에 든 호박, 콩나물, 당근, 느타리버섯, 김, 꽁치 통조림, 생닭 한마리, 백김치를 차례차례 꺼냈다. 상자 한쪽에는 해물전과 두부부침이 담긴 플라스틱 접시 두개가 랩으로 말려 있었다. 포장을 뜯지 않았는데도 쉰 냄새가 코로 확 끼쳤다. 나는 받아들었지만 내가 먹을 수 없는 음식과 그것에 대해서 항의하지 못하는 나 자신에 대해 생각했다. 그 부패한 냄새가 지시하는 몇가지 것에 대해서도. 상회 여자는 아이에게 아무 말도 하지 않았다. 그리고 여자는 여전히 나에게 적의를 갖고 있었다. 숨을 크게 내쉬었다. 오늘따라 쉰 냄새는 악취에 가까울 만큼 심했다. 눈까지 따가워졌다. 그 냄새에서 나는 다른 한가지 것을 더 발견했다. 더이상 내가 그런 적의를 견딜 만한 이유가 없어졌다는 사실을. 눈을 비비다 말고 플라스틱 접시를 패대기치듯 집어던졌다. 이런 건 개도 못 먹는 거야. 싸늘한 눈으로 아이를 쳐다보며 말했다. 제가 뭘 잘못 가져온 거예요? 영문을 모르겠다는 표정으로 아이가 식탁으로 더 다가왔다.

너, 왜 내 지갑까지 훔쳤니?

아이가 내 얼굴을 내려다봤다. 아이가 나를 내려다보는 게 못마땅했다. 나는 자리에서 일어나 허리를 폈다.

차를 가져간 것도 너고 내가 집을 비울 때마다 서랍들을 들쑤셔 놓는 사람도 너지?

아이 눈동자가 흔들렸다. 그 눈에서 내 눈을 떼지 않았다.

아이는 내가 느닷없이 제 머리를 한대 후려치기라도 한 듯한 표정을 짓고 있었다. 그런데도 아니라고도 사실이라고도 말하지 않았다. 아이는 침묵했다. 상한 음식 냄새보다 아이의 침묵이 더 견디기 힘들었던 이유를 그 순간엔 알지 못했다. 치밀어오르는 화를 누르며 나는 숨을 골랐다. 지갑은 중요하지 않았다. 그 속에 든 현금도 신용카드도. 중요한 것은 지갑이 없어짐으로 해서 우리의 신뢰, 아니 우정은 끝난 거라는 그 명시적인 사실밖에 없었다. 너는 내가 유일하게 의심하지 않은 사람이었다. 나는 그런 말을 하고 싶었을까. 아이는 허둥거리는 눈으로 나를 봤다가 바닥에 떨어진 음식 접시를 봤다가 했다. 어깨는 처음 보았을 때처럼 몸 안쪽으로 오그리고 있었다. 그 몸에서는 어떤 힘도 느껴지지 않았고 그런 걸 보았던 시간조차 믿기지 않았다. 내 눈앞에는 땀범벅이 된 남루한 티셔츠를 걸친, 따돌림이나 당하고 열등감에 사로잡힌 뒤룩뒤룩 살찐 사내 녀석 하나가 서 있을 뿐이었다. 나는 냉랭한 얼굴로 팔짱을

껐다. 내 분노 밑에 깔린 두려움과 그 두려움에 대해 다 말하게 될
까봐 나는 다시 말했다.

겨우 이거였니.

………

무순은 입을 다물기로 작정한 사람 같았다. 그 침묵이 나를 더
화나게 한다는 걸 모르는 얼굴이었다. 잘못했다고 한마디도 하지
않았다. 밖에서 호루라기 소리가 들린 것 같았다. 아이는 입술을 붙
이고 서 있었다. 나는 의자에 털썩 주저앉았다. 극심한 피로감이 몰
려들었다. 나는 머리를 흔늘어댔다. 내 잘못을 부인이라도 하듯. 깊
은 침묵 속에서 나는 새로운 사실을 알아차렸다. 만약 이것이 승자
와 패자를 가리는 싸움이었다면 저애가 이겼고 나는 패했다. 아이
가 필요로 한 것은 내가 아니라 쇠공을 있는 힘껏 밀어내고도 남을
만한 크기의 내 마당이었을 뿐. 나는 아니었다. 내가 너를 필요로
한다,라는 감정은 드러내지 말았어야 했다. 어떤 관계든 그걸 먼저
드러내는 사람이 패자가 되기 마련이다. 그래서 나는 잠시나마 나
에게 생기와 평온한 시간을 가져다주었던 무순에게 이렇게 말해야
만 했다.

다시는 내 집에 오지 마라.

7

아이가 다녀간 그날, 현관 앞 디딤돌엔 못 보던 쇠공 하나가 놓여 있었다. 무순의 공보다 절반쯤 작아 보이는 공이었다. 작아도 가벼워 보이지 않는 게 이상했다. 내가 줄곧 껴안고 있는, 돌이킬 수 없는 모든 실패한 것들의 집약된 덩어리로 보였다. 나는 슬리퍼를 신은 발로 디딤돌 옆 시든 고무나무 화분 밑으로 공을 밀쳐놓았다. 현관을 드나들며 빨래를 걷고 마당을 통해 올라갈 수 있는 만큼까지 야산을 쏘다니다 오고 날씨가 좋은 날에는 마당 의자에 앉아 차를 마셨다. 상회 남자 말대로 닭장을 끌어다놓고 산양이나 한마리 길러보는 것도 나쁘지는 않을 것 같았다. 남자의 말은 거짓이 아닐지도 몰랐다. 나는 한때 이곳이 사슴과 오리, 산양과 꿀벌 일색이었던 풍경을 떠올려보려고 애썼다. 더는 생각할 게 없을 때까지 꼼짝하지 않다가 결국 자리에서 벌떡 일어나 그 공이 있는 데로 걸어가고 말았다. 거기 그 자리에 쇠공이 있다는 걸 모르는 것과 알고 있는 것은 전혀 다른 일이다. 에이, 그렇게 책만 읽을 게 아니라 아줌마한테도 운동이 필요하다니까요. 그러니까 자꾸 아프고 기운이 없는 거예요,라고 아이는 아는 척을 하고는 했다. 아줌마한테는 여자 중학생 애들이 드는 공도 무거울 거예요, 나중에 용돈 모아서 여자 초등학생들이 쓰는 이 킬로그램짜리 공 사드릴게요, 했던 말도 떠올랐다. 그러면 나는 중학생용도 아니고 초등학생용이라니 그건 좀 너무했다, 투덜거리곤 했다.

일주일이 지났지만 아이는 돌아오지 않았다. 다른 사람이 배달을 해오지도 않았고 상회 여자로부터 전화가 걸려오지도 않았다. 내가 이 집에 처음 살기 시작한 지난봄으로 되돌아간 것 같았다. 나를 겨냥하는 듯한 밤의 냉기와 시커먼 산 그림자는 여전했다. 달라진 게 있다면 지금 나에겐 이 은빛 쇠공 하나가 생겼다는 사실이다. 한번은 그 아이 앞에서 무순이 쓰는 사 킬로그램짜리 공을 들어본 적이 있었다. 두 무릎 위까지도 들어올리지 못하고 엉겁결에 공을 바닥으로 떨어뜨리고 말았다. 너무 무섭고 육중했다. 단순히 사 킬로그램의 무게가 아니라 거기에는 밀어내는 힘, 던지는 힘까지 포함돼 있고 그걸 의식하지 않고 든다면 그저 손에 드는 것만으로도 벅차게 느껴지는 그런 무게. 발밑으로 공을 떨어뜨리고 당황한 나를 보며 무순은 킥킥거렸다. 확실히 그건 사 킬로그램짜리 쌀 포대를 들어올리는 것과는 달랐다. 나는 지금 두 손으로 받쳐들고 있는 여자 초등학생용 공을 내려다보았다. 허리 높이까지 들어올렸고 조금만 더 이 무게에 익숙해진다면 손끝에 힘을 모은 한 손으로 공을 턱 옆에 끼고 다리를 회전시켜 아이가 그랬듯 먼 데로 시선을 던지곤 밀어낼 수도 있을 것 같았다. 무순의 짐작이 맞았다. 이것이 몸에 꼭 맞는 옷처럼 적절한 무게였다. 나는 다리를 벌리고 선 채 지름 팔십이 밀리미터, 무게 이 킬로그램짜리 주철 공이 주는 압각(壓覺)을 손바닥 안에서 천천히 느끼고 가늠하다 일격이라도 하듯 공을 위로 번쩍 치켜들었다.

남편에게서 전화가 걸려왔다. 뭐 하고 지내? 남편은 다정하게 물었다. 정말로 내가 무엇을 하고 지내는지 궁금하다는 어투였다. 나는 남편에게 혹시 투포환이라는 거 알아? 짐짓 물어보았다. 텔레비전도 잘 보지 않고 운동경기라면 그 어떤 종목에도 관심 없는 남자였다. 투포환? 그거 공 멀리 던진 선수가 이기는 육상경기 아냐? 뜻밖에도 남편이 정확히 알고 있다는 게 신기해서 어, 맞아, 얼른 대꾸했다. 아마 고대 돌 던지기 경기에선가 유래했을걸. 그래? 그런데 당신 갑자기 투포환은 왜? 그냥, 누가 그 공을 하나 주고 갔어. ……누가? 남편은 되물었다. 나는 송수화기를 잠깐 귀에서 떼어냈다. 남편과 나는 헤어진 후에야 비로소 서로의 이야기를 듣고 싶어하고 말하고 싶어하는 것 같았다. 나는 더이상 말하지 않았다. 누가 나에게 쇠공을 주고 갔는가 하는 것은 비밀로 부쳐둬야 할 것 같았다. 최소한 이 여름을 지난여름이라고 말할 수 있을 때까지만이라도.

지갑은 찾지 못했다. 신용카드를 정지시키려고 전화했더니 내가 쓰지 않은 내역들이 나와 있었다. 두군데 모두 미성년자는 출입할 수 없는 장소였으며 금액은 대단치는 않았다. 무순상회에서 한두 달쯤 음식과 식료품을 배달시켜 먹을 수 있는 액수 정도. 그날, 내가 다시 오지 말라고 했을 때 내처 서 있던 아이가 돌아서면서 이렇게 한마디 했다. 아줌만 좀 다를 줄 알았어요. 무순이 돌아간 뒤 나는 실내가 완전히 어두워질 때까지 식탁 의자에 앉아 있었다. 차가워진 공기가 통증을 더 일으킨다는 점도 잊고 있었다. 나는 아이가 한 말에 대해서 골똘히 생각했다. 아줌마는 좀 다를 줄 알았어요. 그리고 나는 자리에서 일어나 실내를 돌며 전등 스위치를 하나하나 켰다. 적어도 아이는 아줌마도 똑같아요,라고는 말하지 않은 것이다. 나는 주방 바닥에 떨어진 것들을 치우고 쌀을 씻고 생선을 구웠다. 아줌마도 똑같아요,라는 말 속에는 실망이, 아줌마는 좀 다를 줄 알았어요,라는 말 속에는 나에 대한 무순의 기대가 포함돼 있었다. 그렇게 내 식대로 해석하고 나자 아직 아무것도 늦진 않았다는 기대가 얼마쯤 생기기도 했다. 그날 내 이성은 거기 없었다. 내가 느낀 내밀한 혼란들이 나를 사로잡고 있었을 뿐. 겨우 이거였어,라는 말은 무순한테가 아니라 내가 나 자신한테 한 말에 가까웠을지 모른다. 아이의 고집스러운 침묵은 그 점을 지적하고 있었고 결국 내가 그 후회를 가슴에 쐐기풀같이 담고 있게 될 것을, 아이도 나도 알고 있었던 것이다.

희끗희끗 지나가곤 하는 마당의 검은 물체를 보게 되는 건 망막 탓이 아니다. 나는 상회 남자가 내 자동차를 끌고 나가는 것도 야산 아랫길을 통해 수시로 집 안으로 들어와본다는 사실도 모른 척 했다. 이 집이 예전에 남자에게 어떤 집이었는지도 알고 싶지 않다. 내가 알고 싶은 것은 따로 있었다. 무순의 기록이 십구 미터를 넘었을 때 우리가 힙합 댄서들처럼 어깨를 들썩거리며 서로의 오른손 주먹을 세게 맞부딪치며 즐거워했던 그 순간이 다시 올까 오지 않을까. 나는 주전자에 밀가루를 담아 마당에 뿌려 원을 새로 그렸다. 무순이 공을 던지러 들어가야 하는 장소, 공이 지면으로 떨어질

때까지는 벗어날 수 없는 곳. 원은 부조를 한 듯 흰색으로 선명히
빛났다.

8

　긴 봄과 짧은 여름이 지나갔다. 백로가 지나자 이상고온 현상도
한풀 꺾였다. 아침저녁으로 선득한 바람이 대기 속에 섞여 있다 점
점 두껍게 고여가는 것 같았다. 매일 죽어가는 별들과 매일 새로
태어나는 별들이 여전히 태양 주위를 돌고 밤이면 그 별과 달이 내
성적으로 빛났다. 그 자연적인 질서와 흐름은 나와는 무관해 보였
다. 나의 시간은 흐르지 않고 고여 있었다. 나는 불을 사용하지 않
고서도 할 수 있는 몇개의 요리법을 익히기도 하고 자동차를 몰고
먼 데까지 다녀올 만큼 체력이 회복되기도 했지만 그런 것을 변화
라고 부르기는 어려웠다. 나의 시간은 지난여름에 멈춰 있었다. 나
를 움직이게 하는 것도 내가 움직이게 할 만한 것도 없었다. 나와 나
사이에는 거대한 진공만이 존재하는 것 같았다. 그럴 때면 무기력
한 팔을 움직여 쇠공을 한번 던져보기도 했다. 공은 멀리 밀려나지
못한 채 언제나 내 그림자와 가까운 곳으로 꺾이듯 떨어져버렸다.
　9월 셋째 주 금요일 아침에 현관문 밖에 종이상자가 하나 놓여
있는 것을 보았다. 반으로 접은 신문 크기의 눈에 익은 상자였다.
상자를 들어 식탁 위로 옮겼다. 다녀간 지 얼마 안됐는지 상자 바

닥에 미지근한 감촉이 느껴졌다. 내용물을 꺼내 식탁에 일렬로 늘어놓았다. 깻잎과 상추, 대파, 표고버섯, 다시마, 생닭 한마리, 캔에 든 복숭아와 고등어, 인스턴트 우동, 백김치, 그리고 삶은 옥수수 세대. 식탁은 잘 차려진 밥상 같아 보였고 모두 내가 먹을 수 있는 음식이었다. 전기밥통에 쌀을 안치고 스위치를 눌렀다. 밥이 되기를 기다리는 동안 나는 나의 마지막 수업시간을 떠올려보았다. 학생들에게 교과서의 맨 마지막 페이지를 펼치라고 말했다. '나의 미래'라고 붙은 큰 제목 밑의 세가지 질문 중 두번째 것을 선택하여 이십여분 동안 글쓰기를 시켰다. 학생들은 오래 생각하지 않았다. 한번쯤 '내가 삼십세가 되었을 때 내 삶의 모습'에 관해 상상해본 듯한 모습이었다. 스스로를 능력보다 과대평가하는 버릇이 꼭 나쁜 것만은 아닐지 몰랐다. 시간이 지나자 학생들에게 자발적으로 발표를 시켰다. 예닐곱명이 교단으로 나와 자신이 쓴 글을 읽었다. 자선단체에서 봉사를 하고 있을 것 같다거나 세계여행을 하거나 오지에서 아이들을 가르치고 있을 것 같다는 내용이 대부분이었다. 내가 무엇을 기대하고 있었든 그런 내용의 글은 없었다. 책상 통로를 지날 때 한 학생이 쓴, 내가 하고 싶은 일을 하고 있는 삼십세가 되어 있을 것 같다는 짧은 문장이 눈에 띄었다. 나는 그 학생에게 하고 싶은 걸 찾았느냐고 물었다. 아직 모르겠다고 학생이 고개를 저었던 게 떠오른다. 그것이 내 교사 생활의 마지막 수업이었다. 나는 이 아침, 현관 앞에 이 상자를 몰래 놓고 간 아이 생각을 했다. 그 아이가 그런 글을 쓰게 된다면 어떤 내용을 쓸까. 아마도 훌륭한 투포환 선수가 되어 있을 거라고 쓸 수밖에 없지 않을까. 그게 아이가 알고 있는 전부이며 제가 살고 싶어한 삶일 테니까. 적어도 내가 그 아이를 마지막으로 만난 순간까지는 말이다. 밥 익는 냄새가 풍겼다. 나는 단지 내 몸을 적으로 알고 나를 공격하는 병을 견디기 위해서가 아니라 이 허기 때문에라도 밥과 찬을 먹어야 했다.

쿵,
쿵,

잠에서 깨어났다.

쿵,

마당 쪽에서 들리는 소리였다.

기억을 떠올리는 것과 기억한다는 것은 다르지만 저 소리, 쿵, 쿵, 내 마당을 울리는 소리만큼은 내 기억 속의 것과 내가 기다리던 소리와 똑같았다. 나는 모로 누운 채로도 쇠공을 들고 원 안으로 걸어들어가는 아이, 침착하게 공을 들어올려 몸을 뒤로 돌렸다가 발을 회전시키며 공을 휙 밀어내는 동작을 떠올릴 수 있었다. 아이가 멀리 더 멀리 밀어내는 공, 그 호를 그리며 날아가는 공을. 정지된 내 생명을 먼 데로 밀어내는 것 같은 힘. 공이 지면에 쿵, 부딪칠 때마다 내 몸이 흔들리는 것 같았다. 나를 에워싸고 있는 이 깊고 과묵한 시간과 어둠이 조금씩 뒤로 밀려났다. 나는 반듯하게 돌아누워 그 울림이 전하는 말에 귀 기울였다. 내가 사는 곳은 암흑도 사차원의 상태도 아니다. 이곳은 저 쇠공이 밀어내는 강한 힘으로 허공을 꿰뚫고 지나가는 세계다. 나는 보지 않고서도 쇠공을 던지고 줍고 다시 던지는 아이를 본다. 그 공이 날아가는 궤적도. 그것은 마치 내 힘의 크기 같아 보인다. 내가 보는 것이 현재다,라고 나는 말하고 싶다. 니는 또 무순에게 밀한다. 네가 정말 위대한 부포환 선수가 되고 싶다면 너는 지금의 그 원처럼, 그 보호된 고독 속에서 네 삶을 살아야 할 거라고. 그건 무순이 나에게 하는 말이었을까. 누가 누구에게 하는 말이었을까. 정원 등을 켜야 할 텐데, 막무가내로 잠이 쏟아진다. 쇠공이 쿵, 떨어지는 간격이 점차 길어졌다. 그 속에 한 사람은 동작 하나하나마다 실전의 순간을 염두에 둔 자세로 공을 밀어내고 떨어진 공을 반복적으로 줍고 있었다.

봉천동의 유령

머리가 어지러울 때는 빠에야를 만들고 싶다. 사프란을 충분히 넣은 꼬들꼬들한 밥을 씹고 있을 때면 아가미처럼 몸 어딘가 부풀어오르는 것이 느껴진다. 어느 누구도 일어나리라고 생각지 못했던 일이 단 오초 만에 일어나는 게 인생이다. 이렇게 가끔은 먹는 일에만 정신을 쏟아야 한다. 아무것도 먹을 수 없게 되는 순간이 찾아오기 때문이다. 무릎이 꺾인다면 나는 고작 일 미터 오십구 센티미터의 쓰러진 사람에 불과해질 것이다. 식탁에 놓인 김이 무럭무럭 나는 음식에 집중한다. 노랑에 가까운 뜨거운 밥. 이런 음식은 유령들도 좋아할 것 같다.

사만 삼천 피트 상공에서 마흔번째 생일을 맞았다. 현기증이 났다. 해보지 않았던 일들을 해보리라 마음먹었다. 되는대로 반년 가까이 집을 비웠다. 낭독회나 레지던스 같은 문학 행사가 가장 많았던 해라 가능했을 터였다. 집을 떠나는 일이 점점 더 간단해졌다. 낯선 도시에서는 주머니에 손을 찔러넣은 채 온종일 걸어다녔다. 쇼윈도우에 비친 내 모습은 눈에 띄게 생장점이 줄어들어가는 식물 같아 보였다. 밤이 깊도록 썬글라스를 벗지 않았다. 어디에 있든 스타일은 중요했다. 한번 읽고 난 책들은 공원이나 까페에 두고 왔다. 떠날 때보다 가벼워진 트렁크를 들고 인천공항에서 서울로 들어갈 때마다 셔틀버스를 돌려세우고 싶어졌다. 인터내셔널 공항들이 집보다 편하게 느껴졌다. 익숙했던 모든 것에서 멀어져갔다.

가족들은 머리를 썼다. 내가 없는 사이에 모여 회의 같은 것을 했는지도 모른다. 교사인 막냇동생이 여름방학이 시작되자마자 조카들과 엄마를 데리고 또다른 자매가 살고 있는 도쿄에 가 있겠다고 했다. 집에는 아버지와 막내제부 그리고 나만 남게 되었다. 대문 앞에서 엄마가 이렇게 당부했다. 다른 건 할 것 없다, 밥만 챙겨라. 나는 밥과 두 남자에 대해 생각했다. 아버지는 아침은 물론이고 술 취해 귀가해도 꼭 밥 한 그릇은 드시고 자리에 드는 분이다. 파일럿인 제부는 비행을 가는 날보다 집에 있는 날이 더 많은 것처럼 느껴진다. 두 사람 다 배달음식과 외식을 싫어한다. 배웅을 하고 돌아서는데 이런 또 속았군, 싶었다. 살림을 해본 사람들은 알겠지만 그저 밥을 챙기는 것만으로도 하루가 그냥 간다. 지난 8월. 도리 없이 한달을 집에 묶여 있게 되었다.

내가 마지막으로 그것을 본 것은 2001년 가을이었다. 고모와 삼
촌들이 갑자기 죽거나 병에 걸리거나 자살 같은 것을 하던 시기였
다. 납작 엎드린 채 나는 「코끼리를 찾아서」라는 자전소설을 쓰며
그 유령들을 *지나갔다*, 고 생각했다.

　그 시절과는 많은 것이 달라졌다.

　떠났다 돌아올 때마다 집은 낯설고 불편해졌다. 부모가 늙어가
는 속도만큼이나 집도 빠르게 낡아가기로 결심한 것처럼 보였다.
방문들은 경첩이 틀어져 있었다. 현관문 옥상문은 잠금장치들이
고장났다. 바람이 불 때마다 집 전체가 덜컥덜컥 흔들리는 소리가
울렸다. 시도 때도 없이 보일러가 망가졌다. 내 옥탑방으로 올라가
는 계단에는 라면 상자와 포도즙, 헌 옷가지들 그리고 쌀과 검은콩
이 담긴 허룩한 자루들이 위태롭게 쌓여 있었다. 거실에는 조카들
의 블록, 크고 작은 공들, 어쩌다 발로 밟기라도 하면 배가 푹푹 꺼
지는 인형들이 널려 있었다. 마음먹고 청소를 해봐야 표도 안 났다.
예순다섯이 넘어 청담동의 한 빌딩 관리인으로 취직을 한 아버지
는 집 고칠 시간을 내지 못했다. 아버지에게 집 어딘가 고장났거나
망가진 부분에 대해 이야기할 때는 조심하는 게 좋았다. 그런 소리
를 할 때마다 아버지는 그것이 자신을 비난하는 것처럼 들리는 모
양인지 버럭 화부터 내기 일쑤였다. 그런 아버지도, 가족들이 한
자리에 모일 때마다 아버지가 관리하는 빌딩에 드나드는 연예인

들 이야기를 의기양양하게 늘어놓는 것도 못마땅했다. 글이 안 써질 때는 모든 원인을 일단 가족이나 주변 탓으로 돌리는 게 상책이다. 이 좁고 먼지투성이인 집에서 지금까지 십삼년 넘게 글을 써왔다는 사실이 믿기지 않았다. 자매들이 결혼할 때 사람들을 초대해 음식을 만들고 먹고 즐겼다는 것도. 내가 변한 것일까 집이 달라진 것일까. 집은 아예 드러내놓고 허물어져갔다. 십 밀리미터밖에 안 되는 강수량에도 천장에서 물이 새기 시작했다. 거실 벽지가 맥없이 떨어져나갔다. 씽크대 틈새에는 바퀴벌레와 쥐며느리가 드나들었다. 이렇게 어떻게 살아. 밥 먹다 말고 나는 숟가락을 주방 유리창을 겨냥해 집어던졌다. 집 지은 게 벌써 이십년 전이니 집이 낡아가는 건 이상한 일이 아닐 거라고 엄마는 변명했다. 외출할 때면 가장 새것처럼 보이는 옷을 입고 나갔다. 아마 작업실을 얻지 못하게 되었다면 나는 빗과 양말과 노트북을 담요에 싸 보따리처럼 머리에 이곤 하이힐을 신은 채 또각또각 떠났을 것이다. 그곳이 어디이든.

엄마가 내 손을 잡아끌었다. 근처에 괜찮은 방이 하나 나왔다고 했다. 동네는 말할 것도 없고 근방인 낙성대와 신림동까지 작업실로 쓸 만한 방이란 방은 죄다 알아보고 다닌 터였다. 어지간한 곳은 터무니없이 세가 비쌌다. 세가 적당한 곳은 방 크기나 환경이 내 옥탑방보다 나을 것이 없어 보였다. 풀이 죽을 대로 죽어 있었다. 엄마를 따라나섰다. 골목으로 난 쪽문을 밀고 열개의 계단을 올라갔다. 입구 문을 열면 어떤 용도로 쓰도록 만들어졌을까 싶게 좁은 복도가 있고 그 끝에 방 하나가 있는 구조였다. 한 일곱평 정도 될까. 나는 복도를 눈여겨봤다. 간신히 한 사람 지나갈 수 있는 폭이었지만 입구에서 방까지 석자짜리 책장을 다섯개쯤 세워놓을 수 있어 보였다. 내 형편으로 더 나은 곳을 구하기 힘들 거라는 직감이 들었다. 못 이기는 척 고개를 끄덕였다. 그럴 줄 알았다는 듯 엄마가 크게 반색을 했다.

생전 처음 작업실을 얻은 기념으로 커다란 책상도 하나 짜 맞추었다. 모든 게 완벽해 보였다. 공간이 희망이라는 조르주 쌍드의 말이 지멸로 떠올랐다. 펼치면 침대가 되는 싸구려 소파베드에 발을 뻗고 누워보았다. 지금껏 지내왔던 옥상 위의 높은 방도, 몇달간 빌려 썼던 신림동의 반지하 방도 아니었다. 계단 열개의 적당한 높이에 나는 떠 있었다. 책상과 책상 위로 반듯하게 난 사각형의 창문을 바라보았다. 붉은 빛이 쏟아져들어오고 있었고 그 빛은 깊은 고요 속에서 반짝거렸다. 퍼뜩 오래전 잃어버렸던 중력감을 되찾은 듯 눈앞이 흔들리는 것을 느꼈다. 그 순간적인 감각이 지나갔을 때는 예의 붉은 빛 속에서 너울너울 움직이는 오후의 빛이 다시 보였을 뿐이다. 두 손으로 양쪽 귓불을 문질러보았다. 나는 안전해 보였다. 모로 누우며 중얼거렸다. 그래, 이 방이다. ……내가 찾고 있었던 방은 그저 글을 쓰기 위한 방이 아니었을지도 모른다.

우리 집의 구조를 제대로 이해하기 시작한 것은 이 작업실을 얻고부터다.

이 집에 담긴 것은 많았다. 노년에 대한 부모의 꿈도 있었다. 집을 설계하는 일부터 문패를 다는 일까지 모두 아버지 손으로 했다고 해도 과언이 아니다. 좁은 건평에 층수를 올려 우리 가족은 이층에, 일층과 대문을 따로 쓰게 되어 있는 다른 방들은 전세를 놓았다. 그 전세들을 월세로 돌리는 게 아들이 없는 엄마의 바람이었다. 골목에서 보면 우리 집 대문을 가운데 두고 양쪽에 별도로 쪽대문 두개가 있는 구조였다. 그 시절 집장사들이 주로 지었던 형태다. 수많은 세입자들이 들고 나갔어도 그들과 문제가 생긴 적은 한번도 없었다. 그게 얼마나 운이 좋은 거였는지 일층 남자 때문에 알게 되었다. 남자가 우리 집에 세를 들어온 것은 일년 전 봄이었다. 그 사흘 후, 현관문 두드리는 소리가 들렸다. 나는 식탁에 앉아 신문을 보고 있었다. 엄마가 나갔다. 문밖에서는 아무 소리도 들리지 않았다. 잠시 후 얼굴이 하얗게 질린 채 엄마가 돌아왔다. 왜 그래? 나는 심드렁하게 물었다. 시끄러워서 못살겠대. 우리 집이? 응. 왜? 너 새벽에 샤워하잖아. ……그게 뭐? 물소리 때문에 잠을 못 잔대. 그래서? ……가만히 안 두겠대, 한번만 더 그러면. 일층 남자가 말을 어떻게 했는지 엄마는 부들부들 떨고 있었다.

남자의 불평은 연일 이어졌다. 애가 둘이라는 말은 하지 않았다는 것부터 시작해 남자의 현관 앞을 지나가는 우리 식구들 발소리가 너무 크다, 음식 냄새가 흘러들어온다, 자전거를 놓을 데가 없다 등등. 높낮이가 없는 억양으로 꼭 아버지가 없는 낮 시간에 찾아와 문밖에서 엄마를 협박했다. 저런 놈 괜히 잘못 건드리면 큰일 난다. 몇해 전까지만 해도 동네가 떠나갈 정도로 살림을 들었다 놨다 했던 아버지는 몸을 사렸다. 남자는 며칠씩 방에서 나오지 않을 때도 있었다. 누가 집에 불을 지르거나 가스를 틀어 일가족을 죽음으로 몰았다는 뉴스가 흘러나올 때마다 엄마는 불안해했고 곧 우리 가족 모두가 그렇게 되었다. 대문부터 현관까지 발꿈치를 들고 다녔다. 남자의 현관 앞을 지날 때는 담배 냄새와 냄비 바닥이 타는 듯한 냄새가 풍겨났다. 거봐, 방 한번 보고 그날 당장 계약하겠다는 사람은 조심하라니까, 그것도 혼자 사는 남자를. 너 나 할 것 없이 엄마를 사납게 몰아붙였다. 어쨌든 애가 있다는 말과 애가 둘이라는 말은 다를 것이다. 완전히 저녁형 인간인 나는 새벽에 샤워하는 버릇을 초저녁으로 바꾸는 데 애를 먹었다. 어쩔 수 없는 때도 있었다. 새벽 한두시쯤 귀가한 날이면 가능한 한 물을 약하게 틀어 씻어야 할 곳만 재빨리 씻었다. 기다리고 있었다는 듯 일분도 채 지나지 않아 집을 뒤흔들어대는 소리가 들렸다. 일층 남자가 스패너 같은 둔중한 공구로 벽이나 천장 어딘가를 있는 힘껏 두드리는 진동과 소리가 욕실로 전해졌다. 그 소리는 누군가 나에게 우리 집과 부모, 나의 태생적인 어떤 결함을 지적하고 비난하는 구체적인 실례처럼 느껴졌다. 타월로 아랫도리를 가린 채 나는 치욕으로 몸을 떨었다. 내가 욕실을 나가는 기척을 낼 때까지 남자는 멈추지 않았다. 그러나 위약금을 물어주지 않는 한 일층 남자를 나가게 할 방법은 없었다.

B가 처음 내 작업실에 오던 날, 나는 사당동 가구거리에서 부모와 식탁을 고르고 있었다.

큰돈이 생겨서 가족들은 들떠 있었다. 식탁에 둘러앉아 회의 비슷한 것을 했다. 엄마는 틈이 벌어져 벌레들이 드나드는 씽크대를 바꾸고 싶어했고 막냇동생 부부는 조카들이 앉아서 책 읽기 좋은 유아용 책걸상을, 아버지는 출근할 때 버젓이 입고 나갈 만한 가죽점퍼를 한벌 사고 싶다고 했다. 나는 가죽점퍼는 무슨, 지금 3월이잖아요, 하곤 아버지 말을 묵살해버렸다. 의견이 분분했다. 식탁에 자리가 없어 조카 둘을 동생과 무릎에 앉히고 있던 내가 그럼 식탁을 바꾸면 어떻겠느냐고 제안했다. 공간이 좁으니 일반적인 사인용 형태보다는 가로로 더 긴 것이 좋을 것 같았다. 그러면 여분의 의자를 한두개쯤 갖다놓을 수 있을 거였다. 그런 식탁은 금방 눈에 띄지 않았다. B에게서 문자메시지가 왔다. 지하철 2호선을 타고 있다가 무작정 우리 동네에서 내렸다고 했다. 나는 B가 기다리고 있을 만한 장소를 메시지로 보내주었다. 식탁 하나를 고르는 데도 우리는 의견이 맞지 않아 점원이 보는 앞에서 언성을 높였다. 부모와 있을 때는 분별력 있는 말을 하기가 더 어렵다. 그날 좀더 신중하게 식탁을 골랐더라면 어땠을까 종종 돌아볼 때가 있다. 동네에서 혼자 나를 기다리고 있는 B가 신경 쓰이기도 하고 아무것도 아닌 일로도 걸핏하면 서로를 비난하는 부모가 못마땅하기도 해서 나는 신중함을 잃어버리고 말았다. 쫓기듯 그날 내가 고른 식탁은 씸플하지만 의자가 무겁고 등받이와 다리가 곡선으로 휘어 자리를 많이 차지하는 것이었다. 물론 그걸 안 깃은 헌 식탁을 버리고 새것을 들여놓은 다음이었지만.

땅거미 질 무렵이 좋았다. 작업실은 도서관의 일부처럼 보였다. 나는 팔베개를 한 채 누워 있었다. 필요한 것은 책상이 아니라 소파베드가 되었다. 만성적인 우울과 무력감이 겹친 사람이 종내 생각할 수 있는 것은 한가지밖에 없을지도 모른다. 누워 있기만 하는데도 현기증인지 두통 때문인지 골이 쪼개지는 듯한 통증이 몰려왔다. 그런 것은 등 뒤에서 발톱을 세우고 달려드는 맹수들 같아서 사력을 다해 발버둥쳐야만 간신히 떼어낼 수 있다. 나는 커다란 종이에 온몸을 둘둘 말고 그 끝에 불을 붙이는 상상을 하곤 했다. 상상 속에서라면 나는 언제나 죽을 수 있었다.

……소파베드에서 벌떡 일어났다. 커다란 양동이로 물을 쏟아붓는 소리가 들렸다. 틀림없는 물소리였다. 상상 속에서 내 몸을 활활 태우고 있던 불길은 그 기세만으로도 맥없이 사그라지고 말았다. 작업실이 사각형 모양의 작은 상자라면 누군가 맨 윗면에서부터 물을 퍼부어대는 것처럼 생생하고 급작스러운 느낌이었다. 퍼붓듯 쏟아졌던 물소리가 점차 가늘어지면서 쪼올쫄 쪼르르, 흘렀다.

그 소리가 위층에서 변기 물 내리는 소리라는 것을 알게 되기까지는 채 삼분도 걸리지 않았다.

그날 B는 내 작업실에서 잠이 들었다. 나는 붉은 양초 불빛이 희

미하게 어룽거리는 B의 얼굴을 들여다보았다. 진동으로 해놓은 B
의 휴대전화가 연달아 울렸다. 전화를 집어 몸을 일으켰다. 방 밖으
로 내다놓을 생각이었다. 잠에 취한 B의 목소리가 들렸다. 영원히
사랑할 거예요. B는 벽 쪽으로 돌아눕고 있었다. 계속 진동이 느껴
지는 전화기를 손에 쥔 채 B의 잠꼬대에 대해 생각했다. 작게 웅얼
거리는 말소리에 불과했지만 명확한 한 문장으로 들렸다. 그러나
어딘가 불편하고 기묘하게 느껴졌다. 뭐랄까, 마치 원치 않는 사람
에게 뜨거운 격려의 말을 들은 듯한 느낌이라고나 할까. 그 문장에
는 주어가 빠져 있었다. 그리고 목적의 대상도. B의 휴대전화는 끈
질기게 울렸다. 나는 폴더를 열어볼 수도 있었을 것이다. 잠든 B를
혼자 둔 채 집으로 가버리는 게 나을까 망설였다. B 곁에 누워 내
차가운 등을 그의 등에 댔다. B의 사랑의 대상이 나만 아니라면 되
었다. 그리고 B, 누군가를 영원히 사랑하겠다고 결심하기에 B는 아
직 너무 젊은 나이다.

저 위층엔 누가 살아요?라고 잠들기 전에 B가 물어보았다. 쿵쿵
거리는 발소리, 공을 튀겨대는 불규칙적인 소리들, 물 내리는 소
리. B와 나는 무릎을 세운 채 잠자코 앉아 그런 소음들에 귀 기울이
고 있었다. 글쎄. 나는 말끝을 흐렸다. 왜 그랬을까. 다른 사람도 아
니고 B였는데도 거기에 내 가족이 살고 있다는 말은 하고 싶지 않
았던 것 같다. 소리들, 아니 사람들이 집에 있으면서 느끼지 못하
고 내는 소음들이 B와 나의 침묵 속으로 끼어들고 있었다. 그때 B
와 내가 각자 속으로 무슨 생각을 하고 있었는지는 모른다. 한가지

분명한 것은 그때 어쩔 수 없이 우리는 같은 소리를 듣고 있었다는 것이다. B와 나의 문제에 대해 심각하게 대화를 나누기는 아무래도 어려워 보였다. 의자를 끄는 소리, 플라스틱 장난감들을 집어던지는 소리, 뛰는 소리. 아이들이 뛰어다니는 발소리는 딱딱한 공 두개를 동시에 드리블해대는 소리같이 들렸다. 그리고 급작스럽게 터지는 날카로운 울음소리들. 나는 눈을 비벼댔다. 이래갖고 여기서 글 쓸 수 있겠어요? B가 걱정스럽다는 듯 천장을 올려다봤다. 그러고 보니 작업실을 얻어 나오긴 했지만 여전히 나는 머리 위에 가족을 이고 있는 셈이었나.

도쿄로 떠난 가족들은 작정을 한 듯 소식을 끊었다. 일주일에 두서너번씩은 밖에서 술을 드시던 아버지도 저녁 여덟시면 꼬박꼬박 돌아와 오늘 반찬은 뭐냐? 하며 주방을 기웃거렸다. 막내제부도 자주 가던 긴 비행 대신 당일로 갔다 오는 비행을 다녔다. 막내제부를 통해서 도쿄에 모인 가족들이 넷이나 되는 조카들을 데리고 동네 수영장에 가거나 온천엘 갈 거다, 하는 등의 소식을 전해들었다. 좀 약이 오르는 기분이 들어 동생 집으로 전화를 걸어보기도 했다. 살림을 나한테만 맡겨놓고 왜 돌아올 생각을 하지 않는 거냐고 투덜거렸다. 혼자만의 시간을 잘 즐겨보셔. 엄마는 간단히 대꾸하더니 전화를 끊어버렸다. 집을 떠나면 엄마도 어딘가 다른 사람이 되는 모양이다. 어쨌거나 저녁밥을 준비해야 하는 시간까지는 작업실에 오롯이 있을 수 있었다. 위층에서 들리던 소음 때문에 신경이 날카로워질 일도 없었다. 일층 남자도 더는 불평할 거리가 없을 터였다. 폭염 속에서 집 전체가 까맣고 두꺼운 휘장을 덮어쓴 듯 고요해졌다.

햇빛을 받으며 책상 앞에 앉아 있을 때면 빛이 태양을 지날 때 휘어지는지 휘어지지 않는지 궁금해지곤 했다. 볕을 쬐듯 손을 내밀어 햇살을 만지작거렸다. 집과 작업실과 시장을 오갔다. 여름은 더 뜨거워졌다. 고등어 값이 뛰었다. 주로 닭을 삶았다. 시간은 느리게 흘러갔다. 카프카를 읽었다. B에게서는 소식이 없었다. 같은 대문을 쓰고 있는 셋집 남매는 애완견 한마리를 산 모양이었다. 사납고 영리해 보이는 스피츠였다. 녀석은 내가 대문을 열고 나갈 때마다 유리문 안쪽에서 맹렬하게 짖어댔다. 작업실 문 앞에 검은 개똥이 점점이 놓여 있기도 했다. 밤에는 물컥 밟게 될 때도 있었다. 정말 가지가지 한다, 나는 누구에게랄 것도 없이 사위를 휘둘러보며 큰 소리로 한번 떠들었다. 남의 집 개똥을 치우며 작업실을 드나들었다. 천장에서 무차별적으로 쏟아지는 소음에 비하면 아무것도 아니었다. 버릇처럼 낯선 곳으로 떠나고 싶다가도 밥통에 저녁밥이 없다는 것에 생각이 미치면 집으로 뛰어올라가 부리나케 쌀을 씻었다. 8월 중순이 되었다. 새벽녘엔 매미와 귀뚜라미 소리가 동시에 들렸다. 집주인인 엄마는 돌아올 생각을 하지 않았다.

처음에 그것은 드드득특, 하고 들리기 시작했다.

……묵직한 가구를 천천히 밀어서 옮기는 듯한 소리였다. 서두르지도 않고 숨길 것도 없다는 기척. 어깨가 저절로 오그라들었다. 나는 못 들은 척했다. 라디오 볼륨을 높였다. 작업실 모퉁이들이 삐걱거리며 틀어지는 것 같았다. 오후 네시. 아버지는 회사에 있고 제부는 남지나해를 날고 있을 시간이었다. 고개를 끄덕거렸다. 빈집이 아닐지도 모른다고 의심하는 건 나답지 않은 일처럼 느껴졌다. 그리고 그것은 사실이었다. 그러니까 빈집. ……오랜만이군, 그래. 나는 시무룩이 중얼거렸다. 내키지는 않지만 손을 내밀어 악수 같은 것을 청해야 할 때도 있다. 단지 그런 느낌이었다.

그 소리들은 대략 이렇게 요약할 수 있다. 창문여는소리, 식탁의자끄집어내는소리, 뒤꿈치에힘주고걷는발소리, 식탁유리에수저부딪치는소리, 잔부딪치는소리, 전화벨소리, 텔레비전소리, 수돗물트는소리, 수군거리는소리, 웃음소리.

의성어로 표현하자면 이렇다. 쿠쿠쿵, 타탁탁, 콰콰쾅, 티티틱, 디디딕, 트트특.

그러니까 별건 아니라고 생각했다. 가족들이 내 머리 위에서 내던 소리였고 익숙해져가는 소리들이었다. 비자발적인 소음이라고 해야 할까. 한번도 못 들어본 소리가 아니라는 데 안도했다. 그래도 어떤 것이 다시 *나타났다*,라는 데는 도리 없이 긴장되었다. 책상 앞에서 꼼짝도 하지 않고 앉아 있었다. 뒤를 돌아본다거나 집에 올라가본다거나 하는 일은 하고 싶지 않았다.

그래서 뭘 하셨어요?

흥미롭다는 듯 B가 물었다.

연필로 설계도를 그렸어.

전화 속에서 B의 웃음소리가 들렸다.

소리들이 사라지기를 기다리며 나는 어림짐작으로 그린 우리 집 설계도를 들여다보고 있었다. 평면도는 두 면이 깎여나간 오각형처럼 보였다. 이렇게 생긴 대지에 집 지을 생각을 했다는 게 믿기지 않을 만큼 들쭉날쭉한 구조였다. 나라면 이런 땅은 애초부터 사지 않았을 것 같았다. 소리는 계속 들려오고 있었다. 입면도 단면도까지 섬세하게 그렸다. 벽과 천장이 종이처럼 얇은 집. 설계도를 완성하고 났을 때 나는 위층에서 들리는 소리들이 비자발적인 게 아니라 자발적이라는 것을 인정하지 않을 수 없었다.

정확히 내 작업실 천장이 위층 주방이었어.

바로 머리 위에 있었다는 거죠?

그래.

그러니까, 그들이.

B는 '그들'이라고 말했다. 언젠가 B도 그런 것을 한번은 본 적이 있다는 말투였다. B에게라면 계속 이야기를 해도 좋을 것 같았다. 그러나 며칠 후 다시 그 소리가 들렸을 때 내가 한 행동에 대해서는 말하지 않았다.

나는 현관문에 귀를 대고 서 있었다. 틀림없었다. 소리들은 한결 더 가깝게 들렸다. 재빨리 열쇠로 문을 따고 들어가면 되었다. 현관문을 두번 툭툭, 두드렸다. 그 정도는 하는 게 좋을 것 같았다. 일분쯤 기다렸다가 문손잡이를 잡아당겼다. 문을 열면 실내가 그대로 훤히 보이는 구조다. 한여름 맑은 날 오후가 벌써 어둑하다는 것은 이상했다. 나도 모르게 눈을 감아버렸다. 어둠 속에 있다고 상상했다. 옆에 누군가 있었고 눈을 떠 어둠에 눈이 익기를 기다리면 되는 거라고. 눈을 떴다. 상상과 다른 것은 곁의 *그것이* 보이지 않았다는 것이다. 젖은 이끼 냄새 같은 게 났다. 거실 바닥에는 담갈색 햇살이 엷게 깔려 있었다. 아직 온기가 남아 약간은 무더운 느낌을 주는 공기 속으로 막 청소를 마친 후의 깨끗한 먼지 같은 것들이 미세하게 떠다니고 있었다. 검은 소파와 그 위에 널려 있던 쿠션의 눌린 자리들이 서서히 일어나 원래의 형태를 되찾는 것을 지켜보았다. 나는 느리게 움직이며 부주의하게 비뚤어져 있던 식탁 의자들을 반듯하게 밀어넣었다. 깊은 숨을 쉬었다. 그것이 그때 내가 할 수 있는 유일한 일이라는 듯. 이윽고 나는 현관문을 닫고 작업실로 내려갔다. 사람들이 사라진 후의 집을 보게 될 거란 두려움은 사라지고 없었다.

……선생님.

왜?

무슨 생각 하고 있어요?

한번 기울어지면 다시 세울 수 없는 것들에 관해 생각하고 있었다. 나를 만든 것들에 대해. 나는 침묵했다.

저, 갑상선암이래요.

B가 웃었다.

……!

죽지는 않는 암이라니까, 걱정하지 마세요.

난, 나는 봉천동에 관해 생각하고 있었어.

혹시 B는 내가 그에 관한 생각을 하고 있었다는 말을 기다린 것은 아닐까, 하는 짐작을 한 건 나중이다. B가 물었을 때 나는 여전히 나에 대해 생각하고 있었을 뿐이다. 그리고 '봉천동의 유령'이라는 제목을. 그때 B에게 그 말을 했다면 B는 이렇게 또 웃었을 것이다. 확실히 '렉싱턴의 유령'이나 '캔터빌의 유령'에 비하면 좀 촌스럽긴 하네요.

지난 5월. 삼주 만에 집에 돌아와보니 국민건강보험공단에서 엽서가 한장 와 있었다. 생애 전환기 건강진단 대상자인 69년생과 43년생은 올해 무료로 건강검진을 해주고 있으니 놓치지 말라는 내용이었다. '생애 전환기'라는 말이 얼른 이해가 안 가 잠시 아연했다. 수신인은 내 이름이 맞는데 주소가 이상했다. 봉천동이 아니라 '중앙동'으로 돼 있었다. 나는 주소가 이상하네, 뚱하게 혼잣말을 했다. 옆에 있던 엄마가 잘못을 정정해줄 때의 어투로 이제부터는 그게 우리 주소라고 말했다. 엄마가 그 말을 너무 아무렇지 않게 하는 데 먼저 실망했던 것 같다. 그리고 그것은 어떤 소리를 밑에서 들을 때 더 과장되고 크게 들린다는 사실보다 납득하기 어려운 일이기도 했다. '봉천동'이 주는 촌스러운 느낌과 달동네 이미지를 이유로 관악구에서 동명을 개명하겠다는 기사를 읽은 적이 있었다. 아무리 산을 깎아 고층아파트를 세워도 판자촌이었던 이미지 때문에 집값이 안 오르는 것도 큰 요인이라고 했다. 동명을 바꾸는 일로 이천명의 지역주민들을 선정해 설문조사며 찬반투표까지 마친 모양이었다. 지역구에서 실시하는 대부분의 일이 그렇듯 나는 이번 일도 그저 해프닝으로 지나갈 거라고 짐작했고 기대했다. 그러나 웬걸, 내가 정처 없이 암스테르담의 운하 옆을 배회하고 있는 사이에 관악구에서는 열한개나 되던 봉천동의 지명을 행운동, 성현동, 청룡동, 은천동 등으로 바꾸어놓은 모양이었다. 모두 역사와 미래지향성을 고려하여 신징한 이름이라고 했다. 우리 동내 '봉천 10동'은 '중앙동(中央同)'. 하늘을 떠받든다는 뜻의 '봉천(奉天)'이 갑자기 '센터'가 된 것이다. 무엇을 하든 어디에 살든 센터야 좋겠지만 이제 내가 태어나고 자란 지명은 이 세상에서 사라지고 없는 셈이다.

오랜만에 옥탑방 창틀에 걸터앉았다. 창문은 방 크기에 비해 이 방을 옥상에 올려 지을 때의 아버지 바람만큼이나 컸다. 고개를 왼쪽으로 돌리면 방이, 오른쪽으로 돌리면 관악 일대가 내다보였다.

짧게는 반나절, 길게는 사개월씩 체류했던 낯선 도시들. 지금껏 내가 돌아다닌 도시는 일일이 세기 어려울 만큼 많을 것이다. 호텔과 아파트, 인(inn), 대학의 기숙사들. 많은 방들을 거쳤고 시차를 두고 여러개의 방에서 살아보기도 했다. 삐까소의 「비둘기」가 걸려 있던 라이프치히의 방도 있었고 까뜨린 드뇌브의 커다란 흑백

사진이 걸려 있던 베를린의 방도 있었다. 타월이며 침구에까지 마리화나 냄새가 찌들어 있던 암스테르담의 방도 있었고 욕조에 쥐가 빠져 죽어 있던 브루클린의 방도 있었다. 내 이름을 써놓은 환대의 카드와 초콜릿이 놓여 있던 벨기에의 방도 있었다. 모든 방들은 나한테 꼭 맞지는 않지만 새 옷을 한번 입어볼 때처럼 특별한 데가 있었다. 그러나 아무리 좋고 남다르더라도 계속 살고 싶은 방이 없다는 게 이상했다. 딴에는 오래 머물렀던 세 곳의 방들도 있다. 그때마다 내 방들은 방문자들을 놀라게 했다. 삼십명도 넘는 세계 작가들과 아이오와대학 기숙사에 머물고 있을 때는 앞방에 살던 같은 한국 여성 작가 K가 잠깐 내 방에 들렀다가 자신이 그 방의 첫번째 손님이라는 사실에 놀랐다. 다음 날이 삼개월간의 체류 생활을 끝내고 그 도시를 떠나는 날이기 때문이었을 것이다. 베를린 시내 아파트에서 두명의 유럽 여자애들과 살 때는 놀러 온 내 슬로베니아 친구가 집주인이 전기세를 아끼기 위해 거실은 물론 내 방 전등의 선까지 싹둑 잘라놓은 것을 보고는 놀랐다. 작년 이맘때 머물고 있던 버클리의 아파트에서는 내가 없는 사이에 행정에 필요한 서류를 가지러 갔던 학교 직원이 방문을 여는 순간 기겁을 했다고 한다. 입구에서 바로 보이는 책장에 반스앤노블에서 산 손 모양의 나무모형이 놓여 있었다. 팔목이며 손가락 관절을 원하는 대로 움직일 수 있게 돼 있고 크기도 성인 손만하고 색깔도 살빛인 모형이었다. 얼핏 보면 팔목에서 싹둑 잘린 손 하나가 뻣뻣하게 세워져 있는 형체였을 것이다. 나는 그 모형 손을 스케치하기도

했고 술 취한 밤엔 내 왼손으로 마주 잡듯 잡고는 쎌프카메라를 찍기도 했다. 아닌 게 아니라 사진은 영락없이 어느 두 손이 꽉 맞잡고 있는 듯 보였다. 집으로 돌아올 때 그 모형 손을 트렁크에 잘 넣어 왔다. 지금은 손가락 사이에 연필 한 자루를 끼워놓은 형태로 만들어 작업실 책장 구석에 세워두었다.

지금 이 옥탑방은 나를 놀라게 만들고 싶은 것 같다.

서늘한 공기가 나를 스쳐가고 있었다. 왜일까. 이 방은 아무도 살지 않는 방 같아 보인다. 침대는 내가 자고 일어난 그대로다. 반쯤 접혀 있는 줄무늬 이불과 베개에 떨어져 있는 머리카락. 손을 대보면 아직 내 체온이 남아 있을지도 모른다. 그런데도 왜 곧 모든 것이 다 사라져버릴 것처럼 느껴지는 걸까. 대부분의 책을 작업실로 옮겨놓기는 했다. 그래서 침대를 제외하면 책장 히니와 책상 대신 써온 사인용 하이그로시 식탁이 놓여 있을 뿐이다. 벽지에 남아 있는 희누스름한 메모판 자국만 이 방에서 살았던 나의 흔적을 말해주고 있는 것 같았다. 최소한만 움직이면서도 모든 것을 다 해낼 수 있었던 방이었다. 내가 이 방에서 어떤 글을 썼는지 어떤 이와 심야통화를 하곤 했는지 얼마나 울었는지 그런 것은 확인할 방법이 없을 것이다. 그러나 어떻게 말해도 이 방은 나의 첫번째 방으로 남아야 한다. 죽음에 관해 처음 생각했던 곳. 두려워했던 곳이다. 그것이 곧 다가올 거라고 예견하고 있었던, 나의 방.

이제 아무리 이렇게 창가에 앉아 있어도 관악 일대가 훤히 내다보이지 않는다. 날씨가 좋을 때는 산 정상인 연주대의 기암괴석까지 바라볼 수 있었다. 때로 그 밑에 산다는 게 안도가 될 만큼 장엄한 산세와 깊은 골짜기로 유명한 산이다. 몇년 전부터인가 그 주변으로 수십층 높이의 주상복합 건물들이 세워지고 있는 중이다. 원근감 때문에 빌딩들은 산의 절반을 가리고도 산보다 높고 기세등등하게 서 있다. 건물들 높이보다 그 꼭대기에 창(槍)을 여러개 묶어 세워놓은 듯한 길고 뾰족한 구조물들을 더 견디기가 어렵다. 그런 건물들은 먼 데 있다가 집으로 돌아올 때마다 한채씩 늘어나 관악의 풍경을 나날이 잠식해가고 있었다. 내 방에서는 곧 저 가려진 산의 일부조차 못 보게 될지도 몰랐다.

갑상선암에 관해 알고 있는 거라고는 아무것도 없었다. 지금은 다르다. 마주 보고 앉은 B의 목울대를 물끄러미 바라보았다. 그 목울대 뒤쪽에 날개를 활짝 펼친 나비 모양의 장기가 있다. 호르몬을 분비하는 곳이다. 의사는 웃을 때마다 생동감 있게 움직이곤 하던 B의 거기에서 갑상선 결절의 세포를 뽑아내느라 수차례나 주삿바늘을 찔러넣었을 것이다. 잠을 못 잔 얼굴이었다. 까페에 긴소매 셔츠를 입고 있는 사람은 B밖에 없었다. 그러고도 체온이 더 떨어지는지 접었던 셔츠 소매를 내려 단추를 잠갔다. 휴직을 한 B는 국립암센터에 다니며 단층촬영과 초음파검사 같은 것을 처음부터 다시 받고 있다고 했다. 수술 날짜는 한달 후. 포럼 때문에 내가 북경에 가 있을 때다. B는 수술 후 일어날 변화들에 대해 이야기했다. 무기력해지고 식욕, 성욕이 감퇴되고 평생 호르몬 약을 복용해야 하며 목 아래 굵은 흉터가 남게 된다는 것에 대해. 부지런하고 테니스를 잘 치고 삼나무처럼 키가 큰 젊은 B가 무기력해지고 식욕, 성욕이 감퇴될 수 있다는 것은 상상하기 어렵다. 여성호르몬이 늘어나 지금과는 달라질 수 있다는 것도. 믿고 싶지 않다. 나는 피식 웃었다. B도 따라 웃었다. 내 마음이 B에게만 향했던 시간도 있었다. 웃음을 그쳤다. B는 고개를 푹 수그렸다. 우리는 서로가 잘 알고 있는 것에 대해서 말하지 않았다.

B?

……네.

아픈 데가 낫고 나면 뭘 하고 싶니?

턱을 괴고 팔꿈치로 탁자를 짚었다. B의 목소리를 기억하고 싶었다. 손톱 반달만한 성대 신경을 잘못 건드리기라도 한다면 수술 후 B는 성대를 잃게 될지도 몰랐다.

가족들이 돌아온 것은 동생이 개학을 앞둔 8월 마지막 주 목요일이었다.

그후 나는 두번쯤 더 집을 떠났다 돌아왔다. 어딜 가든 내가 언제나 집으로 돌아갈 생각을 하고 있다는 사실이 놀랍게 느껴졌다. 맨해튼 뒷골목에 있는 한적한 바에서 맥주를 마시고 있었다. 여기가 올해 마지막 방문지가 될 것이었다. 거리로 난 창으로 연갈색 낙엽들이 후르르 흩날리고 있었다. 쏟아지는 한여름 햇살이나 빗

줄기를 바라보고 있을 때와는 다른 느낌이었다. 취기 때문이었을지도 모른다. 모든 것이 아련하게 느껴졌다. 눈을 감으면 캄캄했다. 눈을 뜨고 있으면 밖의 빛들이 보였다. 한번도 보지 못한 빛도 있었고 저 낙엽처럼 익숙한 빛깔도 있었다. 빛들이 영향을 주고 있는 거라고 생각했다. 손가락을 엮어 내 손을 맞잡아보았다. 연필을 쥐고 있을 때의 느낌을 기억해보고 싶었다. 그것은 말을 타고 있을 때와 비슷한 상태일지도 몰랐다. 고삐를 쥐었다고 해서 통제할 수 없으며 원하는 방향으로 쉽게 움직이지도 않는다. 무엇보다 신중해야 하며 확신이 있어야 한다. 나는 여기까지 생각했고 맥주를 한 모금 더 마셨다. 바람이 방향을 바꾸었는지 낙엽은 바람을 타고 먼 데서 날아온 씨앗들처럼 잠시 주춤거리다 떨어져내리고 있었다.

엄마가 새 소식을 전했다. 일층 남자가 지방으로 직장을 옮기게 된 모양이라고 흥분했다. 이사를 가겠다는 남자에게 엄마는 팔짱을 낀 채 지금 방 나가기 어려운 땐데 어쩌나, 하고 말을 받았다고 한다. 그 말을 하면서도 남자가 생각을 바꿀까봐 가슴이 조마조마하긴 했다고. 아마 그것이 엄마가 일층 남자에게 부린 처음이자 마지막 허세였을 것이다. 오랜만에 빠에야를 만들었다. 엄마는 쎌러드 대신이라며 부추를 잔뜩 넣고 오이소박이를 무쳤다. 퇴근길에 아버지는 막걸리 두 병을 사왔고 막내 부부는 케이크를 준비했다. 가족들은 잔을 부딪쳤다. 일층 남자가 이사를 가겠다고 한 것만으로도 그동안 우리를 궁지로 몰아넣던 모든 일들이 사라져버리는 느낌이 들긴 했다. 그래도 예전처럼 무람없이 새벽에 욕실에서 물소리를 내거나 조카들이 거실에서 공놀이를 하게 내버려두거나 발뒤꿈치로 쿵쿵 걸어다녀서는 안될 거였다. 나는 조용히 아버지와 가족들에게 말하고 싶었다. 그리고 식탁 의자를 이렇게 소리 나게 막 잡아끌어서는 안된다고. 나는 그렇게 말해도 될 것 같았다. 누구보다 이 집의 구조를 잘 이해하고 있는 사람이 되었으니까 말이다.

그것 외에 눈에 띄는 변화는 없었다. 찬바람이 불자 아버지는 내 방 옆, 옥상으로 통하는 녹슨 문을 수리했다. 그러곤 가족들 몰래 기어이 가죽점퍼를 한벌 샀고 조카들은 어린이집에서 돌아오면 거실에서 뛰거나 싸우는 대신 알록달록한 뻬로로 책상에 앉아 그림을 그린다. 테이프로 틈을 메운 씽크대에서 엄마는 아침저녁으로 밥을 짓는다. 나는 엄마가 지은 밥과 찬이 신선한가 신선하지 않은가 날마다 신경을 곤두세운다. 주말이면 가끔 가족들은 막내제부가 운전하는 자동차를 타고 대형 마트에 다녀오곤 한다. 네모반듯한 티슈들과 새하얀 치약들이 쌓여 있는 것을 볼 때면 안심이 되기도 했다.

가족들이 집에 없을 때 일부러 작업실에 내려가 숨죽인 채 귀 기울일 때가 있었다. 내가 집을 비운 사이에 다녀간 것이 아니라면 팔월 이후 한번도 그 기척을 느끼지 못했다. 빈 거실에 우두커니 서 있던 그 시간, 거울을 들여다보며 거기 서린 김이 사라지기를 기다리는 심정이었을지도 모른다. 누군가 나에게 지난여름 무엇을 하였느냐고 묻는다면 아마도 나는 헛것을 듣고 있었다고 말해야 하리라. B에게서 연락이 온 것은 나에게 약간의 변화를 가져다주었다. 어느 거리에서였을까, B를 떠올린 적이 있었다. B가 수술을 받는 날이었거나 그 이후였을 것이다. 무슨 이유에서인지 모르게 그 수술이 잘될 거라는 확신이 들었다. 그리고 B가 목소리를 잃지 않게 될 거라고도. 근거도 확신도 없는 짐작에 불과했지만 나는 그렇게 알았다. 한가지 더 명확하게 알아차린 것은 이제 나의 서정시대가 끝났다는 사실이었다. 서정적 시기라는 것이 오직 자신에게만 집중하고 있는 젊은 시기이거나 주변을 돌아볼 수 있는 통찰력을 잃어버리고 있는 상태라면 말이다. 평범한 개도 어둠 속에서는 승냥이처럼 보인다. 서정시대가 끝났다는 것은 그 어둠에 눈이 익기를 기다려야 한다는 것, 혹은 어둠 너머의 것을 주시해야 할 때가 되었다는 뜻이기도 했다. 그런 깨달음에는 어쩐지 쓸쓸한 데가 있었다. 어쨌든 한 시절과 작별해야 한다는 의미이기도 할 테니까. 맨해튼의 한적한 바를 나와 거리로 나섰을 때 누군가 나를 불러세웠다. 옆 스툴에 앉아 있던 사람이었다. 손에 책 한권을 들고 있었다. 이거 네 책 아니니? 놓고 간 것 같아서. 망설이다가 나는 손을 내밀어 그 책을 받아들었다. 그것은 내 책이자 내가 쓴 책이기도 했다. 목소리를 잃게 될지도 모를 B가 성대 복원을 위한 목소리 테스트를 받을 때 병원에서 오분간 읽었던 텍스트가 들어 있기도 한 책. B의 메시지는 짧고 간결했다. 나는 깊이 안도했고 비로소 나의 서정시대에 관한 생각을 하게 된 셈이다. 오직 B였거나 B였던 모든 사람들을 떠올렸다. 그리고 나 역시 B에게 짧고 간결한 메시지를 전송했다.

아래층 남매의 애완견은 아예 내 작업실 앞에다 용변을 보기로 한 것 같았다. 개똥을 치울 때마다 화가 치밀기는 했다. 그러나 같은 대문을 쓰면서 불편해지는 관계는 더이상 만들고 싶지 않다. 집 주인에게 주의를 부탁해도 부모는 또 궁지에 몰렸다고 생각하며 안절부절못할 게 뻔하다. 집 대문과 작업실 쪽문까지의 거리는 아홉 걸음이다. 그 아홉 걸음. 회백색 골목을 걸을 때마다 문득 발을 멈추게 된다. 새 식탁을 들이던 날, 오랜 시간 써왔던 식탁을 그 골목에 내다놓았다. 필요한 사람이 있으면 가져가라는 뜻이었다. 무슨 생각을 한 것인지 아버지는 의자 네게도 두개씩 나란히 마주 보게 놓아두었다. 우리가 거기 모여 앉았던 것처럼. 부슬부슬 비가 오는 날이었다. 거실 창을 통해 골목에서 비를 맞고 있는 우리 집 식탁을 하염없이 내다보았다. 식탁 유리 위로 빗방울이 튀어올랐다. 저것을 저대로 버려서는 안된다는 생각과 이젠 새 식탁을 쓰고 싶다는 생각을 동시에 하고 있었던 것 같다. 그러나 가만히 창문을 닫고 뒤돌아보지 않았다. 얼마 후 다시 골목을 내다보았을 때 식탁은 사라지고 없었다. 내가 얼마나 더 이곳에서 살게 될지 모른다. 다만 내가 여길 떠날 때가 되거나 아니면 사라진 봉천동의 많은 것들에 관해 기억하게 된다면 나는 맨 먼저 누추한 골목에서 비를 맞고 있던 우리 집 식탁을 떠올리게 될 것 같다. 그것은 가장 중요하지는 않지만 끝까지 나를 따라다니는 하나의 이미지로 남을 것이다. 그 식탁은 옥탑방에서 내가 오랫동안 책상으로 써왔던 사인용 하이그로시와 똑같은 제품이었다.

나는 죽음만 생각하는 것은 아니다. 삶에 대해서도 생각한다. 단 하루도 생각하지 않은 적이 없다. 날마다 아홉 걸음 걷는다. 가깝지만 비가 오면 비를 맞아야 하고 눈이 오면 눈을 맞는다. 대문을 들고 나갈 때마다 어쩔 수 없이 우편함에 눈이 가게 된다. 부모도 아직은 주소를 바꿔 붙이고 싶지 않은 모양이다. 내 삶이 가장 뜨겁게 지나간 곳. 이것이 내가 지금껏 글을 써왔으며 현재도 살고 있으나 이제는 쓸 수 없게 된 주소다.

서울시 관악구 봉천 10동 41-762 4통 2반.

단념

1

거기 있는 것은 모두 그녀가 잃어버린 것들 같았다. 꽃들이 너무 많아 생일파티가 아니라 장례식 같아 보였다. 유기농 재료만 쓴다는 퓨전 식당 별실이었다. 여섯명씩 열두 사람이 마주 보고 앉아 있었고 그녀 자리는 한가운데였다. 농담과 떠들썩한 웃음소리가 끊이지 않는 게 다행이었다. 입꼬리가 처지지 않도록 신경 쓰는 데 집중하고 싶었다. 조금만 부주의해도 표정에 침울함이 그대로 드러나곤 했다. 들키고 싶지 않은 것은 그것 말고도 많았다. 사람들이 나이 들어가는 그녀에게 바라는 건 변덕이나 한탄이 아니라 위엄과 기품 같았다. 이렇게 한자리에 모여 생일파티를 열어주는 이유도. 그게 아니더라도 그녀는 자신이 앞으로 잃지 말아야 할 것 정도는 알고 있었다. 다른 사람이 자신을 어떻게 보고 생각할까 하는데 신경 쓰는 힘으로 지금까지 살아왔다고 해도 과장이 아니다. 효과가 없지는 않았다. 그저 걷고 앉아 있을 때에도 긴장을 잃지 않을 수 있었고 그것은 그녀를 결정짓고 따라다니는 이미지와 평판이 되기도 했으니까.

맞은편 강조교가 일어나 교수님 생신 정말 축하드려요, 와인을 한 잔 가득 따라준다. 이렇게 앉아 있는 것만으로도 벌써 나는 피곤하구나. 그녀는 입을 다문 채로 웃었다. 여보, 여긴 조명이 너무 어두워서 새 옷을 입어도 누더기를 걸친 것처럼 보일 거 같아. 남편은 맞은편 끝자리에 앉아 있었다. 사람은 울면서 웃을 수도 있고 입 다물고도 말을 쏟아낼 수 있다는 게 새삼 놀랍게 느껴졌다. 메인인 구운 가지에 올린 항정살 요리가 나오고 최사장 부부가 새 와인 병을 테이블에 올렸다. 쉽게 끝날 자리가 아니라면 대화에 섞이는 편이 수월할까. 그녀는 상체를 테이블 쪽으로 붙였다. 항정살이라는 게 돼지 목덜미 살이라지? 돼지 한마리에서 사백 그램 정도밖에 안 나와서 희소가치가 높은 부위래요. 주방장한테 들었는데 요고기 사이에 박혀 있는 마블링이 천개나 된대요. 그녀는 처음 듣는 이야기였다. 포크를 드는 시늉을 하곤 고개를 왼쪽으로 돌렸다. 그 디자이너한테 여성의 아름다움을 결정하는 게 뭐냐고 물었더니 이 여섯가지가 필요하다고 대답했대요. 애나 최가 말하고 있었다. 그게 뭐래요? 타고난 외모, 스타일, 패션 감각, 남다른 피부, 섹시함,

그리고 바로 젊음. 사람들이 웃음을 터뜨렸다. 머뭇거리다가 그녀도 따라서 웃었다. 십이인실이 그녀에게는 광장 같았다. 주인공이 아니라 유령 같았다.

과장하지 마. 그녀는 조용히 유령에게 타일렀다. 잃어버린 게 아니라 한때 지나왔던 것들이라고 말해야 한다. 저 젊음도 재치나 위트, 손으로 입을 가리지 않고서도 활짝 웃을 수 있는 자연스러움도, 당당히 드러내는 자의식도, 거침없이 먹고 마실 수 있는 식욕이나 즐거움도. 조심스럽게 와인을 한모금 넘길 때, 이 자리에서 유일하게 나이 드는 여자가 그녀이고 그런 면으로만 보자면 그녀는 자신이 이 파티를 즐길 만한 자격이 있다고 생각하고 싶었다. 나이 들어가는 것을 별다른 동요 없이 지켜보는 게 어떤 기분인지 아는 사람이 여기 있을까.

그녀는 적당한 존경과 관심 속에서 정년을 맞고 나이 들어갈 거였다. 정숙하고 순조롭게. 어쩌면 확고부동하게. 남은 시간들이 갈수록 좁아드는 길처럼 눈앞에 보이는 듯했다. 그녀는 집에 가고 싶었고 문을 닫지 않았다면 손의 까페에 들러 커피 한 잔 마시고 싶었다. 지금 가장 받고 싶은 생일선물이 있다면 그것이었다.

디저트로 나온 단호박 양갱과 그린티 아이스크림은 앙증맞고 예뻤다. 그렇기만 할 뿐 먹고 싶은 마음은 그때도 들지 않았다. 디자이너 애나 최가 선생님, 이 특별한 생신을 맞으신 기분이 어떠세요?라고 물었다. 곧 자리를 파할 생각들일까. 그녀는 이제 홀가분하다는 표정으로 양갱을 찌르고만 있던 포크를 내려놓고 말했다.

가만있다 악어한테 옆구리를 물린 느낌이에요.

2

　가까스로 혼자가 되었다. 자정이 가까워져 있었다. 그녀는 현관에 들어서자마자 포장을 풀듯 코트부터 벗어버렸다. 애나 최가 디자인한 까만색 송치 코트였다. 오늘 모임에 맞춰 남편이 택배로 보내온 생일선물. 스커트 지퍼를 내리고 스타킹도 벗었다. 얇은 양모 스웨터도 브래지어도. 몸을 죄고 있던 것들을 모두 벗어 소파 위에 되는대로 올려두었다. 그제야 숨이 제대로, 고르게 내쉬어지는 것 같았다. 오디오 버튼을 눌렀다. 이제부터 다시 생일파티를 해야겠어. 허기도 느껴졌다. 식당 앞에서 서로 인사를 나누고 헤어질 때 남편이 아 참, 당신, 하고 부른 게 떠올랐다. 그제야 남편이 자신이 돼지고기를 먹지 못하고 가지에는 알레르기가 있다는 사실을 알아차렸나, 했다. 괜찮지? 남편은 물었다. ……괜찮지, 그럼. 그녀는 고개를 끄덕거리고 운전석 창문을 올렸다. 두 사람 사이에 언제 어느 때라도 쓸모있는 말은 그것밖에 없을지 몰랐다. 남편은 그녀가 주차장을 빠져나가는 것을 지켜봐주었다. 최사장네 들렀다 갈게, 운전 조심해, 여보. 남편은 커다랗고 검은 손을 들어올렸다. 헤어져 산 지 십년이 넘었다. 남편은 아직도 그 사실을 서로 잘 숨기고 산다고 믿고 있는 것일까.

글라스에 맥주와 소주를 섞어 따르곤 식탁 의자에 앉았다. 혼자 있어도 의자는 맞은편에도 있어야 했다. 그녀는 다리를 뻗어 올렸다. 아침에 먹다 만 호밀빵을 조금씩 뜯어 입에 넣었다. 빵은 딱딱하고 꺼칠거렸다. 반 잔 넘게 술을 들이켰다. 혼자 있는 시간엔 대부분 사람들 앞에서는 하지 않는 행동을 하게 되었고 그런 행동은 점점 늘어갔다. 냉장고에 먹을 만한 게 없다는 사실이 실망스러웠다. 오랜만에 느끼는 허기였다. 외진 곳이어서 배달음식도 주문하기 어려웠다. 다시 냉장고 안을 살펴보고 씽크대 서랍들을 차례대로 열어보았다. 깨끗했다. 곧 이사 갈 집이거나 막 이사를 온 것처럼.

누구든지 한번은 젊고 누구든지 한번은 늙는다는 말을 되새겨봐야 소용없었다. 자신만 나이 들어가는 것 같았다. 얼마 전에 사진들부터 정리했다. 사진첩들을 서재에서 치우고 몇군데 집 안에 걸려 있던 사진들, 젊은 날의 남편과 그녀가 함께 들어 있는 액자를 상자에 담아 다용도실에 두었다. 거울들도 치웠다. 오랫동안 수집해온 거울들이었다. 빠리나 베네찌아, 베를린의 벼룩시장에서 산 빈티지 거울, 기하학적 커팅이 된 거울, 클래식한 곡선 프레임이 돋보이는 거울. 가장 최근에 구입한 것은 흑경에 모자이크 타일을 붙여 만든 고가의 그림 거울이었다. 어떤 거울 앞에 서면 그녀는 스무살 처녀로 돌아가곤 했다. 심장박동이 빠르고 그 속도만큼 그림을 그려대고 춤을 추고 사랑할 수 있었던 시절의. 현관 앞에 전신거울 하나만을 남겨두고 그녀는 거울들을 모두 치운다. 공간에 밝은 기운을 끌어줄 수 있는 가장 좋은 오브제라고 생각했던 거울들. 심장박동은 지금보다 더 느려지고 몸 밖의 시간들은 걷잡을 수 없이 빨라질 것이었다.

그다음에는 주방과 냉장고, 다용도실에 있는 정체 모를 액체들을 치웠다. 언제 만들었는지 어디서 샀는지 얻어왔는지도 모를 매실액, 간장병, 포도즙, 양파즙, 올리브 오일, 와인 비네거, 포도씨 기름, 각종 식초들. 뚜껑을 열 엄두가 나지 않을 만큼 오래된 것들도 많았다. 어떤 병은 바닥에 눌어붙어 떨어지지 않는 것도 있었다. 유리병, 페트병, 밀폐용기에 든 대개는 검은 액체들. 찰랑거리지도 쿨럭쿨럭 쏟아져나오지도 않는 액체는 용기에 꼭 맞게 젤라틴화된 것처럼 보였다. 있는 힘껏 그 끈적거리는 액체들을 모두 치우고 나자 두통이 가라앉는 것 같았다. 그림들은 일찌감치 서귀포 별장이 완공된 지난가을에 그곳 창고로 치워놓았다.

손끝으로 술잔을 문지르며 그녀는 맞은편 벽면 바닥에 세워놓은 그림을 내려다보았다. 오래전에 흑연으로만 그린, 한점 남긴 그림이었다. 화단의 까마득한 선생이자 시아버지는 그녀에게 종종 그림을 위해서 인생을 살지는 말라고 말하곤 했다. 그 말이 그림을 포기하라는 게 아니라 과묵하게 그리라는 뜻이라는 걸 모르진 않았다. 그 연필화를 지금까지 계속했더라면 어땠을까. 그녀는 이런 생각을 하지 않는 점을 자신만은 높이 평가하고 싶었다. 회한으로 남거나 후회가 되는 지난 일들은 가능한 한 돌아보지 말아야 했다. 나이가 들수록 나 자신을 불리하게 만드는 감정들은 피해가는 게 상책이다. 전시회 때에도 저 그림만은 걸지 않았다. 사람은 보지 않

으면서도 볼 수 있는 동물인 걸까. 그녀는 두 손으로 머리를 헝클
어뜨렸다. 취하고 싶지는 않았다. 빌라 어귀, 손의 까페는 불이 꺼
져 있었다. 마을버스도 이른 저녁에 끊어지긴 했다. 술이 아니라 이
제 커피. 그녀는 커피를 마셔야겠다고 생각했다. 찾아보면 손의 까
페에서 얻어온 원두가 어딘가 아직 남아 있을 거였다. 두 팔로 식
탁을 짚고 몸을 일으켰다.

3

　벨이 울리고 있었다. 두 팔로 식탁을 짚고 엉거주춤 선 채로 그
녀는 귀 기울였다. 언제부터 벨이 울리고 있었던 것일까. 최사장 부
부네 와인바로 몰려간 사람들이 다시 올 리도 없다. 남편은 혼자가
아닌 채로 게스트룸이 있는 사무실로 갔을 터였다. ……진전이니?
그녀는 우물거렸다. 개라도 기다리게 되는 밤이 있었다. 진전이는
작년부터 손이 키우고 있는 유기견이었다. 버려진 개를 기르게 돼
서 그런지 목에 줄을 매주지도 않았고 까페 문을 닫고 집에 갈 때
도 데려가지 않았다. 진전이는 한밤중에 동네 마을버스 정류장이
나 빌라를 어슬렁거렸고 동네 사람이라면 모두 아는 순한 개였다.
진전이 머리를 쓰다듬다가 코가 머리에 비해 길고 뾰족한 게 멀리
서 보면 늑대 새끼 같아 보인다고 말하자 손이 이렇게 알 듯 말 듯
한 말을 들려주기도 했다. 늑대가 춤추는 곳의 얼음은 안전하대요.

반은 떠돌이였지만 진전이는 대개 까페 앞에 마련해준 나무집을 지켰다. 유난히 그녀를 따르고 그녀 쪽에서도 그 개의 이름을 부르는 것만으로도 마음이 누그러들 때가 많았다. 이 밤에 누군가 찾아올 사람은 없었다.

소리를 무시해버리곤 유리문을 밀고 발코니로 나갔다. 겨우 한 사람만 서 있을 수 있는 발코니였지만 이 집을 처음 보러 왔을 때 그 점이 마음에 들었다. 남편과 살던 집은 둘이 살기에는 처음부터 너무 휑했다. 새벽부터 폭설이 올 거라는 예보가 있었다. 산 아래 자락이었다. 바람은 불어도 차갑게 느껴지지는 않았다. 얼굴의 열기가 식기를 기다렸다. 눈이 올까? 맞은편 아래 빌라는 여기보다 저지대여서 옥상이 훤히 내려다보였다. 어느 집에선가 옥상에 소쿠리 같은 것을 하나 엎어두고는 그 위에 양말을 널었다. 처음에는 그저 식구나 아이들이 많은 집인가보다 여겼다. 주민들 대부분이 단골 배달 세탁소를 두고 있는 동네다. 유독 그렇게 양말만 널어놓는 것이 점점 신경이 쓰인 건 눈 때문이었다. 눈이 내리면 평등하게 쌓였다. 산에도 골목에도, 빌라 옥상, 그리고 소쿠리 위에도. 엎어놓은 소쿠리 위에 눈이 쌓이면 영락없이 작은 봉분처럼 보였다. 그렇게 보지 않으려고 해봐야 소용없었다. 만약 엎어진 소쿠리가 하나 더 옥상에 있어 눈에 덮였다면 그건 젖가슴처럼 보였을까, 역시 두개의 무덤처럼 보일까.

발코니에서 등을 돌려 실내 쪽을 보았다. 방금 전까지 그녀가 앉아 있던. 유리문을 하나 사이에 두고 있었다. 언젠가부터 어두워지기도 전에 불을 켜놓기 시작했다. 저렇게 불이 환한데, 거울들을 다 치워버려서 그런가, 막이 하나 둘러쳐진 것 같았다. 빛이 넘치는 방, 그것은 거울들만으로는 만들어지지 않았다. 실내는 정적에 싸여 있는 듯 비쳤다. 아니었다. 실내는 미묘하게 흔들리고 있었고 그것은 소리 때문이라는 것을 그녀는 알아차렸다. 게다가 빌라 입구에서라면 불가능한, 현관문을 직접 두드리는 소리였다. 그녀는 욕실 문 밖에 걸려 있던 샤워가운을 얼른 걸쳐 몸을 가렸다.

누구세요?

그녀는 자신의 목소리가 조금 이상하다고 느꼈다. 왜 새된 여자애 같은 목소리가 나는 걸까. 오늘 너무 피곤해서 그래, 잠을 좀 자야 할 텐데. 상대는 말이 없었다. 누구세요, 그녀는 무뚝뚝하게 다시 큰 소리로 물었다.

……아줌마!

……?

집에 있었죠?

누, 누구세요?

그새 나 잊어버렸나보네. 내 목소리 생각 안 나요?

글쎄, 누구신지 말씀을 하세요.

에이 아줌마, 큰일 나는 거 아니니까 문 좀 열어봐. 얼굴 보면 당장 기억나실 텐데.

남자 말이 맞긴 맞았다. 처음 듣는 목소리는 아니었다. 그런데 누군지 생각나지 않는다. 그녀는 문 앞에서, 잊어버린 일이 있는지 혹은 늦은 밤에 무언가를 전달받기로 했는지 아니면 아직 오늘의 깜짝 생일파티가 끝나지 않은 것인지 묻고 의심했다. 자신이 없었다. 생각은 끊임없이 달아나곤 했다. 이해력도 분별력도. 문밖의 남자, 청년의 목소리는 친근하게 들렸다. 이 시간에, 내 집 앞에서. 저 남자는 누구지? 발코니에 나가 있는 사이에 술기운은 다 가셨다. 이해력이나 분별력에 관한 문제가 아닌 것 같았다. 그래, 기억. 기억해야 해. 그녀는 조바심이 나는 것 같았다. 이제 남자는 더이상 문을 두드리지도 열어달라고 말하지도 않았다. 기다리고 있었다. 그녀가 무언가 하기를. 정중하게 문을 열어주기를. 경비실에 연락해야 하지 않을까. 그녀는 망설였다. 걸림쇠를 확인하곤, 문을 열었다. 한뼘쯤 문이 열렸다.

아, 아줌마!

한 청년이 활짝 웃고 있었다.

4

그녀를 다시 만난 게 정말로 반가운 표정이었다. 얼떨결에 그녀도 청년을 따라 웃었다. 어쩌면 웃는 게 아니라 그저 양쪽 볼이 씰룩거리는 것인지도 알 수 없었지만. 표정을 수습하고 나서야 그녀는 자신이 한발 늦어버렸다는 것을 깨달았다. 모르는 사람이라고 말하기는 틀렸다. 그녀는 그 청년이 누구인지 알았다. 청년의 말이 맞았다. 얼굴을 보자마자 단박에 생각이 났고 이제 그 청년이 모르는 사람도 아는 사람도 아니라는 사실을 있는 그대로 받아들여야만 할지 몰랐다. 볼 근육이 제멋대로 움직이는 것 같았다.

아줌마, 나 안으로 들어가고 싶은데.

청년이 웃음기가 가신 얼굴로 말했다.

저기, 밤이 늦었어요.

그러니까 잠깐만 앉았다 갈게요. 밖에 지금 눈이 엄청 오거든. 나 추워 아줌마.

밖엔 눈이 오지 않고 청년은 젖지도 않았다. 그러나 체감온도는 영하 십칠도에 육박할 시간이었다. 청년의 입술이 시퍼레 보였다. 술을 마신 것 같지도 않았다. 잠깐이라고 했잖아. 그녀는 자신이 문을 끝끝내 열어주지 않는다면 청년이 더 하게 될 거짓말이 두렵게 느껴졌다. 옷 앞섶이 단단히 여며진 것을 확인하고는 고리를 풀었다. 발코니 문이 아직 열려 있는지 맞바람이 쳤다. 청년이 안으로 들어왔다. 서둘지도 않았고 반색을 하는 기색도 가셔 있었다.

아줌마, 사람을 이렇게 밖에 오래 세워두면 어떻게 해.

미, 미안해요.

그녀는 허둥거려서는 안된다고 생각했다. 생각한 대로 말이 나오고 움직여지는 것은 아니었다. 청년은 냉랭한 표정으로 신발을 한 짝씩 벗곤 전에도 와본 적 있는 사람처럼 익숙하게 거실로 걸어 들어갔다. 그녀가 자신의 뒷모습을 지켜보고 있다는 걸 의식하는 걸음걸이였다. 사실이었다. 그녀는, 두꺼운 외투를 입었지만 섬세한 골격이 드러난 청년의 어깨와 등을 바라보고 있었다.

아줌마, 집 좋네.

다 정릴 해서, 아무것도 없어요.

뭐 좀 먹을 거 없나?

청년이 스툴에 걸터앉아 물었다. 탄력성이 좋은 스툴이었다. 그 점이 불편한지 아니면 긴 팔다리 때문인지 앉았다기보다 구부리고 있는 것처럼 보였다. 문을 처음 열었을 때처럼 다시 표정은 풀려 있었다. 스물여덟아홉살쯤 됐을까? 많아도 서른한두살은 넘지 않아 보이는 얼굴이다.

글쎄요, 이 시간에.

아줌마, 술 마시고 있었구나.

그가 식탁을 가리켰다.

참, 아줌마 오늘 생일이지? 맞죠? 우리 일년 전에 만났을 때가 오늘이었잖아.

……네.

그녀는 고개를 끄덕거렸다. 청년의 말은 틀린 데가 없었고, 그래서 더 무엇을 해야 할지 알 수 없는 것 같았다. 다시 만날 거라곤 생각하지 못했으니까. 청년이 한 손에 둘둘 말고 있던 신문을 그녀 발치로 툭 던졌다.

거기 아줌마가 나왔더라고. 사람 놀래키네.

그녀는 여전히 서 있었다. 아무도 앉으라고 말해주는 사람이 없는 낯선 집에 들어선 것처럼. 발밑에 떨어진 신문은 보름 전쯤 남편의 기사가 실린 일간지일 거였다. 남편이 서귀포에 지은 별장이 건축가들이 선정한 올해의 건축상에 뽑혔다. 그 신문사에서 후원하고 동료 건축가들이 주는 상이라서 의미가 더 큰 모양이었다. 그녀도 남편을 따라 사진 촬영과 인터뷰를 해야 했다. 모두 세군데 사진이 실렸다. 서귀포 별장, 남편 건축사무소, 그리고 여기 그녀의 작업실. 사진 촬영과 인터뷰를 하는 데 꼬박 하루가 걸렸다. 아무래도 분야가 다르니까, 각자 공간을 따로 갖는 게 좋다고 생각했죠. 남편이 허허허 웃으며 기자에게 말했다.

아줌마, 남편도 있었네?

네, 있어요, 남편.

재미있다는 듯 청년이 그녀를 쳐다보는 게 느껴졌다. 그녀는 자신이 지금 서 있어서 다행이라고 생각했다. 청년을 내려다볼 수 있다. 그녀는 청년의 눈빛을 일별하곤 발코니로 걸어가 유리문을 닫았다. 찬바람 때문인지 몸이 덜덜 떨렸다.

커피라면 한 잔 끓여줄 수 있어요.

그녀는 돌아서서 말했다.

아줌마 화났나봐? 난 그냥 아는 사람이 신문에 나와서 반가워서. 아, 아줌마가 아니라 유교수님, 유화백님, 이렇게 불러야 하나?

청년은 킥킥거렸다. 그녀는 얼결에 손으로 뒷머리를 만졌다. 젖어서 딱 붙은 머리카락을 보이고 있는 것도 아닌데, 뭐가 그렇게 우스운 걸까. 그녀는 묻고 싶었다. 청년을 보고 싶지 않았다. 발코니 유리문에 하얀 샤워가운을 입은 모습이 고스란히 비쳐 있었다.

그것도 보고 싶은 모습은 아니었다. 일년 전 오늘이었다. 시아버지
의 사십구재를 마친 날. 생일을 챙겨줄 사람도 없고 챙길 만한 날
도 아니었다. 청년을 만난 건, 그날 한번이었을 뿐인데.

아줌마, 근데 오늘도 혼자야?

앉은 채로 집 안을 훑어보던 청년이 물었다.

아니, 아녜요. 누가 올 거예요.

아줌마.

청년이 나지막하게 불렀다.

네.

아줌마, 거짓말하면 나한테 혼난다.

………

아줌마 착했잖아.

5

주머니에 손을 찌른 채 청년이 느릿느릿 스툴에서 일어났다.

나, 그만 갈게. 교수님이라 그런가, 손님 대접이 영 엉망이네.

미, 미안해요.

하마터면 고맙다고 말할 뻔했다. 그녀는 팔짱을 지른 팔을 서둘
러 풀었다. 그 행동이 조금 전보다는 덜 방어적으로 느껴질 수 있을
지는 자신할 수 없었지만. 지금은 무엇이든 해야 했다. 청년이 나가

는 것을 보고 현관문이 안전하게 닫힌 걸 확인할 수 있을 때까지.

열두시 사십오분이었다. 그녀는 다시 십오분 전으로 돌아가 있었다. 십오분. 집 안에 한 낯선 방문객이 머물다 간 시간이었다. 십오분이 그토록 길게 느껴진 적은 처음 같았다. 청년이 정말 갔을까. 잠긴 현관문을 눈으로 보고 있으면서도 그녀는 등 뒤를 돌아보았다. 식탁 의자에 주저앉았다. 손발은 얼음장 같은데 이마에는 땀이 끈끈하게 묻어났다. 아줌마, 문단속 잘해야지. 청년이 마지막으로 한 말이 그거였나? 아니면 반가웠어 아줌마, 그런 말을 했나? 뭔가를 사셔가지노 않았고 만지고 간 것도 없었다. 달라고 요구한 것도. 그냥 스툴에 앉았다가 몸을 조금 흔들거리다가 집 안을 훑어보다 가만 갔다. 차비라도 쥐여줬어야 했을까. 느슨해져버린 샤워가운 끈을 타이트하게 묶고는 청년처럼 앉은 채로 실내를 둘러보았다. 어떤 것도, 십오분 전과 같을 리 없었다.

전기주전자에 생수를 붓곤 씽크대 서랍들을 차례대로 열어보았다. 어딘가 밀폐용기에 원두를 담아놓은 것 같은데. 실제로 손이 내려주는 커피는 혀를 델 듯 뜨겁지는 않았다. 그래도 그녀는 손의 커피를 마시면 언제나 뜨겁고 정신이 반짝 깨어난다고 느낀다. 그런 한 잔의 검은 물. 지금 간절히 필요하지만 대체 원두를 어디에 둔 걸까. 까페에 가면 그녀는 커피를 두 잔 마시는 시간만큼만 손과 마주 앉아 있곤 한다. 그녀는 그녀의 이야기를 하고 손은 손의 이야기를 했다. 대부분은 커피에 관한 이야기였고 그녀가 알아듣기 어려운 이야기였다. 그녀는 손에게 때때로 시아버지 이야기를 했다. 시아버지에게는 손의 이야기를 했다. 말을 나눌 사람이 생겼다고. 매주 목요일 오후에 그녀는 병원에 갔다. 시아버지의 투병 기간은 짧지 않았지만 매주 목요일을 기다렸다. 믿고 유일하게 의지했던 가족이 사라지려는 중이었다. 죽음, 그 단 한번의 경험을 눈앞에 두고 있었다. 선천적으로 고독한 사람이구나. 사십오년 전, 처음 그녀를 만났을 때 시아버지가 한 말이었다. 그녀가 그런 그림을 보고 있었다. 세상을 뜨기 전까지도 시아버지는 그녀에게 반복해서 말했다. 실패를 해도 끈기있게 하고 낙담을 해도 기술적으로 해야 한다, 그래야 계속 그릴 수 있다. 아버님 말씀은 전부 틀렸어요. 반박할 기회는 영영 없을 거였다. 고독이 아니라 집념, 그녀의 삶을 궁극적으로 정의하는 것은 선천적 고독이 아니라 그것일지도 몰랐다. 아침에 눈을 뜨면 나 자신처럼 여일하게 살아내야 하는 일. 나이가 든다는 게 어떤 거냐고? 그건 한꺼번에 세가지씩 해내던 일을 이제 한가지밖에 해낼 수 없다는 것이다. 그녀는 손에게 투덜거렸다. 나한테 필요한 건 카페인일 뿐이에요. 커피 맛이 어떤 건지 난 잘 몰라요.

전기주전자에서 스위치 소리가 났다. 뜨거운 물이라도 마시자. 그녀는 자꾸만 혼자 중얼거리고 있다는 걸 모른 척하고 있었다. 손의 까페에 더 자주 가게 되는 이유는 어느정도 시아버지의 죽음과 관계있는 것 같았다. 두 사람은 그녀와 있어도 곧 어딘가로 가야 할 사람처럼 행동하지 않았다. 중간에 무슨 일이 생겨 자리를 뜨도 않았다. 그녀는 자신이 원할 때 갔고 그녀가 원할 때 함께 있다

돌아올 수 있었다. 그게 전부라도 좋은 그런 관계는 그녀에게는 흔치 않았다. 물은 뜨겁고 맹물일 뿐인데 시큼한 맛이 느껴졌다.

6

우리 오빠 알죠?

여자애가 화면 속에서 물었다. 그녀는 인터폰을 바라보았다.

....

아줌마, 문 열어.

그녀는 여자애가 시키는 대로 했다. 옷이라도 갈아입고 있을 걸 그랬다고 생각했다. 긴 잠을 잘 수 있을 거라고 여긴 게 잘못이었을까. 그녀는 현관 안으로 청년과 그 청년 뒤에 바짝 붙어 들어오는 여자애를 우두커니 보았다. 태연하지 않은 사람은 그녀밖에 없는 것 같았다. 커다란 귀마개를 한 여자애, 날렵하고 유연해 보이는 몸을 가진 여자애는 까만색 매니큐어를 바른 긴 손가락으로 한쪽 이마로 쏠린 머리카락을 걷어내며 그녀를 봤다. 작은 동그라미 같은 붉은 얼굴이 반짝거렸다. 잘 닦은 홍옥이 저럴까. 그녀는 정말 눈이 부신 사람처럼 한 손으로 얼굴을 가리곤 속으로 말했다.

아줌마, 우리가 왔어.

청년은 그녀의 어깨를 꽉 잡았다. 입술이 이마에 닿을 것 같았다. 그녀는 한 발 뒤로 물러나려고 했다.

괜찮지? 뭐 큰일 나는 거 아니잖아.

어깨를 잡은 손을 놓고 청년이 안쪽으로 성큼성큼 먼저 들어갔다. 한 손에 든 비닐봉지에서 튀긴 닭 냄새가 났다. 그녀는 전화를 떠올렸다. 경비실이나 경찰에 전화를 걸 수도 있다. 휴대전화를 감춰 화장실로 몸을 숨길 수도 있었다. 몸을 조금만 움직인다면 모두 가능한 일이었다. 이 집을 속속들이 잘 알고 있는 사람은 나다. 그녀는 두 손을 가운 주머니 깊숙이 찔러넣었다.

아줌마, 왜 그러고 서 있어요?

여자애가 개수대 물을 틀어 손을 씻다 말고 물었다.

욕실은 저쪽이에요.

그녀는 현관 왼쪽을 손으로 가리켰다.

어머, 무서워라. 근데 난 여기서 씻고 싶은데.

여자애가 혀를 내밀었다. 그녀는 고개를 돌려버렸다.

오빠, 그때 미쳤었어?

왜애? 술 좀 찾아와봐.

어떻게 저런 늙은 아줌마랑.

아줌마냐 할머니냐?

청년이 키득거렸다.

애매하긴 하네.

혀를 날름거리는 게 여자애 버릇인 모양이다.

진짜 신기하다, 신기해.

여자애가 다시 흥얼흥얼거렸다.

나도 신기하다. 그녀도 말하고 싶었다. 그게 아닌가. 손으로 입을 가렸다. 날이 밝아오면 어제의 아침으로 돌아갈 수 있을지도 몰랐다. 청년은 아까도 약속을 잘 지켰으니까. 돌아가겠다는 약속을, 지킬 거야. 그때까지만. 심장박동이 빨라진 것 같았다. 캔맥주 플립을 비틀어 따는 경쾌한 소리가 연달아 들려왔다.

야, 눈 온다.

청년이 소리쳤다.

그녀는 소리 죽여 울고 싶어졌다. 승산 없이 휘말려든 게임이라는 생각이 들어서가 아니다. 몸을 연신 까딱거리고 있는 청년 때문이 아니라, 아래위로 싸구려 비닐점퍼를 입고 있는 저 여자애 때문이 아니라. 음악을 껐어야 했다. 마흔아홉살 때 글렌 굴드는 자기 장례식에 아무도 오지 않을까봐 전전긍긍했다. 자동차를 세우고 낯선 거리에서 사촌 제시에게 전화했다. 나 어떻게 하지? 오십세 때 그는 길에서 천천히 죽어갔다. 시원하게 실컷 한번 울어본 적이 있을까? 지금, 밖에, 눈이 온다고 청년이 말한다. 그녀는 밖으로 나가고 싶다. 뒷걸음질 쳐서. 소쿠리들을 바로 놓으러 가고 싶었다.

아줌마, 뭐 해. 와서 한잔해.

여자애가 손짓했다. 잘 아는 사이 같았다.

7

꽃잎을 그린 그림이었다. 종이에 연필로. 바람에 휘날리는 꽃잎들이었다. 무수한 연필선으로만 이루어진 꽃잎들. 새카만 꽃잎들이 군무를 추고 있는 것 같았다. 그 움직임 때문에 흑연으로만 칠했어도 화려해 보인다. 꽃잎과 바람과 선의 집합, 그 힘을 아직 고스란히 느낄 수 있다는 게 믿기지 않는다. 어제도 보고 오늘 아침에도 보았을 텐데. 전혀 다른 그림을 보고 있는 기분이었다. 눈여겨보지 않으려고 애써왔지만 지금은 달리 눈을 둘 만한 곳이 없었다. 청년과 여자애는 소파에서 맥주와 닭튀김을 먹고 있었다. 핑크색 인조 귀마개를 여전히 귀에 걸고. 침실만 하나 있을 뿐 조금 넓고 툭 트인 원룸과 크게 다르지 않은 집이다. 그녀는 침실로 들어가지 않았다. 청년이 가로막은 것도 아니고 그들이 두렵지 않은 것도 아니었다. 그러나 닫힌 방에서 문밖에서 어떤 일이 벌어지고 있는지 혼자 상상하고 싶지 않았다. 지금 두려운 게 있다면 저 낯선 사람들이 아니라 혼자 있게 되는 상황이었다. 그녀는 가능한 한 기척 없이, 그들 눈에 거슬리지 않으면서 여기 남아 있고 싶었다. 그림에 시선을 고정하고 있었다. 청년과 여자애를 보지 않으면서 창밖으로 눈을 돌릴 수 있는 방법은 없었다.

휴대전화는 어디다 두었는지 떠올려보려고 애썼다. 사람들은 지금쯤 헤어졌을까? 진전이는 어딜 헤매고 있을까? 주머니 속에 든 것은 아무것도 없었다. 전화기 한대는 주방 벽에 소품처럼 걸려 있을 뿐. 저쪽으로 걸어가 완강히 수화기를 든다고 해도, 누구에겐가 전화를 걸 수 있다고 해도 무슨 말을 할 수 있을까. ……왜, 아줌마? 하는 얼굴로 청년이 그녀를 보았다. 아뇨, 아녜요, 그녀도 고개를 흔들었다. 셋이 모여 있었다. 한가지만은, 모두 알고 있었다. 지금 가장 평화로운 것은 셋이 함께 있는 일이라는 걸. 여기에 누가 더 함께할 수 없다는 사실을 말이다. 그녀는 그 사실을 마치 상중에 느꼈던 성욕처럼 수치심 없이 놀람도 불안함도 없이 자신이 스스럼없이 받아들이고 있다는 사실을 어떻게 생각해야 할지 몰라 초조해지려고 했다. 모든 것이 뜻대로 되지 않는 밤이었다. 느닷없이, 뜻밖에 느껴지는 이 불안한 자유 속에서 그녀는 다리까지 쭉 펴고 앉고 싶은 심정이었다. 눈은 쏟아지고 밤은 깊었고 세상과 완전히 단절된 느낌이지만 단절이라기보다 정적 같았다. 아니 고요. 그녀는 보았다. 하나의 선을 반복해서 그리고 있던 언젠가의 그녀를. 그 반복된 행위가 만들어내는 형태와 몰입의 긴 시간들을. 어쩌면 손의 말이 맞을지도 모른다. 커피에 대한 손의 열정을 이해하기 어렵다고 했을 때 그가 한 말. 열정이 중요한 것은 그것이 식었을 때 어떻게 다시 불러일으키느냐에 달렸다고 했던가. 다시, 어떻게?

뭐라고 중얼거리고 있어요?

여자애가 물었다.

아, 아녜요.

그녀는 손바닥으로 얼굴을 한번 쓸었다.

집에 텔레비전도 없네.

여자애가 기름기 묻은 손을 등받이 쿠션에 대고 문지르며 투덜거렸다. 잘못을 지적하는 말투처럼 들렸다. 티슈 거기 있잖아요, 하려다가 그녀는 입을 다물었다. 여자애는 그녀에게 손끝 하나 안 건드리고도 그녀의 팔다리를 묶을 수 있다. 난생처음 봤고 강의실이나 거리에서라면 두번은 쳐다보지도 않았을, 일별하는 것만으로도 굴욕의 기미를 충분히 느끼게도 할 수 있는. 그녀는 네 없어요, 작은 소리로 대답했다. 그들이 찾는 건 대개 없었다. 없는 게 꽤 많은 집인지도 모른다는 생각이 스쳤다. 혼자 있을 땐 알지 못했지만. 여자애가 자리에서 일어나는 것 같았다.

아줌마.

여자애가 얼굴을 바짝 들이밀었다.

말해요, 필요한 거.

그녀는 담담히 말했다.

오징어.

……네?

오징어.

없어요, 오징어.

아니, 그때 아줌마 거기서 오징어 냄새 났대.

………

여자애가 키득거리더니 화장실로 들어갔다. 물소리가 들렸다.

아줌마, 이리 와.

청년이 자기 옆자리를 주먹으로 툭툭 쳤다.

새벽 두시 반이었다. 사람들은 언제부터 아침이라고 여기는 걸까. 아니 아침이 오긴 정말 올까. 시간을 움직이는 것은 무엇일까. 그녀는 꼼짝도 하지 않았다. 이제 무엇이 와도, 이 밤이 지나갈 때까지는 움직이지 않고 싶었다. 부스럭거리는 소리를 내며 청년이 자리에서 일어났다. 그녀는 주머니 속의, 밖에서는 보일 리 없는 주먹을 아프게 움켜쥐었다.

아줌마, 이거 드시라고.

청년이 식탁에 종이 상자를 내려놨다.

오빠, 빨리.

화장실에서 나온 여자애가 청년에게 재촉했다. 셋이, 너무 가깝게 모여 있었다. 여자애가 귀마개를 벗어 그녀에게 씌웠다. 입에 재갈을 물리려는 것도 아닌데 목이 타들어가는 느낌이었다. 청년과 여자애가 긴 다리를 끌며 방으로 들어갔다. 방문 닫는 소리는 들리지 않았다. 두 사람이 만들어내는 소리는 많지 않았다. 귀마개 때문일지도 몰랐다. 그녀는 미동도 하지 않았다. 그것만이 자신이 할 수 있는 유일한 저항 같아 보이기를 바랐지만 실은 그녀가 무엇을 하든 그들이 처음부터 개의치 않았다는 사실을 누구보다 잘 알고 있는 사람이 자신이라는 것도 알았다. 귀마개는 따뜻했고 포근하기까지 했다. 소음을, 소리를 차단하지도 않았다.

나 죽어버릴 거야. 여자애가 흐느끼는 것 같았다. 널 죽여버릴 거야. 청년도 지지 않았다. 두 몸이 부딪치는 소리가 커다란 두 손이

쳐대는 박수 소리처럼 들렸다. 귀마개를 벗어야 할까 계속 쓰고 있어야 할까 그녀는 망설였다. 청년과 여자애가 내는, 남자와 여자가 낼 수 있는 가장 강압적인 구애의 말소리를 듣고 싶지 않았고 또 놓치고 싶지도 않았다. 그녀는 묻고 싶었다. 왜 여자는 스스로 죽는다고 하고 남자는 죽인다고 하는 것인지. 평생 경험해본 적이 없는 그 기묘한 구애의 형태에 대해서. 밤의 절정은 필수적인 것 같았다. 등뼈라도 곧추세우고 앉아 있어야 할 것 같았다. 그녀는 그렇게 하려고 했다. 급소를 드러내놓은 그 느낌 그대로.

8

  옷을 다 입고 있는데도 여자애는 헐벗은 것처럼 보였다. 그녀는 눈을 비볐다. 뻑뻑한 안구에서 찌걱거리는 소리가 났다. 그 긴장과 불안 속에서도 잠이 들 수 있다니. 그녀는 믿고 싶지 않았다. 그녀를 깨운 사람은 여자애였다. 청년은 세수라도 하러 들어간 것인지 욕실 쪽에서 물소리가 들렸다. 그녀는 여자애가 깨울 때까지 식탁에 엎드린 채로 잠들어 있었다는 사실과, 가운 앞섶이 벌어진 줄도 모른 채 방심해 있었다는 것, 이제 잃어버려 지킬 수도 없는 체면 때문에라도 웃고 싶었다. 새벽 다섯시 오십분이었다. 밖은 아직 어둑해 보였다. 눈은 그친 것 같았지만 폭설이 지나간 것인지 비켜간 것인지 분간하기 어려웠다. 여자애는 냉장고에서 생수를 찾아내

병째 마시고 있었다. 잊고 있던 갈증이 솟아났다. 물을 마시는 것만
으로는 해결이 안되는 종류의 갈증이었다. 청년이 욕실에서 나오
는 기척이 났다. 그녀는 천천히 의자를 밀쳐내고 자리에서 일어났
다. 다리가 부었는지 의자를 매달고 있는 것처럼 무거웠다. 몸 전체
가 그렇지는 않은 게 이상했다.

우리 갈게요.

현관 쪽으로 걸어가면서 여자애가 말했다. 목소리도 탁했고, 눈
을 제대로 뜨고 봐도 마찬가지였다. 여자애는 시퍼렇게 질린 것처
럼 추워 보였다. 번신 눈화상 때문이라는 생각은 하고 싶지 않았다.
어떻게 해도 그녀는 젊음 자체를 진정으로 이해하게 될 수 있을 것
같진 않았고 그럴 마음도 없었다.

이거 입어요.

그녀는 소파 팔걸이에 아무렇게나 벗어두었던 외투를 집어들
었다.

아줌마, 우리 그런 사람들 아냐.

여자애가 무덤덤한 소리로 되받았다. 청년은 뭐 해? 하며 로퍼를
찾아 신고 있었다.

한번밖에 안 입은 거예요. 주고 싶어서 그래요.

그녀는 송치 코트를 손에 들곤 여자애 뒤를 따라 나갔다.

뭐, 아줌마가 그렇다면.

현관 전신거울 앞에서 여자애는 비닐점퍼를 벗곤 그녀가 건네
준 코트를 입었다. 풍성하고 동그란 어깨선을 강조한 씰루엣이 여

자애의 어깨에 꼭 들어맞아 보였다. 입고 있던 베이지 니트와도 잘 어울렸다. 여자애도 마음에 들었는지 거울 앞에서 몸을 이리저리 돌려보더니 흡족한 얼굴을 했다. 원한다면 핸드백도 줄 수 있을 것 같았다. 잠깐만요, 하고 그녀는 몸을 돌렸다.

왜요?

귀마개 갖다줄게요.

그거, 아줌마 가져.

……괜찮아요.

나도 아줌마한테 주고 싶어서 그래.

여자애가 픽 웃었다. 청년이 현관문을 열었고 바람이 들이쳤다. 그리고 그들이 나갔다. 청년과 여자애. 여자애가 청년의 팔에 매달리듯 팔짱을 끼고 그들은 아줌마 잘 있어,라고 말했다. 문이 저절로 닫히기도 전에 그들의 모습은 보이지 않았다. 그녀는 문을 잠그지 않았다. 그래봐야 소용없을지도 몰랐다. 그들이 다시 온다면. 그래도 문은 잠그고 싶었다. 어떤 것들은 잠긴 문을 통해서만 밀고 들어오고 싶어할지도 모를 테니까. 그녀는 자신이 옳을 때도 있다고 생각했다. 밤은 지나가고, 어떤 일이 있어도 아침이 올 거라는 사실만큼은 단념한 적 없었으니까.

생수병을 꺼내려다가 손을 멈칫했다. 원두가 담긴 밀폐 유리병은 씽크대 한가운데 놓여 있었다. 번연히 눈앞에 두고도 찾지 못했다니. 이제는 정말 소리 내서 웃어도 괜찮을 것 같았다. 그래도 자꾸만 등 뒤를 돌아보게 된다.

전동 그라인더에 원두를 넣고 주전자 스위치를 올렸다. 물이 끓자 주둥이가 좁은 주전자로 옮기고 드리퍼에 담은 원두 위에 물을 따랐다. 원두가 수국처럼 부풀어올랐다. 손에게 배운 대로 동심원 모양으로 물을 붓기 시작했다. 호박색 구슬 같은 물방울들이 써버 속으로 떨어졌다. 손이 그녀에게 줄 수 있는 것은 신선한 커피가 전부일지도 모른다고 생각한다. 다 추출된 커피를 잔에 따랐다. 향기를 맡고 한모금 마셨다. 입안에 맛이 번져나갔다. 갖가지, 처음 느끼는 맛들이 차례대로 반겨 나오는 것 같았다. 신맛 단맛 쓴맛…… 뜻밖의 맛이 있나. 그녀는 커피잔을 내려다보았다. 손의 말이 떠올랐다. 천차만별의 맛이라고 했던가. 그 맛을 내고 결정짓는 것은 쓴맛 성분의 질과 비율이 다르기 때문이라고 손은 알려주었다. 카페인 때문이겠죠. 무슨 말이든 손에게라면 퉁명스럽게 나가곤 했다. 커피에는 종(縱)의 맛과 횡(橫)의 맛이 있어요. 손은 웃으며 말했다. 커피를 처음 내릴 때 나오는 카페인이나 클로로제닉산 같은 성분이 만들어내는 깊은 맛이 바로 종의 맛. 이것이 손이 말한 종의 맛일까. 지금까지와는 전혀 다른 맛이 몸으로 스며들어오고 있는 느낌이었다.

블라인드를 다 올리고 베란다 유리문 앞으로 다가갔다. 눈이 쌓여 있었다. 눈의 반사 때문에, 그 부신 흰 눈 때문에 풍경엔 그림자가 전혀 없는 듯 보였다. 고요했다. 그림자가 없는 공간, 거대한 사물 같았다. 한순간 눈 속에서 뭔가 펄쩍 뛰어오르는 것 같았다. 살아 있는 것 같았다. 아랫동네 빌라 옥상이었다. 진전인가? 창에 몸을 더 가깝게 대보았다. 늑대 비슷한 작은 짐승이 옥상에서 춤을 추고 있는 것처럼 보였다. 다시 한모금 커피를 넘겼다. 언젠가는 횡의 맛, 그 넓은 맛, 풍성한 맛까지 느끼게 될 수도 있을까. 그녀는 알고 싶어졌다. 모든 것이 여기에 다 있는 것 같았다. 여느 날보다 조금 더디게 온 아침이었다.

일요일의 철학

도시는 대학을 중심으로 왼쪽이 레이스 자락처럼 구불구불하게 생긴 U자 모양을 하고 있었다. 크고 작은 일곱개의 거리와 골목과 언덕들, 그리고 삼나무숲과 각국에서 몰려든 학생들로 이루어진 도시였다. 중세인의 눈으로 본다면 장식적이기보다는 실용적이고 기능적인 건축물들이 많았고 이 도시에서 유일하게 높은 첨탑 모양의 시계탑 하나가 이정표처럼 멀리서도 한눈에 보였다. 일곱개의 거리 중에서 내가 가장 자주 가는 곳은 학교나 숙소에서부터 걸어서 오갈 수 있는 쏠라노(Solano)였다. 스페인의 지배를 받은 적이 있어서 그런지 거리들 이름에 그 흔적이 남아 있었다. 태양이라는 뜻의 쏠라노 거리는 1.25마일쯤 곧게 뻗어 있고 완만한 능선처럼 경사져 보였다. 프랑스식 빵집과 식당, 오래된 극장과 책방이며 간단한 음식과 포도주를 싸게 살 수 있는 슈퍼마켓과 술집이 많은 거리지만 인근에 초등학교들이 있어 영업시간은 대개 열시까지로 정해져 있었다. 그 시간 이후면 사람들은 모두 집으로 돌아가고 밤이 무르익기도 전에 거리는 아연 풀이 죽고 활기를 잃은 느낌이 들기도 했다. 내 눈으로 보기에는 낡고 수수한 것들로 이루어진 거리였다.

밤 운동을 하는 사람들 외에 늦도록 걸어다니는 사람은 나밖에 없는 것 같았다. 한국학센터 직원들이 조심하는 게 좋을 거라고 충고해주었다. 얼마 전 혼자 걸어가던 한 동양 여자에게 강도가 권총을 겨누었다고 했다. 현금이 채 이십 달러도 나오지 않자 강도가 여자의 왼쪽 팔목을 쏴버렸다. 여자는 목숨은 건졌지만 직업은 포기해야 할 거라고들 했다. 낯선 도시에 체류할 때마다 내가 하는 일은 매번 비슷하다. 맥주를 마시거나 자정이 넘도록 거리를 쏘다닌다. 소매치기나 강도 비슷한 걸 당해본 적이 없는 건 그저 운이 좋았기 때문이라고 생각한다. 요리사 여자의 이야기를 듣고 나서는 지갑 속에 백 달러짜리 지폐 한장을 비상금처럼 갖고 다녔다. 손목이라니. 나는 절레절레 고개를 흔들었다. 쏠라노에서 북쪽으로 일곱시간쯤 자동차를 몰고 가면 '죽음의 계곡'이 나온다고 했다. 이따금 거기 한번 가볼까 하는 마음이 들 때도 있긴 하다. 레이스 자락 같은 베이 위에는 다른 도시와 연결된 거대한 철조 다리가 하나 놓여 있었다. 다리를 지나면 시내 한가운데로 격정을 감춘 태평양이 유유히 지나갔다.

*

밤 열시가 되면 시, 싯 하는 소리가 들리기 시작했다. 처음에는 바람 소리인 줄 알았다. 빌리지 단지 맞은편에는 검은 숲이 있었다. 살찐 고양이만한 스컹크들이 한낮에도 무람없이 철조망을 넘어다니며 냄새를 피워댔다. 바람 소리치고는 규칙적인 리듬이었다. 그럼 빗소리인가? 매일 밤 빗소리가 들렸다. 우기는 11월부터 시작된다고 들었고 지금은 아직 9월이다. 시싯, 싯, 싯. 소리는 한시간 정도 지속되었다 갑자기 끊기곤 했다. 이 방에 살기 시작한 지 일주일이 넘도록 블라인드를 걷고 거실 문 여는 것을 망설이고 있었다. 대학 학생들을 위해 지어진 아파트촌 같은 곳이라 집세가 싼 편이었다. 단지 곳곳에 버스정류장과 놀이터, 빌리지 오피스, 그리고 입구에서 멀지 않은 곳에 유전자공학과 학생들을 위한 넓은 옥수수밭이 있었다. 동양 학생들이 많은 대학이었고 그들 중 절반은 한국에서 온 사람들이라고 들었다.

룸메이트인 나디아는 집에 들어오지 않는 날이 많았다. 들어와도 내가 자고 있거나 집을 비우고 있을 때가 많았다. 룸메이트가 있다는 사실을 잊어버릴 정도였다. 사회학을 전공하고 있는 그녀는 수업이 끝나면 바트를 타고 시내로 나가 옷을 파는 상점에서 아르바이트를 한다고 했다. 난 거기서 춤을 춰. 한번 놀러오지 않을래? 근처에 아주 맛있는 누들을 파는 식당이 있거든. 옷가게에서 춤을 추는 게 어떤 것인지는 알 수 없었지만 나는 고개를 끄덕였다. 교정에서 우연히 그녀를 만날 때면 설마 주방을 쓰고 있는 것은 아니지? 눈을 찌긋거리며 물었다. 주방뿐만 아니라 오븐이나 전자레인지 같은 것을 사용하지 않는 게 나디아의 아파트에 들어갈 수 있는 조건 중 하나였다. 인도인치고 요리를 싫어하는 사람이 있다는 것이 뜻밖이긴 했지만 우선 방을 구하는 게 큰 문제였던 나로서는 이러쿵저러쿵할 만한 입장이 아니었다.

숙소에 처음 도착한 날이었다. 나디아가 미리 알려준 것은 빌리지의 위치와 호수뿐, 다른 정보는 없었다. 큰 방 하나에 두개의 작은 수납공간, 붙박이식 옷장, 키친, 그리고 내가 쓰게 될 원룸처럼 넓은 거실이 있었다. 가구라는 게 거의 없어서 그런지 혼자서 쓰기에는 휑해 보이는 방이었다. 나는 구두를 신은 채 203호 실내에 있는 문과 서랍들을 차례차례 열어보았다. 사람이 살고 있는 흔적을 찾기 어려울 만큼 새집에 가까워 보였다. 그날 밤 당장 덮고 잘 이불뿐만 아니라 용변이 급해서 들어간 화장실에도 두루마리 휴지 하나 보이지 않았다. 아는 사람이라고는 단 한 사람도 없는 도시였다. 낯설고 새로운 곳. 가능한 한 집에서 멀리 떨어진 곳. 이런 조건으로 찾아낸 도시였다. 그러나 앞으로 육개월이나 살게 될 집에 이불도 책상도 없다는 사실엔 당황하지 않을 수 없었다. 트렁크 위에 엉덩이를 걸치고 앉아서 소음을 내며 돌아가고 있는 하얀 냉장고를 멍하니 바라보았다. 허기가 졌다. 냉장고 문을 잡아당겨보았다. 아우성치듯 냉기가 훅 끼쳤다. 물도 달걀도 없었다. 먹을 만한 것이라고는 딱딱한 냉동육이 전부였다. 속이 쿡쿡 쑤셨다. 나는 머릿속에서 갓 지은 밥 한 공기를 꺼냈다. 라면 한 그릇을 꺼냈다. 치즈를 얹은 비스킷을 꺼냈다. 차게 보관한 맥주도 꺼냈다. 그리고 냉장고 문을 탁 닫았다. 트렁크를 풀어 짐 속에서 군청색 운동화를 찾아냈다. 부은 발을 주무르곤 운동화로 갈아신었다. 무엇보다 당장 이불과 책상을 사러 나가야 했다.

시, 싯, 거리는 소리가 멈출 때가 된 것 같았다. 버릇처럼 귀를 만져보았다. 갑자기 커질 때도 있고 부풀어오른다는 느낌을 받을 때도 있었다. 안개 때문인지도 몰랐다. 터무니없이 그고 무거운 기실 창을 처음으로 밀어보았다. 바람 소리도 빗소리도 아니었다. 맞은편 건물과 이쪽 사이 화단에서 스프링클러가 호를 그리며 기세 좋게 회전하고 있었다. 안개가 많은 곳에서는 청각이 예민해지는 법이라고 말해준 사람은 원숭이 남자였다.

내가 읽은 책자에서도 이 도시의 명물은 안개라고 소개되어 있었다. 밤에만 일하는 원숭이 남자는 이글거리는 캘리포니아의 태양이라고 말했고 나디아는 마리화나에 빠진 홈리스들, 빌리지의 오피스 직원은 지진과 산불이라고 알려주었다. 거기에 한가지 빠진 게 있는 것 같았다. 횡단보도 앞에 서 있을 때면 뒤에서 누군가 이렇게 말을 붙여오곤 했다. 내 팔을 좀 잡아줄 수 있을까? 낮고 부드러운 소리지만 어딘가 명령하는 데가 있는 듯한 말투였다. 모두 지팡이를 짚고 있었고 검은 안경 같은 것은 쓰고 있지 않았다. 나는 맹인의 한쪽 팔을 잡고 엉거주춤 횡단보도를 건넜다. 이 도시에

서 가장 많은 것이 시각장애인이라는 생각이 들 만큼 자주 마주쳤
다. 그들이 혹시 나를 지켜보고 있는 건 아닐까? 뒷걸음질 치게 될
때도 있었다. 루카스를 만나게 된 건 그후였다. 어쨌든 모든 것을
다 갖추고 있지 않아 나는 자주 집 밖으로 나가야 했다.

　잠결에 눈을 떴다. 팔다리, 바닥에 붙이고 누운 등허리께에 금이
가듯 흔들리는 것 같았다. 가수면 상태가 아니라면 잠에서 깨어나
지 않을 만큼 미미한 흔들림이었지만 분명하게 느껴졌다. 이불을
걷어내고 무릎걸음으로 책상 밑으로 들어가 몸을 웅크렸다. 창문
이나 유리가 있는 곳을 피해 집에서 가장 단단한 가구 밑이나 침대
밑으로 들어갈 것. 이것이 지진을 느꼈을 때 해야 할 첫번째 행동
이라고 빌리지 안내서에 씌어 있었다. 사위는 고요했다. 혹시 꿈을
꾸고 있는 것은 아닐까, 생각할 때 맞은편 씽크대에서 접시와 유리
컵이 달그락 흔들리는 소리가 들렸다. 몸을 더 동그랗게 말고 무릎
사이에 고개를 밀어넣었다. 그나저나 이 책상도 믿을 만한 게 못되
었다. 학생들이 주로 가는 이케아에서 산 조립식 책상이었다. 힘센
남자가 주먹으로 상판을 한번 툭 치면 맥없이 부서져버릴지도 몰
랐다.
　건물은 삼층까지가 전부였다. 지진 다발생 지역이라 외벽에 유
리를 쓴 데는 없었고 외벽 또한 무너지면 해가 될 시멘트가 아니라
목재로 만들어져 있었다. 짓다 만 건물처럼 방문만 열면 복도에 그
대로 바람과 비가 들이치는 한데였다. 입주자를 위한 안내서를 꼼

꼼히 읽었다. 비상용 식수를 준비해야 하고 육개월마다 한번씩 물을 갈아놓으라고 했다. 물을 어디다 두는 것이 좋은지는 씌어 있지 않았다. 부서진 건물 밑에 깔려 있는 모습을 한번 상상해보았다. 역시 물은 가까운 곳에 두는 게 나을 것 같았다. 일 갤런짜리 생수를 두 통 사와 냉장실에 넣어두었다. ……일이분쯤? 흔들림은 곧 지나갔다. 만약 그날 밤의 경미한 지진이 동물이라면 그건 마치 수탉 같은 거였다고 며칠 뒤 떠올렸다. *꼬꼬꼬꼬* 재빨리 도망가고 슬쩍 숨어버리는 수탉. 그것이 이튿날 아무도 화제에 올리지 않던, 이 도시에서 내가 겪은 지신의 첫번째 경험이었다.

*

알바트로스는 이 거리에서 가장 오래된 술집이었다. 여러개의 다트판과 보드게임과 라이브 뮤직으로 유명하기도 했지만 공장을 갖추고 직접 만든다는 맥주 맛이 무척이나 좋았다. 나디아가 집에 있는 날이면 나는 잡지와 책들을 챙겨 걸어서 십오분쯤 거리에 있는 알바트로스로 갔다. 대학에서 방문학자들을 위해 마련해준 연구실이라는 데는 명색뿐, 책상만 몇개 갖다놓은 지하창고 같은 곳이었다. 강의를 같이 듣는 학생들과 때로 알바트로스에서 마주치기도 했다. 눈에 띄는 외모 탓인지 인기가 많은 루카스가 친구들에게 둘러싸인 채 테이블을 차지하고 있을 때도 있었다. 그럴 적이면 원숭이 남자가 루카스 발밑에 꼼짝도 않고 엎드려 있는 안내견 안

나에게 담요 같은 것을 가져다 덮어주고는 했다. 가게는 언제나 붐비는 편이었지만 이른 저녁이면 비어 있을 때가 많았다. 나는 짓이 긴 민트와 럼과 소다수를 섞어 만든 칵테일로 먼저 목을 축이곤 싸들고 간 샌드위치를 먹으며 맥주를 마시기 시작한다. 책을 읽다 고개를 들어보면 바텐더가 바 천장에 풍경처럼 걸려 있는 둔중한 종을 땡땡 치면서 '자, 자, 오늘 영업 끝났습니다'라고 큰 소리를 치는 것이었다. 새벽 두시가 되었다는 말이다. 그러면 사람들은 아쉬운 듯 왁자지껄 박수를 치며 자리에서 일어날 준비를 하곤 했다. 나라고 예외는 아니었다.

바텐더는 일본 사람이었다. 하나로 묶은 숱 없는 긴 머리에 언제나 모자를 푹 눌러쓰고 헐렁한 반소매 셔츠에 딱 달라붙는 바지 차림이었다. 자루같이 늘어진 반소매 셔츠 때문인지 신장과 체격에 비해 두 팔이 유난히 가늘고 길어 보였다. 뭐랄까, 전체적으로 아직 발육이 덜 된 원숭이처럼 보이기도 했다. 내가 바텐더를 유심히 바라보게 된 데는 이유가 있었다. 그 길고 가느다란 팔과 손으로 그가 자신의 가슴이나 허벅지를 북이라도 되는 양 타다다닥, 두드린다는 것을 발견하고부터였다. 어깨를 으쓱거리며 연신 두 팔로 자신의 상체와 허벅지를 두드려가며 비좁은 바를 왔다 갔다 했다. 웃음기가 가신 얼굴로 그럴 때면 그저 두드린다기보다는 때린다는 표현을 써야 할 것 같아 보였다. 입으로는 흘러나오고 있는 노래를 따라 불렀다. 보기에 따라서는 원숭이 한마리가 흥에 겨워 제 가슴을 두드리며 춤을 추는 것처럼 느낄 수도 있겠다. 그 앞에서 묵묵히 책을 읽기에는 신경이 쓰이기는 했다.

나는 그 바텐더를 촐싹거리는 원숭이 남자라고 속으로 이름 붙였다. 한번은 내가 그렇게 몸을 두드리면 아프지 않으냐고 진지하게 물어본 적이 있었다. 노! 그가 웃으며 대답했다. 도리어 기분이 좋아진다는 것이었다. 하긴 그가 바 안쪽에서 긴 호스 끝에 권총이 달린 것처럼 생긴 소다수 줄을 들고 주문받은 칵테일을 재빨리, 솜씨 좋게 만들어내는 모습을 볼 때면 덩달아 흥이 나는 것은 사실이었다. 그의 손에서 소다수 줄과 칵테일 셰이커를 빼앗는 것은 불가능해 보일 정도였다. 아주 오랫동안 그 일을 해왔고 슬기고 있다는 인상을 풍겼다. 그런 바텐더 하나쯤을 알고 지내면 그 도시에 관해 책에 나와 있지 않은 부분까지 배울 수 있다는 것을 나는 경험으로 알고 있었다. 게다가 그 근방에 새벽 두시까지 영업을 하는 집은 없었다. 그날 가져간 책을 다 읽고 나면 맥주를 조금 더 마시면서 그를 관찰하곤 했다. 그가 잠시라도 가만히 있을 때라고는 전화를 받거나 손님과 돈을 주고받을 때뿐인 것 같았다.

원숭이 남자와 이야기를 주고받기까지는 시간이 걸린 편이었다. 우리가 주고받은 말이라고 해야 고작, 여기 모히또 한 잔, 오케이, 맥주, 오케이, 맥주 한 잔 더, 오우케이. 이 정도뿐이었으니까. 원숭이 남자의 집이 내가 사는 빌리지에서 멀지 않다는 것, 아이가 하나 있다는 것 등의 개인적인 이야기를 띄엄띄엄 나누게 된 것은 내가 그 술집을 드나들기 시작한 지 한달도 더 지나서였던 걸로 기억한다.

어느날 원숭이 남자가 나에게 이렇게 물었다.

"그러니까, 너는 이곳에서 뭘 하고 있는 거니?"

나는 대답하지 않았다. 그를 믿을 수 없는 사람이라고 생각하고 있었기 때문이다. 자신을 드러내지 않기 위해 말을 너무 많이 하는 사람처럼 그가 쉴 새 없이 움직이는 것, 몸을 두드리는 행동 또한 자신을 숨기는 방법 중 하나일 거였다. 그가 두번째로 물었을 때 나는 읽고 있던 책을 덮었다. 나 자신이 무엇을 하고 있는지 모르는 것처럼 보이고 싶지는 않았기 때문이었을까. 나는,

"내 삶에 대해 생각하는 중이야"라고 대답했다.

"그다음엔 뭘 하려고 하는데?"

"아마 내가 생각한 대로 살게 되겠지."

"아하!"

알겠다는 듯 원숭이 남자가 두 팔을 높이 들어 손뼉을 한번 쳤다. 짧은 침묵이 흘렀다. 갑작스러운 결론으로 책의 마지막 페이지가 끝나버린 느낌이었다. 책들을 가방에 밀어넣고 일어설 채비를 했다. 원숭이 남자가 말했다.

"일요일에 다시 오지 않을래?"

아닌 게 아니라 이 도시의 태양은 위력적인 데가 있었다. 썬글라스를 쓰거나 햇빛을 가리는 시늉을 해봐야 그 따가운 빛 앞에서는 소용이 없었다. 10월 말이 지나도록 그 기세가 꺾일 것 같지 않았다. 맨얼굴로 그늘이 없는 곳에 우두커니 서 있을 때면 빛이라는

것이 관념적인 게 아니라 형태와 리듬을 갖고 있다는 걸 느낄 수 있었다. 때로 그것은 융모처럼 가볍게 흔들리기도 했고 화살처럼 날아가기도 했다. 깃털처럼 하늘거리기도 했고 연기처럼 희미해져가기도 했다. 저 빛에 대해 어떤 수사나 꾸미지 않은 말로 표현할 수 있을까? 자주 반문하며 터덜터덜 걸어다녔다.

주디스 버틀러의 철학 강의가 안식년으로 폐지되는 바람에 맥이 빠지긴 했지만 매주 월요일 오후 세시면 나는 '심리학의 원리' 수업을 청강하러 갔다. 두번째 시간인가, 선생은 둘씩 파트너를 정해 마수 앉으라고 했다. 맨 뒤에 앉았던 나는 역시 맨 뒷자리에서 개를 데리고 앉아 있던 루카스와 파트너가 되었다. 선생은 오십명도 넘는 학생들에게 두꺼운 종이 한장과 가위 하나씩을 나누어주었다. 종이야 그렇다고 치고 그렇게 많은 가위들을 한꺼번에 보기는 처음이었다. 선생은 흰 종이를 깃발처럼 들어올리며 거기에 깊고 캄캄한 습지가 있다고 상상하라고 말했다. 그리고 그 습지에 던져버리고 싶은 것을 그려보라고 했다. 나는 루카스가 그리고 있는 것을 맞은편에서 지켜보았다. 타원형 가운데 까만 점 하나가 있는 단조로운 그림이었다. 너는 뭘 그리고 있니? 루카스가 물었다. 나는 그저 네모난 것을 그리고 있다고 대답했다. 그다음에 선생은 종이에 그린 걸 가위로 오리라고 했다. 나는 루카스가 더듬거리며 자신이 그린 눈을 가위로 오리는 것을 지켜보았다. 조각조각 오린 종이들로 다시 그 그림의 형태를 만들어오는 것. 그것이 그날의 과제였다. 루카스는 자신이 오려내버린 눈 모양의 그림을 새롭게 변형시

켜 이어붙여야 할 터였다. 내가 보기에 그것은 심리학의 원리에 대
한 새로운 접근법이 아니라 비이성적인 방식 같았다. 만약 그날 루
카스를 알게 되지 않았다면 그 수업을 계속 청강하지 않았을지도
모른다.

잠은 자주 오지 않았다. 3m×4m 넓이의 바닥에 사각형 타일이
깔려 있는 주방에서 인라인스케이트를 탔다. 오랫동안 배우고 싶
었지만 그럴 기회가 없었다. 처음에는 스케이트를 신고 일어설 줄
도 몰라 벽을 짚고 기다시피 했다. 서툴지만 지금은 제법 앞으로
뒤로 갈 수는 있는 셈이었다. 균형을 잡기 위해 두 팔을 벌린 채 엉
거주춤 헛돌고 있는 내 모습이 파편처럼 밤의 거실 창에 비쳤다. 벌
어진 블라인드 틈만큼 맞은편 이웃들의 삶이 들여다보이곤 했다.

일요일 오후가 되어 나는 알바트로스로 가기 위해 가방을 챙겼다.

*

이 도시 주변에 유명한 작가들이 여러명 살고 있다는 사실은 잘
알고 있었다. 『조이 럭 클럽』을 쓴 에이미 탄이며 『여전사』라는 단
편소설집으로 이름을 얻은 중국계 미국인 2세인 맥신 홍 킹스턴,
그리고 앨리스 워커도 근방에 살고 있었다. 한국학센터 소장이 만
나고 싶은 작가가 있으면 자리를 주선해주겠다고 하기에 맥신 홍
킹스턴 이야길 꺼낸 적이 있었다. 불안한 시대에 한 노부부가 버려
진 소녀아이를 데려다 전사(戰士)로 키우는 단편소설이 인상적이

었던 기억이 났다. 내 기억이 맞는다면 노부부가 소녀에게 가르치는 것은 균형을 잃지 않기 위해 숨을 고르게 내쉬는 것, 새들이 손바닥에 앉으면 손의 힘을 빼 그들이 놀라 달아나지 않게 하는 것, 볼 수 있고 만질 수 있는 부분을 통해서 용의 전부를 알아내는 것, 그리고 침묵을 지키는 법이었다. 소녀가 길을 떠나기 전 노부부는 소녀의 등에 이름과 주소를 새겨준다. 훗날 소녀가 잃어버리지 않고 집을 찾아올 수 있도록. 내가 기억하는 건 거기까지였으나 아마 다른 이야기들이 뒤에 더 전개되었을 것이다. 그 작가를 만나게 되면 어떤 말을 하고 싶었던 것일까.

일요일의 알바트로스에서는 이 지역에 사는 미래의 작가들이 모여 새로 쓴 시나 소설의 일부를 낭송하고 있었다. 매달 마지막 주 일요일에 열리는 행사라고 했다. 원숭이 남자가 간단한 인사말을 한 것 외에 따로 진행을 하는 사람도 없었고 정해진 규칙이랄 것도 없어 보였다. 한 사람이 자신의 글을 자발적으로 낭독하고 나서 그 글에 대한 이야기를 들려주거나 질문을 받는 형식이었다. 질문이 없으면 다른 이가 올라가 자신이 쓴 원고를 읽었다. 목요일 저녁마다 재즈 공연을 하던 팀들 중 첼리스트만 조용히 연주했다. 사람들은 테이블에 모여 앉아 맥주를 마시고 이야기를 나누고 웃고 박수를 치기도 했다. 나는 내가 거기서 멀찍이 떨어져 있는 사람처럼 실내를 지켜보고 있었다. 그래서 마이크에서 막상 내 이름이 흘러나왔을 때 그것이 내 이름이라는 것을 알아차리는 데 시간이 걸렸다. 원숭이 남자가 내 이름을 불렀고 사람들이 나를 바라보았다. 분

위기를 서먹하게 만들고 싶진 않았지만 나는 그냥 자리에 앉아 있었다. 그리고 지금은 읽을 만한 것을 갖고 있지 않다고 말했다. 망설이다가 나는 원숭이 남자가 소개한 내 약력을 정정하고 싶다고도 했다. 원숭이 남자가 사람들에게 나를 한국에서 온 교수이자 작가라고 소개했던 것이다.

서울로 돌아가면 가르치는 일을 그만둬야겠다고 생각하던 참이었다. 학생들에게는 자신의 생각을 풀포기처럼 그대로 옮겨놓는 선생이 아니라 그들이 갖고 있는 것을 잘 펼칠 수 있도록 도와주는 선생이 필요할 터였다. 특히 문학에 관해서라면.

바에서 자주 마주쳤던 한 청년이 어떤 글을 준비하고 있느냐고 질문했다.

"글쎄, 비논리적이고 폭력적인 소설?"

이 정도면 농담이 될 거라고 생각하고 나는 대답했다.

"그로테스크한 것?"

누군가 말을 받았다.

"인과관계가 논리적으로 잘 설명이 안되는, 그러면서 이해가 되는 그런 글."

신중하게 단어를 골라가며 말했다.

"아, 부조리한 것!"

"……뭐랄까, 삶이 죽음을 이기는 이야기."

나는 건조하게 말했다. 원숭이 남자가 고개를 끄덕거리더니 내년 봄에 첫 시집을 출간한다는 금발머리 여자에게 마이크를 넘겨주었다. '슬픔도 있었다'라는 제목의 시였다. 나중에 알게 된 사실이지만 알바트로스에서의 낭독 행사는 이 지역에서 잘 알려진 문학 행사 중 하나라고 했다. 연초면 이미 그해 낭독 스케줄이 잡히고 그게 무가지 잡지를 통해서 소개되는 모양이었다. 나는 맥주 한잔을 더 주문했고 시인의 목소리에 집중하기 시작했다. 저녁이 깊어갔고 마침내 새벽 두시가 되어 원숭이 남자가 종을 땡땡 치며 영업이 끝났다고 기세 좋게 외칠 때까지, 나는 그 자리에 나를 내려놓고 앉아 있었다.

쓰고 싶은 것이 분명하나고 느낄 때면 내가 초라해서 견딜 수 없는 밤도 더러 견딜 만해지곤 했다. 그날이 그런 밤이었을 것이다.

11월이 되자 여러가지 변화가 생겼다. 스프링클러는 더이상 돌아가지 않았고 바람이 자주 불고 사흘에 한번쯤 비가 흩뿌리기 시작했다. 이제는 아는 사람도 늘어나 남의 자동차를 얻어타고 존 스타인벡이나 유진 오닐의 생가 같은 곳으로 당일치기 여행을 다녀오기도 했다. 그러나 비가 내려 사방이 척척해질 때면 나는 끊었던 담배를 다시 피울까 어쩔까 망설이기도 했고 여전히 나를 몰아붙이는 불안들을 술을 마시며 견디고 있었다. 머릿속에서 꺼낼 수 없는 것은 없었다. 글쓰기만큼은 달랐다. 그것은 꺼낼 수도 열 수도 없었다. 쏠라노를 왕복으로 약 3마일쯤 걷고 나면 한시간가량이 걸리고 그때마다 등이 흠씬 젖었다. 루카스를 만났고 자주 알바트로스에 갔다. 낯선 도시에서 친구가 생긴 것은 뜻밖의 생기를 주기도 했지만 더러는 원치 않는 일도 해야 한다는 것을 알게 되었다. 원숭이 남자의 부탁을 거절하지 못한 걸 후회했을 때는 이미 늦어 있었다.

첫째 주 월요일 아침에 우리는 보수공사가 한창 진행 중인 학교 남쪽 문 앞에서 만났다. 원숭이 남자 뒤에 네댓살쯤 돼 보이는 사내아이가 경계하는 눈으로 나를 쳐다보고 있었다. 하루, 아니 정확하게 말하자면 지금부터 저녁 여섯시까지 내가 맡고 있어야 할 아이였다. 딱 하루만 부탁한다고 원숭이 남자가 말했다. 나는 그 나이 또래 아이와는 같이 있어본 적이 한번도 없다고 둘러댔다. 그답지 않게 시무룩한 소리로 부탁을 할 만한 사람이 없다고 했다. 그런데도 일년에 몇번 안된다는 그 휴일에 아이까지 남의 손에 맡긴 채 혼자 어딜 가야 하는지 무엇을 해야 하는지에 대해서는 말하지 않았다. 처음부터 애라면 질색이라고 아예 말도 못 붙이게 했어야 했다. 내가 오랫동안 부모와 같이 살던 집을 나오게 된 것도 실은 엄마가 막내여동생의 아이들을 맡아 키우기 시작했기 때문이라는 말도. ……다섯살이면, 울지는 않겠네? 나는 맥 빠진 목소리로 물었다. 원숭이 남자가 장담하듯 큰 소리로 하이 하이, 했다. 나는 애매하게 고개를 끄덕일 수밖에 없었다.

"이름은 세이지. 그럼 잘 부탁한다."

원숭이 남자는 모자를 고쳐 쓰며 말했다. 어두침침한 알바트로스 실내 말고는 다른 장소에서 그를 만난 적이 없는 것 같았다. 그는 내가 상상하는 것보다 훨씬 더 나이가 든 사람일지도 모른다는 생각이 들었다. 아이 이마를 손가락으로 한번 튕기더니 그는 일본 말로 짧게 뭐라고 말했고 아이는 고개를 끄덕였다. 원숭이 남자는 서둘러 몸을 돌렸다. 그의 조언대로 식물원이나 이곳에서 한시간 가량 버스를 타고 나가면 있다는 놀이동산에서 만나는 게 나을지도 몰랐다. 하지만 생전 처음 만나는 꼬마아이와 낯선 장소에서 아홉시간을 견뎌야 한다는 것은 상상만으로도 끔찍했다. 그나마 나에게 익숙한 장소가 나을 거였다. 그러나 막상 둘이 남게 되자 이 대학 교정에서 말도 안 통할 다섯살짜리 아이와 함께 무엇을 해야 할지 갈피를 잡지 못했다. 자세히 보니 다섯살이라고는 했지만 혼자 오줌이나 제대로 눌 수 있을까 싶을 정도로 어려 보였다. 나는 아이에게 내 이름을 말했다. 반응이 없었다. 엄마는 어디 있느냐고 물어보았다. 고개를 갸우뚱거리며 그런 것도 모르느냐는 얼굴로 아이가 또박또박 말했다. 아이 돈 해브 페어런츠.

교정을 가로질러 60년대 히피들의 본산지였던 텔레그래프 거리로 걸음을 옮겼다. 아이는 꾸물거리면서도 내 뒤를 종종걸음으로 쫓아왔다. 교정 앞 횡단보도를 건너면 바로 텔레그래프로 이어졌다. 나는 최근에 학교 측에서 새 건물을 지으려고 수령 이삼백년도 넘은 나무들을 베려는 것을 막기 위해 학생들이 사흘 동안 나무 위에 올라가 시위를 했으며 결국 그것이 실패로 돌아갔다는 이야기를 들려주었다. 알아듣든 말든 줄곧 무슨 말인가 해야 할 것 같은 초조감이 들었다. 원숭이 남자가 알바트로스에 나와 있을 때면 아이는 집에서 혼자 무엇을 할까 궁금했다. 어떻게 원숭이 남자와 살게 되었는지도. 아이에게 오래된 헌책방과 음반 가게와 타투 가게, 쌘드위치로 유명한 식당을 차례대로 보여주었다. 한시간도 안돼 아이는 기진맥진한 얼굴을 하고 있었다. 펍에 들어가서 맥주라도 시원하게 한잔 들이켜고 싶었다. 아이스크림을 사서 아이 손에 쥐여주고는 벤치에 앉아 숨을 돌렸다. 저녁 여섯시가 되려면 아직도 여덟시간이나 남아 있었다. 아이가 길모퉁이 쪽으로 눈을 던진 채 두 발을 흔들어댔다. 아이의 눈을 따라 곧장 올라가면 피플스 파크 라는 공원이 나온다. 어떤 발언을 해도 공권력이 투입될 수 없는 장소로 알려진 곳. 가을 학기가 시작되자마자 학생들이 몰려가 등 록금 인상 반대 시위를 시작했고 아직도 진행 중이었다.

"배고프지 않니?"

아이는 고개를 흔들었다.

"어디 가고 싶은 데 없어?"

"………"

"괜찮아, 말해봐."

"동물원요."

아이가 혀 짧은 소리로 말했다.

"어떤 동물이 보고 싶은데?"

"기린."

나는 머릿속에서 기린 한마리를 꺼내 아이 옆에 세웠다.

"그리고?"

"악어요."

이번에는 악어 한마리를 꺼냈다.

"또?"

"유오플로케팔루스요."

"……그게, 뭔데?"

"공룡이에요, 이렇게 꼬리 큰."

아이가 두 손으로 허공에 원을 그려 보였다. 티라노사우루스도 아니고 유오플로케팔루스라니. 나는 머릿속으로 그 꼬리가 큰 공룡을 그려보았다. 한번도 본 적이 없어서 그런지 잘 그려지지 않았고, 꺼낼 수도 없었다. 슬그머니 자리를 옮겨 아이 옆에 가 앉았다. 머리 같은 것을 한번 쓰다듬어보면 어떨까. 아이가 엉겁결에 내 팔을 탁 소리 나게 밀쳐냈다. 그 바람에 옆에 놓았던 내 가방이 바닥으로 떨어졌다. 아이스크림을 살 때 지갑을 꺼내곤 제대로 지퍼를 잠그지 않았는지 가방 안에 있던 소지품들이 쏟아져버렸다. 아, 쏘리! 제풀에 놀란 아이가 고양된 톤으로 사과했다. 나는 쭈그려앉아 길바닥에 흩어진 물건들을 줍기 시작했다. 있을 수 없는 일을 하고 있는 것처럼 갑자기 화가 치밀어올랐다. 나를 도와 수첩이니 명함지갑이니 하는 것들을 줍던 아이가 가방 주변에 참깨처럼 작고 까맣게 뿌려진 것들을 가리키며 그게 뭐냐고 물었다.

"씨앗이야."

나는 퉁명스럽게 대꾸했다. 가방에 넣고 다니던 씨앗 봉지도 함께 터진 모양이었다. 집을 떠날 때 갖고 온 것이다. 마땅한 장소가 있으면 심어 키우려고 했지만 너무 높은 기온에서는 잘 자라지 않는 종이라는 것을 알고는 우기를 기다리다 까맣게 잊고 있었다. 씨앗이라는 말에 제가 모르는 다른 뜻이 있다고 짐작했는지 아니면 이젠 노골적으로 성가시다는 표정을 드러내고 있는 내 태도 때문인지 아이는 울먹거리며 아임 쏘리를 반복했다. 하루가 까마득하게 느껴졌다. 대체 원숭이 남자는 어딜 간 것일까. 저러다가 길거리에서 아이가 갑자기 째지는 소리를 내며 울음을 터뜨릴까봐 나는 다시 안절부절못하고 있었다.

*

아침저녁으로 가랑비가 흩뿌리는 날이 많아졌다. 오후 네시만 지나면 하늘은 납빛으로 변하고 축축하고 냉랭한 공기가 떠다녔다. 얼마 전까지만 해도 햇빛 속에서 꿀을 덧바른 것처럼 황금색으로 빛나던 풍경들이 어딘가 약간씩 각도가 어긋나버린 듯한 느낌이었다. 안개는 안개라기보다 더 견고하게 응축된, 커다란 공백을 지닌 덩어리로 다가왔다. 그것이 우기를 맞는 나의 첫인상이기도 했다. 희끄무레한 하늘 속으로 새들은 느리게 하강하고 숲의 빽빽한 나무들은 하늘에 격자무늬를 그린 채 우뚝 서 있었다. 비가 오는 날이면 생각이 더 많아졌다. 여러개의 문이 있지만 어느 문을 열고 들어가야 하는지 알 수가 없는 기분이었다. 그런 생각에 오래 빠져 있으면 이성이랄까 분별 같은 것을 잃기 십상이다. 책상에 앉아 책의 뾰족한 모서리로 이마를 쿡쿡 찌르고 있다가 안되겠다, 하는 정도가 되면 밖으로 뛰쳐나가 찬 공기 속에 얼굴을 치켜든 채 단지 안을 빠른 걸음으로 걸어다녔다. 비가 그치면 깨끗한 별들이 머리 위에서 반짝거렸고 약간의 위안을 얻은 후엔 방으로 돌아오고는 했다.

나디아를 찾아가봐야 하지 않을까 하고 잠깐 생각한 건 오븐 때문이었다. 가스레인지는 그렇다고 쳐도 오븐까지 못 쓰니 사온 음식을 데워 먹을 수도 없고 냉동음식을 먹는 것도 불가능했다. 할 수 있는 것이라고는 맥주나 빵으로 대충 끼니를 때우는 것밖에 없었다. 키친을 사용할 수 있게 된다면 비가 내려도 지금보다는 지내기가 한결 나을 것 같았다.

"텔레비전, 꺼줄까?"

원숭이 남자가 내 눈치를 보는 듯한 어투로 물었다. 화면에서는 산불을 진압하고 있는 소방관들, 아직도 맹렬한 기세로 불타오르고 있는 산불을 비춰주고 있었다. 화재가 난 곳은 남부 오렌지 카운티 지역이었다. 네시간 전에 내가 떠나온 곳이었다. 그곳 한 교민의 집에서 독서토론 모임이 열렸다. 거기서 산불이 발생했다는 뉴스는 자동차가 없는 나를 라이드해주던 그 모임 멤버 중 한 사람에게 걸려온 휴대전화를 통해서 들었다. 학교 표지판이 보일 때쯤 나는 차를 세워달라고 했다. 거기서부터 걷기 시작했던 것 같다. 도시에 있는 소방차들이 모두 동원됐는지 싸이렌 소리를 내며 프리웨이 쪽으로 달려가고 있었다.

토요일 오후인데도 거리 전체가 텅 빈 것 같았다. 줄 서서 기다
려야 들어갈 수 있었던 식당들에도 슈퍼마켓 앞에도 사람들이 보
이지 않았다. 알바트로스에도 손님이라고는 담배를 피우며 다트를
던지고 있는 청년 둘과 나밖에 없었다. 저쪽 떨어진 자리에서 나를
지켜보고 있던 원숭이 남자가 다가와 1998년도에 있었던 대지진에
대해 말을 꺼냈다. 도시와 도시를 잇는 다리들이 무너지고 전기가
나갔던 때. 그리고 그는 손을 들어 밖을 가리켰다.

"자동차를 타고 가는데 갑자기 거리에 불이 다 꺼지는 거야. 신
호등은 말할 것도 없고. 도로가 완전히 아수라장이 됐지."

"이건 지진이 아니라 불이야, 불."

나는 항의라도 하듯 말했다.

"여기서는 그게 그거야."

"………"

"너, 도시가 주는 위험을 즐기는 줄 알았는데."

그게 사실일까.

"그래서, 그때 어떻게 됐니?"

"거리에 있던 홈리스들이 도로 한가운데로 나갔어. 그러고는 신
호를 주기 시작했어. 그것도 아주 능숙하게, 정말 경찰들처럼 말이
야. 그날 밤 이곳에서는 사고가 한건도 없었어. 지금 생각해도 믿을
수 없는 일이야."

회상에 잠긴 듯 그는 허공으로 눈을 돌렸다. 나는 화면을 올려
다보았다. 산은 아직 불타고 있고 주민들은 집을 버린 채 대피하고

있었다. 우는 소리, 이름을 불러대는 소리들이 들려왔다. 얼굴 전체가 뜨겁고 가려워지기 시작했다. 원숭이 남자가 자신의 몫인 듯 큰 유리잔에 위스키와 얼음을 섞더니 바 안쪽에 있는 의자를 가져와 마주 앉았다. 이른 오후였고 저녁이 오려면 더 기다려야 했다.

그는 그동안 자신이 돌아다닌 도시들에 대해 말하기 시작했다. 베오그라드, 싼띠아고, 부다페스트, 마드리드, 제노아, 뚤루즈, 만하임, 광저우…… 그러나 그는 자신이 그곳에서 무엇을 했는지에 대해서는 말하지 않았다. 그날 아이를 나에게 맡긴 채 하루를 어디서 무엇을 하며 보내고 왔는지에 대해서 말하지 않은 것처럼. 어느 틈엔가 나는 루카스에 관해 얘기하고 있었다. 며칠 전에 루카스가 기숙하고 있는 학교 안 인터내셔널 하우스에서 '안나를 위한 음악회'가 열렸다. 방문학자로 와 있는 한 작곡가가 루카스의 안내견 안나에게 받은 영감을 오분짜리 피아노곡으로 작곡해서 루카스와 가까운 사람들에게 들려주는 조촐한 자리였다. 피아노실에서 작곡가가 연주를 하는 동안 그는 내내 점자책을 더듬을 때처럼 탁자 모서리를 토독토독, 여느 때보다 훨씬 빠르게 더듬고 있었다. 불안하고 불편할 때처럼. 루카스는 이목이 집중되는 것을 원치 않았다. 친구들과 어울리는 건 자신의 삶이 영원히 개 한마리와 남게 될지도 모른다는 불안 때문이라고 털어놓은 적이 있었다. 그가 팔을 뻗어 허공을 몇차례 건드렸다. ……망설이다가, 나는 한쪽 손을 내밀었다. 연주가 격정으로 올라가고 있을 때 잡고 있던 손을 움직여 그는 손가락으로 내 옷소매 부분을 약간 들추곤 손목 안쪽, 동맥이 있는 부분을 세심하게 매만졌다. 만진다기보다 쓰다듬고 훑는 느낌이었다. 연주가 끝났고 모였던 사람들이 옆 까페로 자리를 옮기자고 했다. 잡고 있던 어떤 찢어지기 쉬운 것을 내려놓듯 루카스가 신중히 내 팔을 놓고 자신의 손가락을 치워갔다. 짙은 속눈썹 밑으로 흔들리고 있는, 반쯤 열린 그의 검은 동자를 나는 숨죽인 채 바라보고 있었다.

"뭐랄까, 그때 내가 꼭 책이 된 듯한 기분이었어."

나는 원숭이 남자에게 말했다. 그사이 밤이 오고, 얼마쯤 공복감을 느꼈던 것 같다.

원숭이 남자는 그동안 만났던 사람들, 잊을 수 없는 사람들에 대해 오래 이야기했다. 다음 날 또렷이 기억할 수 있었던 것은 그가 폴란드에서 몇달간 신세를 졌다는 양쪽 팔이 없는 한 남자의 이야기밖에 없지만 말이다. 양쪽 팔이 없는 남자가 자동차를 개조해 여행을 하거나 턱과 어깨 밑에 붓을 끼워넣고 그림을 그리는 이야기, 여자친구와 사랑을 나눌 때의 체위 같은 것들. 그리고 그 남자가 갖고 있던 엄청난 에너지에 대해서.

엇갈리듯 손님이 두어 팀쯤 더 들어왔다 나갔다. 누군가 채널을 돌린 것 같았다. 노랫소리가 들렸다. 적막하고 음울한 목소리였다. 나는 이제 정말 집으로 돌아가야겠다고 생각하고 있었다.

"여기에 창문 같은 걸 하나 갖고 있어야 해."

원숭이 남자가 손가락으로 제 머리를 툭툭 치며 웃었다.

"……?"

"누구나 아픈 데가 있으니까."

나는 고개를 끄덕이지 않았다. 깊은 밤에 이따금 내가 옥수수밭으로 걸어들어가곤 한다는 말도 하지 않았다.

그는 그의 이야기를, 나는 나의 이야기를 듣고 있었다.

"아직도 불이 타고 있을까?"

나는 테이블 위에 팁을 올려놓았다.

"아마 사흘은 더 갈 거야."

"나무들은?"

"새로 심으면, 한 백년쯤 기다려야겠지."

"너무 길어."

"그런가?"

"……두시가 넘었어."

"어, 그렇군."

"종을 쳐야지."

"그래, 종을 쳐야지."

그가 어깨를 으쓱거리더니 장난스럽게 제 양쪽 어깻죽지를 타다닥 쳤다. 나는 비틀거리며 바에서 내려왔다.

문을 열어주면서 원숭이 남자가 혼잣말처럼 중얼거렸다.

"미래가 어디에 있다고 생각하니?"

*

　내가 만약 기계론을 믿는 사람이었다면 태초에 인간이 진흙으로 만들어졌다고 믿었던 것처럼 바다 또한 그것으로 만들어졌을 거라고 믿었을 것이다. 살아 있으며 이 세상에 거대한 힘으로 존재하는 것. 이렇게 오랫동안 한곳에 앉아 물끄러미 바다를 보고 있으면 그것이 사람과 바다가 가진 공통적인 힘이라는 생각이 든다. 내가 만약 인상주의자라면 바다는 하나의 작은 점에서부터 시작되었으며 그것들이 모여 외부와의 경계를 지을 수 없는 것, 뗄 수 없는 하나의 풍경을 만든 것이라고 생각했을 것 같다. 나는 공원 맞은편, 이층 까페 창가에 앉아 있었다. 도심을 둘러싸고 있는 태평양이 한눈에 바라다보이는 곳이다. 조수 차가 큰 장소인데다가 파도가 높은 날이었다. 바다와 하늘은 은빛이 섞인 산호색의 풍경 속에서 희미하게 경계가 지워져 있었고 써퍼들이 이따금 수면 위로 불쑥 솟구쳤다 사라지곤 했다. 흰 거품을 문 채 파도가 이쪽으로 쏴쏴쏴 몰려들 때면 어떤 장중한 육체가 돌진해오는 것처럼 저절로 몸이 움찔거렸다. 이 바다의 일부가 내가 떠나온 도시의 남서쪽과 연결되어 있을 거라는 사실은 신기하면서도 한편으로는 아무리 먼 데로 떠나 있어봐야 그것이 곧 집으로 이어진 길이라는 쓸쓸한 순종의 느낌을 들게 했다. 36억년 전에 탄생했을 저 청록색의 바다를 나는 처음이자 마지막인 것처럼 막막한 눈으로 바라보고 있었다.

　학기가 끝나자 도시를 떠나는 사람들이 하나둘씩 늘었다. 한국학센터 직원들도 모두 긴 휴가를 떠나고 청강을 하면서 어울렸던 학생들도 자동차를 렌트해 동쪽으로 여행을 가거나 가족들이 있는 나라로 떠났다. 루카스가 인터내셔널 하우스에서 살았던 친구들과 금문교 근처로 행글라이딩을 하러 간다고 하기에 학교 앞에서 만나 점심을 먹었다. 기상 조건에 따라 빠르면 사나흘쯤 후에야 돌아올 수 있을 거라고 했다. 그러곤 브라질로 떠났다가 정부에서 주는 장학금 문제가 해결되면 다음 가을 학기에나 돌아올 수 있을 거라고 말했다. 루카스가 돌아올 때쯤이면 나는 여기에 없을 거였다. 그에게 바람의 방향을 조심하라고 당부하려나 그만두었다. 백신 홍킹스턴에게는 전화하지 않았다.

크리스마스이브 저녁에 원숭이 남자 집에 초대를 받았다. 그 전날 초콜릿 케이크 두 판을 오븐에다 구웠다. 케이크가 너무 작아서 글씨를 다 써넣기 힘들었다. 맨 위에 그냥 Merry라는 글자만 흰 초콜릿으로 녹여 썼다. 하나는 나디아를 위해 리본을 둘러 주방에 올려두었고 다른 하나는 원숭이 남자 집에 가져갔다. 아이가 문을 열어주고는 안쪽으로 도망가버렸다. 실내에는 캐럴이 흘러나오고 닭이 구워지는 냄새가 풍겨나고 있었다. 조도가 낮고 나무로 만든 테이블과 의자들이 많아서 그런지 알바트로스를 연상시키는 집이었다. 거기에 동화책과 레고 조각들이 흩어져 있을 뿐. 그가 마지막으로 찾아낸 도시가 바로 이곳이라고 했던 게 떠올랐다. 그의 미래는 이곳에 있어야 할 것 같았다. 칵테일 솜씨는 제법이지만 요리 솜씨는 형편없는 거 아니냐고 타박하면서 나는 원숭이 남자가 만든 음식을 먹었다. 내 잔이 빌 때마다 세이지가 나서서 맥주를 따라주었다. 유리잔에 액체가 쪼르륵 떨어지는 것이 재미있는지 세이지는 턱을 괴고 앉아 내 앞에 놓인 잔이 비기만 기다렸다. 꼬마 녀석에게 술잔을 받는 게 난처해서 천천히 마시기는 했지만 곧 와인과 맥주가 떨어지고 말았다. 나는 이제 저녁을 다 먹었으니 혼자서라도 알바트로스에 가겠다고 농담을 했고 세이지와 내가 접시들을 치우는 동안 그가 밖에 나가 술을 더 사오기로 했다.

접시들을 개수대에 쌓아놓고 커피를 끓이기 위해 주전자에 물을 받았다. 마당으로 향한 창으로 고양이 한마리가 느릿느릿 지나가는 것이 보였다. 차츰 어두워지기 시작했고 정신을 차렸을 때 십오분쯤 시간이 지나 있었던 것 같다. 물이 끓기를 기다렸을 뿐인데. 머리를 한번 흔들어대고는 뒤를 돌아봤다. 세이지가 바닥에 앉아 책을 읽고 있었다. 슬그머니 옆으로 다가가보았다. 학습지 같은 것인지 사각모를 쓴 호랑이 한마리가 연필을 든 채 집 안에서 동그란 것, 네모난 것, 그리고 세모난 모양의 사물들을 찾아 공책에 써보라고 말하고 있었다.

"이거 같이 해볼까?"

나는 손가락으로 아이가 들여다보고 있는 책의 페이지를 가리켰다. 오케이. 아이가 고개를 끄덕거렸다. 원숭이 남자를 기다리는 동안 아이와 나는 쿵쾅쿵쾅 집 안을 과장스럽게 뛰어다니며 동그랗게 생긴 것, 네모지게 생긴 것, 세모처럼 생긴 사물들을 찾아내기 시작했다. 그리고 세이지가 학습지의 말풍선처럼 비어 있는 여백을 채워가는 것을 지켜보았다. 동그란 것은 접시, 양초, 컵, 시계, 안경, 물방울, 동전, 쿠션, 축구공, 초콜릿 케이크. 네모난 것은 식탁, 창문, 텔레비전, 책, 침대, 액자, 문, 달력, 거울, 비누, 냉장고, 노트, 서랍, 내 스카프. 세모난 것은…… 하며 아이와 나는 집 안을 온통 헤집고 다녔지만 건진 것이라고는 서랍과 옷장 문을 열고 세이지가 겨우 찾아낸 옷걸이와 삼각자가 전부였다. 세모난 것. 그러고 보니 동그란 것과 네모난 것에 비해 눈에 띄는 게 없었다. 뭐가 하나 더 없을까 싶어 두리번거렸지만 소용없었다. 우리가 풀이 죽어 있을 때 원숭이 남자가 병맥주 한 팩을 들고 들어왔다.

세이지가 우유 한 잔을 더 마시는 동안 나는 맥주 두서너 병을, 원숭이 남자는 얼음을 녹여가며 위스키를 마셨다. 그는 내일은 상점들이 대부분 문을 닫을 거라고 했다. 냉장고에 먹을 것을 좀 갖고 있는지도 물어보았다. 몇개의 인스턴트 우동과 햇반과 단무지, 그리고 와인 한 병쯤?이라고 말하며 나는 자리에서 일어났다. 집까진 걸어서 갈 요량이었다.

마당을 나오는데 현관 앞에서 세이지가 내 이름을 불렀다. 아이가 걸어나오더니 내 손을 잡아끌어 손바닥에 뭔가를 쥐여주곤 씩 웃었다. 차갑고 얇고 딱딱한 것이 만져졌다.

"이게 뭔데?"

나는 손바닥을 펼쳤다. 방금 우리가 마신 병맥주 뚜껑이었다.

"여기, 세모가 있어요."

그걸 발견해서 자랑스럽다는 듯 세이지가 병맥주 뚜껑을 바로 놔 보였다. 녹색과 흰 바탕에 빨간색 맥주회사 씸벌이 그려져 있었다.

"에이, 이건 별이잖아."

귀가 뜨거워지려 하는 것 같았다.

"이렇게 세모가 두개 모여서 만들어진 거잖아요. 네?"

짐짓 답답하다는 표정으로 네? 네? 하면서 세이지가 내 대답을 기다리고 있었다.

*

마흔살 생일을 목전에 둔 일요일 오후에 나는 인라인스케이트 한벌과 헬멧, 손목과 무릎보호대를 백팩에 챙겨넣고 집을 나섰다. 다들 어딘가로 떠나버렸는지 빌리지 안도 조용했고 중앙놀이터도 비어 있었다. 버스정류장에는 쓰던 가구며 자동차, 전기제품 같은 것들을 판다는 무빙 쎄일 광고지들이 붙어 있었다. 놀이터를 끼고 왼쪽으로 돌아 걷기 시작했다. 곧장 옥수수밭으로 이어지는 길이었고 거길 지나면 대로로 통하는 길이 나온다. 대로에서부터 오른쪽으로 가면 학교로 이어지는 대학로가, 그리고 왼쪽으로 네 블록쯤 걸어가면 쏠라노였다. 오른쪽으로 간 날보다 왼쪽으로 간 날이 훨씬 더 많은 것 같았다. ……옥수숫대들은 모두 베여나가고 없었다. 바람이 불 때마다 스스스, 소리를 내던 이파리들은 다 어디로 간 것일까. 밤이면 내가 그 젖은 이파리를 헤치고 들어가 쭈그려앉아 있던 자리에 눈을 던져두었다. 지금은 그저 평범한 공터처럼 보이는 땅에 봄이 오면 새 학생들이 씨를 뿌리고 각자의 이름표를 붙여놓고 옥수수가 자라나는 것을 관찰할 거라고, 나는 곧 이곳을 떠날 나에게 말했다.

쏠라노 위쪽, 오르막길을 걸어서 올라갔다. 이제 내려가는 길 1.25마일. 곧게 뻗은 그 길을 가늠해보곤 길가에 걸터앉아 운동화를 벗고 인라인스케이트로 갈아신었다. 헬멧을 쓰고 보호대도 찼다. 버스도 인적도 없었다. 주방 벽을 짚어가며 다리를 서로 포개듯 V자로 한 걸음씩 한 걸음씩 걷던 때가 떠올랐다. 처음엔 발에 끼었던 스케이트도 지금은 외피가 늘어나 맞춘 것처럼 잘 맞았다. 내리막길이라 가속도가 붙는다면 쉽지가 않을 거였다. 왼발과 오른발을 대각선 모양으로 만들고 신중하게 허리를 숙여보았다. 오른발 앞쪽을 살짝 들어 땅에 긋듯 밀어붙이는 동시에 천천히 몸이 앞으로 나가기 시작했다. 바람이 불어 머리카락과 뺨을 스치는 게 느껴졌다. 눈앞에 내리막길이 가늘고 긴 소실점처럼 보였다. 나는 지금 추락하고 있는 것일까? 다리를 뒤로 더 쭉 뻗으며 반문했다. 이것이 나의 속도일까? 허리는 더 낮게, 눈은 더 먼 데로 던졌다. 열기를 잃어가는 오후의 주홍빛 태양이 긴 줄무늬를 이루며 하늘에 번져 있었다. 나는 눈부셔하면서, 누가 등 뒤를 세게 한번 밀어준 것처럼 미끄러지듯 나갔다. 더듬더듬 주머니 속으로 한 손을 밀어넣었다. 차갑고 작은 병뚜껑이 손에 잡혔다. 내 삶에 가장 마지막으로 남게 될 결정체처럼, 그 별 모양이 새겨진 병뚜껑을 꽉 쥐었다. 속도가 붙었고 나는 다시 앞을 내다보는 수밖에 없었다.

밤을 기다리는 사람에게

이틀 전, 제가 이곳에서 맞는 세번째 봄이 시작되었습니다. 그날 아침 오또오상께 다른 날보다 가짓수가 많은 밥상을 차려내드리고 싶었습니다. 제가 태어나고 자란 곳에서는 골목에 콩을 뿌린다든 가 하면서 봄이 온 것을 과장되게 환영하곤 했던 날들이 떠오르기도 했고요. 입춘이라고는 하나 바람이 차고 집 안에서도 역시 쌀쌀하게 느껴지기는 마찬가지여서 저는 두툼한 덧옷을 걸쳐입고 주방에서 분주히 움직였어요.

칼집을 낸 전복은 한시간 정도 찐 후 간장 양념을 해 조렸습니다. 슴슴하게 우럭을 요리할 땐 콩도 듬뿍 넣었습니다. 모두 이곳 토박이인 양 할머니에게 배운 향토음식이었어요. 거기에 두어가지 나물과 텃밭에서 캔 채소들을 곁들이고 아버지가 낭푼이라고 알려주신 오래되고 큰 유기그릇에 보리콩밥을 한가득 담았습니다. 씨를 빼고 돌돌 말아 얇게 썬 대추를 밥 위에 장식으로 올리기도 했습니다. 그날만은 이러다 물리겠다,라고 말씀하신 두부요리도 생략했어요. 그러곤 아버지 방으로 올라갔습니다. 그날은 왜 그랬을까요. 왜 여느 때처럼 그냥 계단 밑에서 오또오상, 식사하세요!라고 씩씩하게 부르지 않았을까요.

계단에 막 한 발을 올려놓았을 때였습니다. 오또오상, 저는 첫번째 계단을 다 오르지도 못한 채 멈춰서버리고 말았어요. 천천히 뒤를 한번 돌아보았습니다. 방금 전까지 밥그릇에서 피어오르던 김도 사라졌고 바람의 세기를 가늠할 수 있었던 정원의 야자수도 미동도 하지 않았어요. 잠깐 모두 정지. 누가 그런 명령을 내린 것처럼 말이에요.

아버지 방문을 열지도, 밥상을 치우지도 않은 채 저는 서둘러 공방으로 가버리고 말았어요. 그 기척은, 그때가 처음이 아니었어요. 아버지가 깨어나시면 그때 더 들려드릴까요?

저는 지금 207호에 와 있습니다. 커다란 사변형의 빛이 마룻바닥에 옅게 깔려 있어요. 이 널찍한 마루가 이 방과 다른 방의 차이라고 하셨지요. 방금 전까지 아버지가 없을 때 제가 하면 싫어하셨던 일들을 했습니다. 빈방들을 청소하는 건 미래 아주머니 혼자 할 수 있지만, 지금 같은 때는 이해해주세요. 저 아직 오또오상의 며느리이니까요. 오늘 아침 투숙객이 떠난 207호의 시트와 베개 커버를 갈고 청소기를 돌리고 물걸레질을 했습니다. 씽크대 서랍을 열어

식칼을 새것으로 바꾸어두기도 했어요. 오또오상이 아시면 또 저를 꾸지람하시겠지만요.

주방의 식칼이 이렇게 무뎌서 되겠습니까?라고 제가 조심스럽게 묻자 아버지께선 칼이 너무 잘 들면 못쓴다, 하셨어요. 그 목소리가 어찌나 무뚝뚝하고 냉정하게 들리던지 그만 눈물이 쏟아져나올 뻔했어요. 제가 이곳에 내려온 지 며칠 안되었던데다 한국말이 서툰 편이 아닌데도 어째서인지 아버지도 오또오상도 아닌 아버님이란 발음을 제대로 해내지 못해 아무것도 아닌 일에도 주눅부터 들곤 하던 때였습니다. 그때는 이년 후 아버지와 저, 이렇게 두 사람만 남게 될 줄 우리 세 사람 중 아무도 몰랐을 거예요. 진교 씨만은, 아니었을까요.

아버지 눈을 피해 저는 손님이 도착하지 않은 빈방의 칼들을 잘 드는 것으로 종종 바꿔놓곤 했습니다. 아버지의 칼로는 풋고추 하나, 무른 애호박 하나 제대로 썰어내기도 정말 힘들답니다.

진교 씨를 따라 한국으로 오기 전이었어요. 어머니께서 제 짐가방에 두가지를 넣어주셨습니다. 하나는 산초나무로 만든 방망이였는데 깨나 마, 된장 같은 재료들을 갈거나 섞을 때 사용하는 도구입니다. 일본 요리에서는 빠질 수 없는 도구인데다 어머니가 주신 건 외할머니께 받은 것으로 촘촘하고 단단하기가 그만한 것이 없었지요. 다른 하나는 칼 한 자루였습니다. 키친 나이프라고 부르는, 보통 과일 깎을 때 쓰는 작고 일반적인 칼이었어요. 요리도구들 중에서도 칼의 사용법을 중요시 여기는 어머니께서는 저에게 주고 싶었던 몇가지 칼들을 대신해 그 평범한 키친 나이프 하나를 주는 것으로 위안을 삼으시는 눈치였습니다. 날은 잘 갈려 있었고 손잡이와 밑의 날이 만나는 핑거가드 부분이 움푹 들어가 오래 써온 것처럼 제 손에 바로 딱 하고 달라붙는 느낌이었어요.

산초나무 방망이와 칼 한 자루를 넣은 트렁크를 들고 저는 바로 이곳으로 오는 줄 알았습니다. 인천공항에 내리자 그때까지 입을 다물고 있던 진교 씨가 사실 우리가 갈 곳은 서울이 아닙니다,라고 말하는 바람에 어리둥절한 채로 P시인가 하는 공업도시로 가게 되었어요.

정오에 오기로 한 207호 손님들은 세명, 서울에서 오는 자매들이라고 합니다. 해마다 찾아오는 단골손님이라고 하셨지요. 손님들에게 아버지가 하시듯 냉장고에 감귤막걸리 한 병을 넣어두고 넉넉히 담은 귤 그릇은 소파 테이블 위에 올려두었습니다. 이제 207호는 손님 맞을 준비를 마쳤으니 저는 이 방에서 나갈 일만 남았습니다. 진교 씨와 처음 이곳에 온 날, 아버지께서 저희에게 내주신 방이었지요. 어쩌면 오또오상은 지금 잠깐 진교 씨를 만나러 가신 걸까요.

펜션은 남다를 것이 없어 보였습니다. 입구에서부터 쭉 뻗은 정원과 따로 마련돼 있는 바비큐장을 보면 조금 달라 보입니다. 펜션에서부터 시작되는 산책로를 따라 걸으면 그제야 이 펜션의 진가를 깨닫게 됩니다. 펜션을 나와 양쪽 낮은 담장의 귤밭으로 난 좁은 숲길을 걷다보면 횡단보도가 하나 나옵니다. 보목하수처리장 맞은편이지요. 하수처리장 안으로 들어가 다시 아랫길로 내려가면 서귀포 해안이 나타납니다. 올레길 중 유일하게 해안을 따라 걸을 수 있는 길이라고 아버지께서 설명해주셨지요. 그게 아버지만의 산책길인 듯 자랑스럽게 말입니다.

그 해안길을 들쭉날쭉한 긴 선으로 보면 한가운데쯤 펜션이 위치해 있고, 한쪽에는 천(川)이 바다와 맞닿는 쇠소깍이, 다른 한끝에는 외돌개라는 바위가 있습니다. 그 길의 시작부터 끝까지 걸어본 적이 있습니다. 한 십여 킬로미터씀 될까요, 제 걸음으로는 여섯 시간 넘게 걸렸습니다. 저는 주로 해안가의 국궁장을 지나 검은여 정도까지만 왕복하곤 했습니다. 아버지께서 제주시로 일을 보러 나가시는 날에는 계속 그대로 걸어 해안의 일몰을 볼 수 있는 칼호텔의 일층 까페에 밤늦도록 앉아 있다 오는 날도 있었습니다.

처음 이곳에 왔을 때가 선명하게 생각납니다. 눈부신 노란빛이 가장 앞다퉈 떠오릅니다. 유채꽃이 만발한 3월이었습니다. 제주공항에 내려 처음 만난 배씨 아저씨의 택시를 타고 해안도로를 따라 달릴 때였어요. 길 양쪽으로 곧게 뻗은 야자수들과 깨끗하고 청명해 보이는 하늘을 보고는 와, 대단한 섬이구나, 감탄했습니다. 펜션에 도착해서도, 서귀포의 날씨와 식재료들과 산책길에 익숙해졌을 때는 내가 드디어 제대로 된 곳에 와 있다는 느낌까지 들어버렸습니다. 모든 것이 순조롭다면 조금쯤 긴장을 했을 텐데요.

저는 진교 씨에게 이렇게 묻고야 말았습니다. "어째서 오또오상

과는 단둘이 한번도 있으려고 하질 않는 거예요?” 어느정도는 체
념의 상태였을지도 모릅니다. 십오륙년 만에 다시 만나는 아버지
와 아들이라고 보기는 처음부터 어려웠으니까요. 그러나 오또오상
은 어떤 것을 숨기는 덴 서툰 편인 것 같습니다. 진교 씨를 바라보
는 눈빛 같은 것도 말입니다.

저, 진교 씨와 있을 때 그 사람이 하는 말보다 하지 않는 말들을
더 들으려고 해야 했어요. 처음에는 별로 어렵지도 힘들지도 않았
습니다. 그게 진교 씨라는 사람이니까,라고 생각해버린 것 같아요.
함께 생활하기 시작한 지 얼마 지나지 않아 아, 오또오상도 그런
타입이구나, 저절로 알게 되었습니다.

어쨌든 그때 저는 대답을 할 리 없는 진교 씨한테 공연히 오기가
나서 “응? 대체 왜, 왜?” 퉁명스런 소리를 냈습니다. 진교 씨는 예
의 그 빙글빙글 웃는 듯한 미소로 “간밤에도 여우 울음소리를 들은
건가, 미호 씨?” 말을 돌렸습니다. 그러곤 “분발할게, 내가, 내가”
하는, 알 수 없는 말을 몇번인가 중얼거리곤 이내 저를 거칠게 끌
어당기는 것이었습니다.

저희가 내려온 지 일주일쯤인가, 아버지께서 제가 앉아 있는 정
원 파라솔로 오시더니,

“그쪽에서는 시아버지를 어떻게 부르냐?” 물으셨지요.

“기리노 오또오상입니다.”

“그럼 아버지는?”

“오또오상이라고 합니다.”

그러자 잠깐 침묵하셨다가,

"그냥, 아버지가 어떻겠냐" 하셨어요.

"네."

"………"

"네, 아버지."

그뒤로도 아버지를 부르는 제 호칭은 제멋대로가 됩니다만 그 순간 이후로 제가 아버지의 며느리로 받아들여진 느낌을 받았습니다. 잘 부탁드립니다, 공손히 인사를 드릴까 망설이는데 아버지께서는 휙 일어나 마당 안쪽 관리실로 걸어가버리시더군요. 온통 낯선 것들뿐이었지만 P시에서 보낸 시간에 비하면 이곳은 딴 세상처럼 여겨졌습니다. 진교 씨도 서서히 기력을 회복하기 시작한 것 같았어요. 오늘은 이만큼, 내일은 더 멀리까지 걸었으니까요. 지척에 바다와 산, 햇빛과 꽃들이 만발해 있는 데서 우리는 다시 시작하는 것 같았습니다. 새 식구가 생긴데다 용케 며느리까지 되어버린 제가 대견하게 느껴지기도 했어요.

펜션 손님들 담당 기사인 배씨 아저씨를 따라 검은여로 갯바위 낚시를 따라간 진교 씨는 밤이 늦도록 돌아오지 않았습니다. 그게 시작이었을까요.

'여'가 바위라는 말의 방언이라고 말씀하셨지요. 검고 울퉁불퉁한 검은여의 어디쯤 우두커니 앉아 석양을 바라보고 계시는 아버지의 뒷모습을 본 적 있습니다. 저 먼 문섬처럼 홀로인. 보랏빛과 적청색으로 어두워지는 하늘로 커다란 깃털 같은 구름들이 느리고 슬픈 군무를 추듯 한쪽으로 몰려가고 있었어요. 그 사라지기 일보직전의 빛은, 무한한 침묵을 동반한 채 어느 틈엔가 분분히 그러다 갑자기 파장을 일으키며 하늘 어디론가 날아가버리고 마는 거예요. 그렇게 해가 질 땐 잔물과 잔설과 자디잔 바람들 모두 하늘로 회오리치듯 빨려들어가는 것만 같습니다. 머리카락이 솟구치듯 날리는 것과 동시에 필사적으로 옷 앞섶을 두 손으로 꽉 쥐게 되고 마는 순간이기도 합니다. 이제 빛의 포자들은 모두 사라져버리고 밤이 옵니다. 저녁은 따로 없는 것 같지요. 빛이 사라지면 밤이고 밤이 오면 검은여의 바위들은 어느 하나 선명한 것 없이 바다와 한 몸이 되어버립니다. 그런 밤의 검은여에서 아버지가 아닌 어깨를 웅크리고 혼자 앉아 있는 진교 씨를 보게 되는 날이 생기고 말았습니다. 밤이 그를 그물처럼 덮칠까봐 뒤에서 한 사람이 지켜보고 있다는 것도 모른 채로요.

오또오상, 오늘은 제가 할 일이 아주 많을 것 같습니다. 207호 손님들 모시러 배씨 아저씨가 한시 전에는 공항으로 나간다고 했습니다. 입실만 하고 손님들이 바로 관광을 나간다고 하니 시내 슈퍼마켓까지 태워다드리진 않아도 될 거라고 합니다. 투숙객도 퇴실 손님도 오늘은 더이상 없으니 걱정 마세요. 병원에는 저 대신 양할머니가 가주신다고 했습니다. 저는 늦은 저녁에나 갈 수 있을까요. 아버지께서 좋아하시는 두부죽을 쑤고 송이버섯을 조금 구워가겠습니다.

공방에는 오늘 안 나가도 상관없지만 미래가 와서 오도카니 앉아 있을 겁니다. 제가 안 보였으니 나팔도 불지 않았을 거예요. 그 아이에게 말해줘야 합니다. 이제 공방 문을 닫아야 할 것 같다고요. 이 말, 아직 아버지께도 하지 못했네요. 미래가 그 말을 알아들을 수 있을까요. 미래같이 성장하기도 전에 자폐아가 되어버린 아이들은 어떻게 자라나요, 오또오상? 태어나자마자 부모에게 버려진 아기들은요? 그중에 검은 비닐봉지에 넣어져 화단 같은 데 아무렇게나 버려진, 그런 세상의 아기들은요?

신교 씨를 만나게 된 것은 선석으로 스스무 씨 넉분입니다. 스스무 씨는 제 어머니 식당의 단골손님이었는데 어머니가 만든 손두부가 최고로 맛있다고 치켜세우곤 하였지요. 스스무 씨의 요리 실력이야말로 제국호텔에서도 이만저만한 평판을 받고 있는 게 아니었는데도 말입니다. 어느날 큼지막한 유부와 실파가 듬뿍 들어간 우동을 요란한 소릴 내며 먹다 말고 스스무 씨가 이런 말을 하는 게 아니겠어요. "우리 주방에 이상한 놈이 하나 들어왔어요." 그러곤 빙긋 웃고 마는 겁니다. 어머니께서 어째서요?라고 묻기도 전에 이렇게 되묻더군요.

"아주머니, 혹시 이 유부를 여우란 놈이 좋아한다는 소릴 들어보셨습니까?"라고요. 말인즉, 스스무 씨가 말한 그 이상한 놈이 유부가 든 음식을 먹을 때마다 고수레하듯 밖에 먼저 조금 던져놓고 제 음식을 먹곤 한다는 거였습니다. 미소만 짓고 있던 어머니께서, "시노다 숲 속에 여우가 살고 있다는 전설을 믿고 있는 요리사로군요” 하셨습니다. 유부인 ‘키쯔네’가 여우라는 뜻이긴 하지만 요즘 같은 시대에 누가 그런 전설을 믿는다는 말일까, 절로 한숨이 나오는 사람이 아닐 수 없었습니다. 그 사람이 스스무 씨 뒤를 따라 간판도 없는 제 어머니의 작은 식당으로 온 것은 그 얼마 뒤였습니다.

오또오상, 실례되는 질문입니다만 제 시어머니 되는 분하고는 진교 씨 때문에 헤어지게 되신 건가요? 역시 이런 것은 진교 씨에게도 물어볼 수가 없었습니다. 진교 씨는 어머니에 대한 기억이 전혀 없는 사람이기도 했으니까요.

열세살 때, 저는 학업을 그만두어야 했습니다. 그 당시 이미 고령이었던 외할머니께 배운 오리가미, 종이접기를 하는 것으로 하루하루를 소일하곤 했습니다. 어머니 식당 일을 도와드릴 수 있을 만큼 기운을 차리게 된 건 열아홉 무렵이었구요. 외할머니는 고향을 떠나 처음 오오사까로 와 정착하셨을 때부터 오리가미를 하는 것으로 마음을 달래곤 하셨다고 합니다. 마음을 달래다,라는 말의 뜻을 알 리 없는 열세살이었지만 돌아보니 저는 그런 방식으로 저 자신을 추스르고 있었던 건 아니었을까요.

종이접기에서 가장 중요한 것은 모서리를 잘 맞추는 거라고 외할머니께서 강조하곤 하셨습니다. 아닌 게 아니라 종이를 처음 접을 때 모서리가 조금이라도 맞지 않으면 상자라든가 봉투라든가 하는 완성품의 귀퉁이들이 전부 어긋나 있기 마련입니다. 접었던 데를 도로 펼쳐서 접어봐도 한번 접은 종이 자국은 사라지지 않습니다. 오또오상. 저, 진교 씨를 처음 만났을 때 그만 저도 모르게 아아, 이 사람하고라면 모서리 같은 것쯤 잘 맞출 수가 있겠어,라는 짐작을 해버리고 말았답니다. 어쩌면 그건 스스무 씨에게 우리 주방에 이상한 놈이 하나 들어왔어,라는 말을 들은 순간부터였는지도 모릅니다.

미래는 놀이터에 가 있는 것일까요. 공방 앞에는 아무도 없습니다. 지금 저는 이렇게 멍하니 공방 안에 서 있는데 저 테이블 앞에서는 박력분을 체에 치고 있는 나와 양 할머니께서 대주시는 유채 기름을 반죽에 섞고 있는 나, 갓 구워낸 비지 케이크나 두부 브라우니 같은 걸 오븐에서 꺼내고 있는 세 모습이 보입니다. 테이블노 없이 그저 '두부공방'이라는 눈에 띄지도 않을 만큼 작은 간판을 내건 상점입니다. 창문 안쪽 진열대에 그날그날 구워낸 머핀과 케이크들을 판 시간도 이년 가까이 됩니다. 설탕도 거의 안 넣고 버터 대신 유채씨 기름을 넣고 구워서 달콤한 맛도 화려한 맛도 안 날 텐데 다행히도 입소문이 났습니다.

개점시간이 되면 미래가 제 몸처럼 여기는 플라스틱 나팔을 목에 걸고 있다가 뚜— 뚜우— 뚜, 요란하게 불어대기 시작합니다. 이 공방의 명물은 실은 제가 구워내는 두부 머핀이나 케이크들이 아니라 미래의 나팔 소리가 아니었을까 하는 생각도 드는군요. 누굴 가르칠 엄두는 내지 못했지만 미래에게만은 빵 굽는 법을 알려줄 요량이었습니다. 물렁물렁한 두부나 밀가루 같은 것을 손으로 만지작거리다보면 이쪽 세계로 돌아오고 싶어질지도 모르니까요. 그런데 저, 그만 이곳을 떠나야 할 것 같습니다, 오또오상.

　해안가에서 진교 씨 점퍼를 발견한 사람은 배씨 아저씨였습니다. 신고부터 해야 한다는 사실도 잊고 아저씨는 물이 뚝뚝 떨어지는 점퍼를 맨손에 든 채로 펜션 입구로 걸어들어왔습니다. 검은여 주변이었다고 합니다. 제가 꼼짝없이 서 있기만 하는 게 너무 낯선 사람처럼 보였다고, 나중에 배씨 아저씨가 말하더군요.

　그날 아침, 출근하는 진교 씨를 보목하수처리장 앞 횡단보도까지 배웅하는 동안 진교 씨는 대량으로 들여왔다는 연근에 대해 말했습니다. 어떤 특별한 방식으로 키운 연근이라고 했는데, 그걸 만질 생각을 하니 기분이 설렌다고요. 그러곤 "아무래도 연근 같은 건 잘라본 다음에는 구입할 수가 없으니까요" 하고 말해 서로 조금 웃기까지 했습니다. 웃음 끝에 저도 "관자도 그렇죠"라고 응수를 하였습니다. "응?" 하고 진교 씨가 다정하게 묻기에 "껍데기를 열어보기 전에는 안이 보이지 않으니까요" 대꾸했습니다. 그리고 우리는 살이 두꺼운 껍질 아래에 숨어 있는 아보카도 같은 서양 과일에 대해서도 이런저런 이야기를 나누었습니다. 우리는 더욱 천천히 걸었습니다. 그러다보니 뭐랄까, 제멋대로 생각이 뻗어나가 사람의 본심이라는 것도 그와 유사한 것이 아닐까 하는 엉뚱한 소리도 중얼거리게 되었습니다. 열어 보이지 않는 한은 아무리 곁에 가까이 있어도 알 수가 없으니까 말입니다.

　녹색 신호가 들어오자 진교 씨는 여느 날처럼 제 팔꿈치를 한번 쥐었다 놓곤 횡단보도를 건너갔습니다. 특별할 게 없는 아침이었습니다만 돌아오는 길에는 까닭 없이 울적해져버리고 말았습니다.

새벽녘, 서늘한 쇠붙이로 저를 슥 절개하고 지나가버리는 것 같던 그 기척에 대해서는 진교 씨한테도 털어놓을 수 없었으니까요. 그런데 우리는 언제부터 서로의 본심을 알 수 없게 되어버리는 것일까요.

어제 의사가 저에게 한 말이 내내 마음에 걸립니다, 오또오상. 아버지의 급성 심근경색 발작의 경우엔 문제가 몸 자체가 아니라 어쩌면 감정에 있을지도 모른다고 하니까요.

제 아버지가 돌아가신 것은 제가 열다섯살이 되던 해였습니다. 여러번의 사업 실패를 겪고 야반도주를 하기도 했던 상황 속에서도 건강이나 체격만큼은 남다른 분이었습니다. 그러던 아버지가 시름시름 앓기 시작한 것은 제가 열세살 때 겪은 그 일과 관련이 있었을까요. 병명을 알 수도 없었습니다. 수순을 밟듯 아버지는 소문난 기인들을 찾아다니거나 가족이 보기에는 기묘해 보일 수밖에 없는 종교에 깊이 빠져들었습니다. 외할머니와 어머니는 밤새 만든 두부를 이른 아침부터 팔러 다니느라 저를 돌보지 못하게 되었습니다. 학교도 그만두고 소문까지 엉뚱하게 퍼져버려 이사를 가도 소용없었습니다. 한번 벌어진 어떤 일들은 저에게 완전히 불리하게만 작용하는 것 같았으니까요.

구립병원에서 무료로 상담치료를 받는 기간도 끝나버려 저는 갈데도 없었습니다. 두부는 일찍 동이 나기도 했고 그렇지 못하기도 했습니다. 오후가 되면 다시 작은 수레에 두부를 싣고, 외할머니가 종을 치고 어머니가 끌고 골목을 돕니다. 아무래도 제 문제에 빠져 있기만은 힘들다는 걸 알았어요. 살림을 절반쯤 맡게 되었지요. 가족들 중에 이제 조금이라도 소리 내서 웃는 사람은 아무도 없었습니다. 모든 게 저 때문인 것만 같았습니다. 그러나 아버지가 돌아가신 후부터는 마음을 고쳐먹게 되었어요. 모든 것에 대해 저를, 제가 겪은 일을 비난하는 건 너무 쉽고 간단하다고 여기게 된 것입니다. 진교 씨가 자살 같은 것을 해버렸을 때도 그때의 다짐이 얼마간은 도움이 되었던 게 사실입니다. 모든 것에 대해 진교 씨를 비난하는 일만은 정말 하고 싶지 않습니다.

아, 오또오상. 실은 저, 그 기묘한 종교에 빠져버렸을 때의 아버지 이야기를 하려고 말을 꺼낸 거였는데요. 그때의 아버지는 몹시도 야위어버려서 어둑한 방 안에 혼자 있는 것을 볼 때면 마음을 단단히 갖지 않으면 안될 정도였습니다. 기골이 장대하였다가 순식간에 저같이 비쩍 마른 계집아이만큼 작아져버린 아버지가 어느 날인가는 물그릇을 들고 방에 들어간 저에게 이렇게 말씀하셨습니다. "너도 이 아버지가 믿고 있는 게 이상해 보이지, 미호짱?" 다른 대답이나 아니라는 말을 기대하는 것도 아니게 들렸습니다. 기가 꺾인 듯한 목소리였는데, 뼈만 남아 얼굴의 윤곽이 해골처럼 보이는 아버지 표정은 어딘가 우리 가족은 알지 못하는 끝없는 신비의 세계를 잠깐 보고 온 듯, 맑고 해사해 보이기까지 해 저는 속으로 놀라고 있었습니다.

"돌아와, 오또오상." 저는 눈앞에 있는 아버지를 향해 조그맣게 중얼거렸습니다. "미호짱, 아버지가 믿는 것은 눈으로는 볼 수 없는 거야. 형태도 없고 실체도 없단다. 모르는 사이에 우리를 이끌어가는 그런 것이지." 그것으로 아버지는 말을 마치고 이불 속으로 들어가 얼굴까지 덮어버렸습니다. 그때가 아버지가 저에게 그 종교에 대해 말해준 유일한 순간이었습니다. 제가 그 말을 알아들을 리 없을 거라고, 아버지는 그때 여기지 않으셨을까요.

진교 씨를 처음 봤을 때요, 오또오상. 낯선 남자를 보는데도 여느 때처럼 겁이 나거나 주방 안쪽으로 기어들어가버리고 싶다는 마음이 들지 않았습니다. 길 알고 지내는 스스무 씨와 함께 온 손님이어서 그럴지도 모른다고 여기고 싶었습니다. 스스무 씨는 저보다 한 열두어살쯤 위로 제 어머니가 두부를 대시던 요릿집 주방에서 상당히 어린 나이부터 견습 생활을 시작한 사람이었습니다. 채 서른이 넘기도 전에 머리가 벗어진데다 말수도 적어 언제나 나와는 무척이나 차이가 나는 사람이구나,라고 여길 수밖에 없는 그런 단골손님이었습니다. 스스무 씨는 진교 씨를 각별히 여기는 모양이었어요. 다른 동료와는 저희 식당으로 와 술을 마시거나 하지 않았으니까요. 폐점시간을 한참이나 넘겨버려도 어머니는 두 사람을 쫓아내는 대신 "스스무상, 먼저 가서 죄송합니다", 꾸벅 인사를 하곤 열쇠를 저에게 맡기고 가버리시는 겁니다. 집에 외할머니 혼자 계시니까요. 어머니 대신 저는 전골을 끓이고 청주를 데워 내주기도 했습니다. 생강간장을 바른 유부구이 접시를 진교 씨 앞으로 슬쩍 밀어보기는 했지만 시노다 숲의 여우 전설 같은 건 잊어버린 듯 보였습니다.

두 사람의 말소리는 늘 묵직하게 가라앉아 있어 주방 안쪽에서 귀를 기울여봐도 잘 들리지 않았습니다. 거기에 제가 섞이게 된 것은 얼마쯤 시간이 더 지나서였을까요. 비슷한 데가 있을 거라는 짐작을 해놓고 보면 청한 쪽도 또 머뭇거리던 제 쪽에서도 적당한 때가 올 때까지 얼마든지 기다려줄 수 있어,라는 마음이 한동안 작용하기도 했던 것 같습니다.

오또오상, 기억하십니까? 지난해 늦가을, 펜션으로 한 남자가 저를 찾아왔었지요. 제가 아버지께 "진교 씨 친구입니다"라고 소개해드렸던. 네, 그 머리를 다 밀어버린데다 붙임성도 없던 사람이 스스무 씨입니다.

조리대와 테이블을 사이에 두고 처음에는 우리 이런 말로 시작했습니다.

"그 종이로 뭘 접고 계십니까?"

"……투구입니다."

"이번엔 뭔가요?"

"약봉지입니다."

"이번에는요?"

"동백꽃."

"이쪽으로 오시지 않겠습니까?"

진교 씨와 스스무 씨, 그리고 저는 이제 함께 둘러앉아 밥도 같이 먹고 청주나 맥주 같은 것도 마시게 되었습니다. 이따금 어머니의 식당이 아닌 곳에서 셋이 만나기도 했는데, 그래봤자 제가 아직 전차라든가 하는 것을 이용하지 못해 한동네이긴 마찬가지였지만 말입니다.

여름이 끝나갈 무렵이었어요. 스미다 강가에서 대형 불꽃놀이가 벌어진 날이었습니다. 몰려들었던 손님들도 모두 돌아가고 포렴을 치운 지도 한참 지난 시간이었습니다. 큰 연회를 마치고 파김치가 되어 왔다는 스스무 씨와 진교 씨만은 아랑곳없이 됫병짜리 청주를 비우고 있었지요. 그날 처음으로 세 사람 다 만취했을지 모릅니다. 지야 두세 진 마셨을 뿐인데, 스스무 씨가 쉬어준 내로 술을 마시다보니 취한 느낌이 뭔지 알게 되었지요. 단골손님 중에 항공우주센터에서 일하는 높은 사람한테 들었다는 우주에 관한 이야기를 하던 중에 스스무 씨가 "이제부턴 좀더 재미나게 술을 마셔봅시다" 하더니 청주와 맥주를 세 사람의 잔에 섞어 따르는 것이었습니다. 스스무 씨의 장난기랄까 취기 같은 것을 처음 보는 건 진교 씨도 마찬가지인지 싱글싱글 웃기만 하고, 저는 그런 진교 씨를 보며 장단을 맞추었습니다.

스스무 씨는 "자, 자, 술은 이제 일대 이점 팔의 비율로" 하더니 엇비슷하게 그만큼의 비율로 신중히 청주와 맥주를 따르는 데 열중했습니다. 등유와 액체산소의 비율인가, 케로신과 산소의 비율인가라고 설명했던 것도 같습니다. 그 비율의 술을 마시면 진짜 무중력상태에 빠지기라도 하듯 우리는 꽤나 정중하고 느긋한 태도로 술잔을 비워나가기 시작했습니다. 술에 취하는 게 다 그런 느낌인지, 아니면 정말로 무중력상태에 빠져버렸는지 몸이 둥실 떠오르는 것 같았습니다. 자꾸만 헤헤 웃음이 나서 어쩔 줄 모르는 기분이 돼버리기도 했구요. 그래서였는지 그날 다들 평소보다 말도 많이 하고야 말았던 것 같습니다. 뭐랄까, 무중력의 상태에서만 가능한 이야기들이었을까요.

"소리라도 지르지 그러셨습니까."

진교 씨가 저에게 물었어요.

"그러면 죽인다고 했거든요."

"전차에 사람들이 많았을 텐데요."

"눈이 마주쳤는데도 모두 고개를 돌려버렸어요."

"그놈은요?"

"점퍼로 저를 덮다시피 하고 있었고요."

"무서웠겠습니다, 미호상."

스스무 씨가 한숨을 쏟아냅니다.

"그러곤 전차에서 내려 남자화장실로 끌려가고 말았습니다."

저는 피식 웃으며 지역신문에 기사까지 난 열세 살 때의 이야기를 하고 말았습니다.

"정말 나쁩니다."

힘없이 진교 씨가 웅얼거렸어요.

"아닙니다."

"나쁜 사람들, 많습니다."

"그런 생각 좋을 거 없어요."

"저런 저런, 한 잔 더 드시겠어요, 미호상?"

"아, 지금보다 더 높이 올라가면 곤란할 것 같은데요."

가쁜 숨을 내쉬며 저는 웃었습니다. 무중력상태라는 게 아마도 사람을 자꾸만 웃게 만드는 건 아닐까, 생각하고 있었습니다. 웃는 데도 눈물이 나는 것도 신기했습니다. 제 뺨을 미끄러져내리는 것 같던 눈물은 투명한 물방울 모양으로 허공으로 천천히 흩어졌습니다.

"저는, 태어나자마자 버려졌는걸요."

바로 옆에서 진교 씨 목소리가 들렸습니다. 천장 같은 것은 사라진 지 오래였습니다. 불꽃놀이가 지나간 밤하늘을 저는 무람없이 떠다니고 있었습니다. 제가 가장 높은 곳까지 붕 떠서 올라왔다고 생각했는데 어느 틈엔가 진교 씨가 옆에 둥실둥실 떠올라 있었습니다.

"그런 거라면, 뭐 저도 지지는 않을 겁니다."

밑에서 스스무 씨가 소리쳤어요.

"저한텐 어림도 없을걸요."

진교 씨가 묘하게 고집을 부리는 투로 대꾸했습니다.

"나는 칼로 찔러서는 안되는 것도 찔러본 사람입니다."

질 리가 없는 스스무 씨였습니다.

"그런 무서운 소릴 한다고 상대가 될 줄 아십니까?"

"안되나요?"

다들 픽픽 웃음을 터뜨리고 말았습니다.

“자, 잊읍시다.”

호기롭게 스스무 씨가 외쳤습니다.

“네, 잊어버리겠습니다.”

누구랄 것도 없이 큰 소리로 대꾸하였어요. 어딘가에 자꾸만 몸을 쿵쿵 부딪치면서도 아픈 줄도 몰랐습니다.

스스무 씨가 그날 제조한 술의 효과가 과연 있었는지 무슨 이야기를 해도 모두 허공으로 떠올랐다 물방울처럼 가볍게 푸푸푸 사라져버리고 말았습니다. 무거운 것도 가벼운 것도 없었습니다. 두려운 것도 숨기고 싶은 것도, 가슴 깊이 쌓아두어야만 했던 이야기들도 그날만은 그 자리에 없었습니다.

진교 씨와 정식으로 교제를 시작한 건 그 며칠 후였습니다. 제가 스물한살, 진교 씨가 막 스물일곱이 되던 해였습니다.

창가에 앉아 이렇게 졸기까지 하는 걸 보니 저도 요 며칠 어지간히 녹초가 되긴 했던 모양입니다. 아니면 차라리 마음이 느긋해진 것일까요. 오후 다섯시가 꾸물꾸물합니다. 눈이 올지도 모른다는 일기예보가 맞을지도 모르겠어요. 거리에 행인들도 별로 눈에 띄지 않습니다. 이런 날 저녁엔 기름에 유채전을 지진다거나 약한 불에 물두부를 데워 정원 파라솔 아래 앉아 오또오상과 막걸리를 나눠 마시면 제격일 텐데요. 오또오상께서는 “이게 무슨 맛이냐, 그저 심심한 맛뿐 아니냐” 하시면서도 뚝배기를 거지반 비우시곤 했지요. 그런 이른 저녁 식사는 길어지기 마련이었습니다.

다시마 국물이 부글부글 끓어오르면 두부에 구멍이 생겨 식감이 떨어져버립니다. 아버지께서 잠시 화장실에라도 다녀오실 적이면 저는 그릇에 남은 두부를 담장 너머로 슬그머니 뿌리곤 했습니다. 다시 자리로 돌아오신 아버지께서 "두부가 없어졌구나" 하시면 저는 "방금 여우가 다녀갔습니다", 시치미를 뗐습니다. 아버지께서 웃으시면 저도 따라서 웃었습니다. 쓸쓸하지도 불편하지도 않았습니다. 그러나 오또오상께서는 그런 저녁에도 진교 씨에 관한 말은 한번도 하지 않으셨지요. 기다리다가 저는 생각을 이렇게 딴 데로 돌리고 맙니다. 여우 같은 게 있을 리가 있나요. 진교 씨가 먼저 보았다고 말해버리기 전에 제가 선수를 쳐버리고 만 것이지요. 두려웠으니까요. 진교 씨가 혼자 보고 있는 것이.

한 사람이 공방 창문을 두드리는군요. 그러고 보니 손님이 올 거라고는 생각도 못했습니다. 영업하지 않는다는 푯말을 걸어놓는 것도 잊었구요. 진열대 위엔 그제, 쓰러진 아버지를 발견했다는 미래 아주머니 전화를 받기 전까지 팔다 남은 녹차 스콘과 콩비지 쿠키가 몇개 남아 있을 뿐입니다. 냉동실에 두부 브라우니나 비지 케이크 몇 조각이 남아 있겠지만 모두 상미기한(賞味期限)이 지난 제품들입니다. 공방 문을 얼른 밀고 나가 죄송하다는 뜻을 전해보지만 손님 기분이 좋아 보이진 않습니다. 그럼 저건 뭔가요? 묻고 싶은 걸 참는다는 얼굴로 몸을 돌려버립니다. 상미기한이 지난 제품은 먹을 수는 있지만 가장 맛있을 때를 넘겨버렸다고 해야 할까요. 특히 두부나 비지를 이용해서 만든 제품은 이 기한을 신경 쓰지 않으면 안됩니다. 그냥 돌아가는 손님의 모습을 보니 마음이 좋지 않습니다.

풀이 죽은 채로 미래를 찾으러 갑니다. 매일시장 주차장 놀이터로 갑니다. 다시 또 미래는 사라지고 길바닥에서 미래의 으깨진 플라스틱 나팔 조각들을 발견하게 된다면 그땐 어떻게 해야 할까요.

P시에서 진교 씨와 보낸 시간에 대해서만큼은 말씀드리기가 쉽지 않습니다. 진교 씨가 서울도, 아버지가 계신 서귀포도 아닌 P시를 선택한 것은 아무도 자기를 아는 사람이 없는 데를 원했기 때문이 아닐까, 짐작할 뿐이었습니다. 그 이년 동안 제가 할 수 있는 건 두가지뿐이었습니다. 말없이 일을 그만둬버린 진교 씨를 대신해 생활을 꾸려나가는 일과 그런 진교 씨를 이해하고자 하는 마음.

저는 고무장갑을 만드는 공장 식당에 취직했습니다. 시간이 지나다보니 음식이라고 말하기 어려운 음식들도 척척 내놓게 되었어요. 싱싱한 재료니 유통기한이니, 이런 것은 생각할 수도 없는 데였습니다. 상미기한은 말할 것도 없고요. 일년 내내 매캐한 연기 냄새가 풍기고 하늘을 올려다보아도 공장의 거대하고 긴 굴뚝들만 빽빽이 보이는 도시였습니다. 방은 습하고 낮에도 햇빛이라곤 들지 않았습니다.

진교 씨는 하루 종일 잠을 잤습니다. 땀을 흘리면서 아무리 흔들어도 깨어나지 않는 깊은 잠을요. 서너번쯤 계절이 바뀔 때 진교 씨에게 이렇게 물은 적이 있습니다. "혹시 어떤 게 보이는 거예요?" "어떤 거?" 진교 씨는 변함없이 다정하게 물었습니다. "그러

니까 눈에는 안 보이는 거." 저도 모르게 해서는 안되는 말을 해버
린 심정이 돼버렸습니다. "글쎄, 역시 그런 건가, 미호 씨?" 진교 씨
는 반쯤은 넋이 나간, 그러나 절반쯤은 한사코 저에게서 눈을 떼지
않으려는 표정으로 제 손등을 쓰다듬었습니다. 그 모습이 돌아가
신 아버지와 겹쳐 보이는 게 싫어 저는 화가 난 듯이 자리에서 일
어나버리고 말았지만 말입니다. 진교 씨에게 다가오고 있는 것의
정체를 알 수가 없다고 믿고 싶었습니다. 한사코 막아내는 심정만
으로는 당해낼 수 없는 것이 어딘가엔 있다는 사실을 저는 이미 알
고 있었을지노 모릅니다. "우리 이제, 아버지에게 가요, 미호 씨"라
고 어느날 말한 것을 보면 진교 씨로서도 그때까진 안간힘을 쓰고
있었던 건 아닐까 싶습니다.

오또오상, 제 아버지가 하신 말씀은 생각할수록 이상한 데가 있
었습니다. 눈으로 볼 수도 없고 형태도 없지만 알지 못하는 사이에
우리를 이끌어간다는, 그것 말입니다.

진교 씨가 저세상으로 가버린 지 한달쯤 후였어요. 저는 그날 주
방에서 근대를 다듬고 있었습니다. 저녁 국을 끓일 요량이었어요.
근대는 채소 중에서도 줄기가 단단한 편에 속합니다. 익는 속도도
달라 먼저 줄기와 잎을 나눠야 합니다. 도마에 근대 잎을 펴놓고
한 손으로 줄기를 고정하고 잎과 만나는 부분을 중간 정도 크기의
칼로 V자로 도려내곤 했습니다. 모든 잎을 이렇게 다듬어야 해서
시간이 좀 걸립니다. 저는 한 손으로 근대 이파리를 누르고 있었고
오른손으로는 키친 나이프를 들고 있었습니다. 진교 씨를 떠올려

도 눈물 같은 것은 더이상 나지 않았습니다. 알고 싶은 것도 듣고 싶은 말도 없다고 여겼습니다. 보이지 않는데도 이끌려갈 수밖에 없는 것. 저는 그런 것에 대해 생각하고 있었습니다.

혹시 오또오상께도 그런 게 있습니까? 그것은 정말 종교만 그럴까요? 배움도 짧고 본 것도 별로 없는 저에게는 너무나 어려운 질문이었습니다. 근대 줄기를 날카로운 V자 모양으로 도려내면서 저는 도리질쳤습니다. 그렇지 않을지도 모릅니다. 어떤 사람에게는 그것이 음악이 될 수도 있고 아름다움, 혹은 사랑 같은 것이 될 수는 없을까요? 그래요, 누군가에게는 죽음 같은 것이. 그런 눈에 안 보이는 것들이 우리를 끌고 가는 것 아닌가요? 그때였습니다. 사선으로 세운 칼날이 근대 줄기가 아니라 이파리를 누르고 있던 제 손등을 세게 긋고 지나간 것은.

도마 위로 흘러내리는 피는 남의 것 같아 보였습니다. 제 오른손은 칼을 다시 단단히 쥐는 것 같았고 저는 앞을 보고 진교 씨에게 물었어요. 이제 나 같은 건 아무래도 좋은가요? 제 왼손에 강한 힘이 들어가는 걸 느꼈습니다. 저를 이끌고 갔던, 그 눈으로는 볼 수 없던 것은 종교도 음악도 아름다움도 죽음도 아니었습니다. 잠깐 이쪽과 저쪽의 공기 같은 것이 뒤틀리는 것 같았고 저는 비로소 제 것처럼 움직이지 않고 있던 저를 또렷이 보게 되었습니다. 왼손 손등이 저항하듯 오른손의 칼을 밀어냈습니다. 칼을 대고 눌렀을 때 저항이 느껴지는 것에서는 언제든 칼을 빼내야 한다. 제가 막 식당 일을 거들기 시작했을 때 어머니께서 알려주신 칼의 사용법이었습니다. 나를 이끈 것은, 내가 믿었던 것은, 진교 씨…… 저는 울지 않고 분명한 소리로 끝까지 말하고 싶었습니다. 그러느라 제 손등은 오른손의 칼을 혼신의 힘으로 밀어내고 있었습니다.

성급히 온 저녁 때문일까요. 일찍부터 해안가 위쪽 집들은 덧창을 내리고 바다 어디선가부터 한점씩 떨어지기 시작할지도 모를 저녁의 봄눈을 숨어서 기다리고 있기라도 하는 듯 검은여는 텅 비어 있습니다. 하지만 이것은 모두 저의 짐작일 뿐입니다. 아무도 없다는 말도 사실이 아닙니다. 저 멀리에는 갯바위낚시꾼들 한두녕이 아직도 때를 기다리고 있을 것입니다. 고요하지도, 정적이 흐를리도 없습니다. 혼자 서 있을 뿐이니 으레 그럴 거라고 귀를 닫고 여겨버리는 겁니다. 밀려왔다 밀려나가는 파도 소리와 바위에 부딪치는 소리, 재갈매기떼 소리, 모래가 유리 위를 쓸고 지나가는 것 같은 저 바람 소리만으로도 저는 제 바람처럼 지금 이곳에서 혼자일 수 없습니다.

네, 오늘은 집으로 가는 길을 이쪽에서부터 시작해보려고 합니다, 오또오상. 그리고 이것은 제가 이 해안에서부터 오또오상의 펜션이자 진교 씨와 나의 집이었던 곳을 향해 걷는 마지막 길이 될 것입니다.

이 봄이 지나면 저는 서른세살이 됩니다. 진교 씨는 서른아홉이 되었겠지요. 저, 날마다 생각하곤 했습니다. 내가 젊은 걸까 그렇지 않은 것일까, 하고 말입니다. 크게 무서운 일도 없고 이제 어지간한 일은 견딜 수 있을 것 같은 마음은 저를 아주 나이 든 느낌이 들게 만들었습니다. 그렇지 않은 것은, 어째서인가 매일 저녁상을 물리고 난 후 찾아오는 어지러움 때문입니다. 그 어지러움은 작고 응축된 어떤 덩어리로 제 몸 어딘가에 웅크리고 있다가 울컥, 토해져나오는 것 같습니다. 시간이 갈수록 농밀해지고 만지면 만질 수 있을 것 같은 실체가 느껴지기도 합니다. 그것은 무엇일까. 어쩌면 죽음 같은 것일까. 도리 없이 그런 짐작을 하기도 했어요. 하지만 그건 이미 제 몸에 한번 들어왔다 나간 것이었습니다. 진교 씨를 떠올릴 때마다 깨닫게 되는 것이지요. 그러면 무엇인가요? 이게 아니면, 무엇인가요? 저는 힘껏 저쪽에 대고 묻습니다. 미움도 슬픔도 울분도 아니기만 한 것을.

이렇게 마냥 걷다보면 결국엔 쇠소깍 같은 데까지 가버리게 될지도 모릅니다. 어떤 길은 한번 들어서면 집으로 가는 길도 잃어버리기 십상일 때가 있습니다. 천천히, 한점씩 눈이 휘날립니다. 걸음을 멈추고 저는 자꾸만 먼 데를 보게 됩니다.

눈앞은 이제 완연한 적홍색으로 물들어 자세히 보려 해도 제가 서 있는 곳이 바다인지 땅인지 분간하기 어렵습니다. 하늘과 땅, 해와 달, 그리고 남자와 여자. 모든 것은 이렇게 극점 같은 것으로 나뉘어 있는 건가요, 오또오상? 그런데 지금 이 해안가에서 제가 보고 있는 것과 저라는 사람 사이에는 어떤 나눌 수 없는, 그러니까 하늘과 땅, 바다와 육지 사이에 흐르고 있는 파장 같은 것이 느껴집니다. 끝없이 유선형으로 흐르고 있는 흐름들, 이런 것을 충기(沖

氣)라고 하는 것일까,라고 한번 여기게 되면 밤은 밤이고 아침은 아침일 뿐입니다. 그저 다양한 변모로 만들어내는 빛의 장면들 속에 우리들은 이따금 반짝반짝 신비로이 서 있을 뿐이 아닌가요.

오또오상, 그때 무덥던 여름날 복지센터 앞 화단에 버려진 검은 비닐봉지 속의 그 죽은 듯 보이던 신생아를 데리고 와주셔서 고맙습니다. 진교 씨를 묻고 온 날 아버지께서 혼잣말처럼 중얼거리셨지요. 그 녀석에게 말하지 않은 게 있었다고요. 저는 묻지 않았고 아버지를 따라 술잔을 비웠을 뿐입니다. 그러나 오또오상, 진교 씨는 그 사실을 어려서부터 알고 있었다고 합니다. 그런 식으로 버려진 아이가 커서 어떻게 될까, 내내 불안한 눈으로 자신을 바라보셨다는 것도.

제가 이렇게 편지를 쓰는 이유는 아버지가 보지 못한, 아버지가 모르는 진교 씨 이야기를 들려드리기 위해서입니다. 결국은 제 이야기만 하게 된 셈이었을지 몰라도 이것만은 기억해주세요. 그렇게 자란 생명이 훗날 저 같은 사람에게 한 신비가 되었다는 것을 말입니다. 그러한 저 자신을 끌어올리려는 의도가 아니라면 저를 변화시킨 그것, 저를 변화시킨 한 사람에 대해서 말해 무엇하겠습니까.

이제 저 앞, 국궁장이 보이는 데까지 왔습니다. 활을 쏘던 사람들도 다 집으로 돌아간 것일까요. 눈이 그저 눈이 아닐 때도 있네요. 지금 이 눈발은 마치 이 저녁의 여건처럼 어딘가 사무치는 데가 있는 것처럼 느껴지기도 합니다.

오또오상, 아버지의 병은 얼마간 안심이 되는 데도 있습니다. 감정의 문제가 크다면 회복의 의지는 오또오상에게 달려 있습니다. 진교 씨의 죽음은 누구의 탓도 아니에요. 식사량은 더 줄이시고 포화지방이 많이 들어 있는 음식은 삼가도록 하세요. 떠나기 전에 미래 아주머니에게 복잡하지 않은 식단표를 만들어놓고 가겠습니다. 지금부터는 오또오상이 먹고 마시는 모든 것이 감정에 영향을 미친다는 걸 항상 잊지 마시고요. 저, 제가 태어난 곳으로 돌아가려고 합니다. 네, 거긴 스스무 씨도 있는 곳이 되겠지요. 제가 믿고 저를 이끄는 것을 다시 한번 따라가볼까 합니다.

국궁장의 세개의 과녁은 비스듬히 바다를 향해 놓여 있습니다. 이 어둠 속에서는 까맣고 동그란 정중앙의 과녁은 보이지 않습니다. 도리어 과녁을 두른 네모나고 커다란 흰 선만이 선명히 보일 뿐입니다. 그래서 제가 이 앞을 지나갈 때면 언제나 그렇듯 그것은 서툴게, 꼭 가운데가 아니라도 살을 쏘아 닿는 곳이면 어디나 명중일지 모른다는 의외의 확신 같은 것을 들게 합니다. 그래서 여기서부터는 저절로 걸음을 서둘러 집을 향해 걷게 되는 것입니다.

옥수수빵 구워줄까

우리는 낯선 집에 모여 있었다. 모두 가장 좋은 옷을 차려입었다. 오년 전 가을 이 집을 처음 보러 왔을 때였다. 빌라 사층, 마지막 층의 끝 집이었다. 지은 지 오래된 데 비하면 관리가 잘된 집이었다. 방은 좁지만 네개, 주방은 일자로 길고 넉넉했다. 옥상을 쓸 수 있는 것은 장점이었지만 터무니없이 넓어 보이는 다용도실은 달랐다. 방을 하나쯤 더 들였어도 좋을 만한 크기였다. 옛 주인 이야기를 듣고 나자 수긍이 갔다. 세탁소를 운영하는 사람들이었다고 했다. 건조대를 네다섯대씩 들여놓아도 공간이 남을 만한 다용도실과 빨래를 널 수 있도록 옥상으로 통하게 된 구조는 세탁소집 부부에게 쓸모가 컸을 것이다. 우리는 곧 다른 데를 보러 집 안에서 각자 흩어졌다.

제각기 다른 이유로 우리는 이 집을 선택하는 데 동의했다. 그때 이미 동생과 헤어질 결심을 하고 있던 올케는 아무래도 좋다고 말했다. 나 역시 그랬다. 그 집에 가장 오래 살 사람과 가장 오랫동안 집을 갖기를 기다려온 사람의 의견이 중요했다. 남동생과 내가 보태기는 했지만 어쨌든 이 집이 아버지와 엄마의 집이라는 사실은 변함이 없었다. 엄마가 죽고 나서도 그건 변하지 않았을까.

이따금 나는 한 사람이 죽는다는 것과 멧돼지에 물리는 것 사이에는 어떤 상관성이 있지 않을까 생각하곤 한다. 그러니까 죽음과 멧돼지. 굶주린 멧돼지들이 종종 빌라 주변까지 나타나기도 했다. 멧돼지들을 보면 멧돼지에 대한 생각을 하지 않을 수 없게 된다. 그건 개나 고양이에 관해 생각하는 것과는 다른 데가 있었다. 엄마가 아플 때였다. 많이 아플 때였고 나는 저절로 죽음에 대해 상상하게 되었다. 그것은 정말로 그렇게나 두려운 것일까. 멧돼지에 물려도 어쩌면 많이 아프지 않을 수도 있지 않을까. 상상하는 두려운 일들은 상상하는 것만큼 실제로는 두렵지 않을지도 몰랐다. 게다가 정확히는 나 자신의 죽음은 아니었으니까.

엄마를 보낸 지 석달이 지났다. 눈에 띄게 달라진 점은 없었다. 우리들은 변하지 않았다. 나는 본래의 나와 죽기 전의 엄마 역할을 동시에 하게 되었다. 이틀에 한번꼴로 장을 보고 밥상을 차리고 청소와 세탁을 한다. 아버지는 택시를 몰고 동생은 숲으로 가고 조카들은 유치원에 간다. 저녁이 되면 다 모일 때도 있고 그렇지 않은 날도 있다. 누가 앞장이라도 서면 모두들 인근 초등학교 운동장을 몇바퀴씩 돌고 오기도 한다. 평소에도 말들이 많지는 않았다. 텔레비전 소리와 갖가지 공을 갖고 노는 아이들의 쿵쿵거리는 소리가 들리고 나는 개수대 앞에 서서 반질반질해 보이는 푸르스름한 은빛 오징어 내장을 멍하니 내려다보고 있다. 그러면 밤이 온다. 모두 각자의 방으로 들어간다. 우리들은 다행히 자신의 방을 하나씩 갖고 있다.

내 예감은 크게 틀리지 않았다. 한 사람의 죽음은 그렇게 두려운 것도 슬픈 것도 아니었다. 멧돼지와 마주쳐도 무서워하지 않을 수 있게 될 것 같다. 하지만 개 같은 것에 물리면 역시 아플 것이다.

*

엄마의 오븐은 검은색이다. 화구가 있는 레인지 상판과 오븐 안을 들여다볼 수 있게 된 유리 부분만 제외하면 그렇다. 린나이 가스오븐레인지 RSO-600DN. 크기는 W594×D600×H861. 대형 세탁기나 식기세척기보다 크다. 지금은 아무도 쓰지 않을 구식 모델이다.

이 오븐을 산 것은 십칠년 전이다. 그때는 지금과 많은 것이 달랐다. 나는 열여덟살, 입시를 준비하고 있었고 남동생은 여드름투성이 고등학교 1학년이었다. 올케도 조카들도 물론 없었다. 엄마 아버지도 젊다는 소리를 들을 때였다. 우리는 새집으로 입주를 앞

두고 있었다. 우리 가족이 갖게 될 첫번째 집이었다. 각자 필요한 것들을 하나씩 샀다. 아버지는 돌침대를 동생은 데스크톱, 엄마는 가스오븐레인지를. 나는 아무것도 생각해내지 못했다. 문제는 엉뚱한 데서 터졌다. 새집을 갖게 되기는커녕 아버지는 쫓기는 신세까지 되어버렸다. 우리는 다시 닭장 같은 집들을 전전하게 되었고 이 빌라로 오기까지, 엄마는 그 대형 오븐을 끌고 다녔다. 엄마가 사는 곳 어디에나 그 오븐은 우리보다 먼저 떡하니 자리를 차지했다. 엄마 외에 오븐에 손을 대거나 사용하는 사람은 아무도 없었다.

예외가 있기도 했다. 깊은 밤이나 새벽녘, 가끔 오븐 앞에서 우리는 파자마를 입은 채 마주치기도 한다. 고장나버린 타이머가 시도 때도 없이 띠띠리리, 띠띠리리리 전자음을 내기 일쑤기 때문이다. 벨을 눌러주지 않으면 소리는 멈추지 않았다. 그럴 때마다 우리들은 머쓱한 표정으로 돌아서곤 한다. 이 오래된 오븐은 살아서 우리를 따라오는 불운의 증거처럼 보였다.

아버지는 언제부터인가 늦은 아침을 먹고 나가 낮 열두시부터 저녁 일곱시까지만 일한다. 손님이 많을 시간이 아니다. 근교로 나가야 하는 동생은 이른 아침에, 조카들은 여덟시 사십오분에, 그리고 아버지가 나가고 마침내 현관문 닫히는 쎈서 소리가 들리면 나는 오후 세시 반까지는 혼자 식탁에 앉아 있을 수 있다. 가족들인데도 식탁 의자까지 자기 자리가 정해져 있다. 내 자리는 주방을 등진 곳이다. 아버지나 남동생 의자에 앉아야 주방이 정면으로 보인다. 개수대, 씽크대, 오븐까지. 오늘 아침에는 오븐에 임연수어

네 토막을 구웠다. 열 손실이 큰 가스식이어서 생선을 구울 때도 열이 올라오는 위 칸에 고구마나 감자 같은 것을 동시에 굽곤 한다. 지금 내가 이렇게 턱을 괴고 아버지 의자에 앉아 있는 것은 엄마가 떠나고, 엄마의 많은 것들을 버렸지만 아직 못 버리고 있는 저 오븐에 관한 생각을 하고 싶기 때문이다.

오븐이 까만색이 아니라 스테인리스 빛깔, 혹은 노랑이나 회색이었으면 어땠을까. 지금과 달리 훨씬 밝게 보일 것이다. 더구나 이 오븐은 크기도 크니까. 동일한 노란색이어도 면적이 커졌을 때는 더 밝게 느껴지는 법이다.

주방은 옥상과 통하는 옆문에서 시작해 다용도실 문 앞까지 이어져 있었다. 엄마는 주방에 섰을 때 왼편, 옥상문 옆에 오븐을 들여놓았다. 오븐이 자리를 크게 차지했으므로 식료품들을 넣어두는 씽크대 서랍장은 다용도실로 옮겼다. 새집으로 오자 구식이 되어가고 있던 오븐은 자신이 처음 선택되었을 때의 순간을 기억하는지 약간의 위엄을 되찾은 듯 보였다. 까만 몸체가 흠치르르 빛나고 안에 무엇이 들었는지 향긋한 냄새를 풍기고 있었다.

이 집에서의 첫 식사 때 엄마는 몸통에 올리브유를 바르고 소금과 다진 파슬리를 뿌린 닭 한마리를 구워냈다. 음식 솜씨가 좋은 편도 아니고 요리에 흥미를 갖고 있는 것도 아니었다. 요리하고 있는 엄마를 지켜보는 일도 즐겁지는 않았다. 스스로 어떤 역할을 간신히 해내고 있다는 느낌을 갖게 하기 때문이었다. 엄마가 그 오븐에 굽고 싶어하는 게 따로 있다는 사실만은 알고 있었다. 결국 닭이나 생선을 굽는 것도, 모양을 낸 갖가지 찜·구이 요리도 그만두고 엄마는 본연의 자세로 돌아가 다시 빵을 굽기 시작했다. 오븐의 사용 목적은 처음부터 빵을 굽는 데 있었다. 그것은 물론 옥수수빵이어야 했다. 오븐에서 갓 구워진 둥근 빵을 꺼낼 때, 엄마는 거의 행복해 보이기까지 했다. 우리 모두가 기억하는 엄마의 마지막 표정이 그것이었다면 좋았을 것이다.

*

처서가 한참 전에 지났는데도 햇볕은 뜨겁기만 하다. 밤에는 달무리가 지고 아침에는 자주 안개가 낀다. 그것은 이쪽과 저쪽 세상의 장막 같은 느낌이 들 때가 있다. 한낮의 이 납빛 구름들도 마찬가지다. 도서관에 가고 싶었다. 망설이다가 시장으로 갔다. 재래시장에는 볼거리가 많았다. 사과나 수박, 참외 같은 과일들과 애호박, 시금치 같은 채소들, 화원의 꽃들과 가로수들을 유심히 보곤 한다. 전자상가나 은행 앞을 지날 때도, 간판이나 로고들도. 실기시험에는 어떤 문제가 출제될지 몰랐다. 그리고 내가 어떤 일을 하게 될 수 있을지도.

현관문 비밀번호를 누른다. 기다렸다는 듯 아이들이 돌아봤다. 아이들이 손에 들고 있는 것은 색견본집이다. 식탁 위에 두고 나간 게 잘못이다. 일곱살짜리 사내 녀석과 다섯살짜리 계집아이 손에 들어가면 남아나는 것이 없었다. 찢고 접고 날리고 뜯고 뭉개고 구겨버린다. 색견본집은 한장씩 뜯겨 거실 바닥에 흩어져 있었다. 120가지도 넘는 한국 표준색 이름 종이들이다. 내가 외우고 익히고 조색해봐야 하는 색깔의 종이들. 장바구니를 손에 든 채 나는 아이들이 놀리는 것을 제풀에 그만둘 때까지, 너희들 정말 싫다 하는 눈빛으로 바라본다. 이 집에는 다정하면서도 엄격한, 아이들을 통제하거나 집안을 꾸려나갈 사람이 없다. 시차를 두고 제 엄마와 키워준 할머니를 잃은 아이들은 퇴보와 혼란을 거듭하면서 제 식대로 자라날 뿐이다.

동생보다 일곱살 더 많은 올케는 낮에는 커피를 팔고 밤에는 맥주와 양주를 판다. 내가 집을 나간 올케와 만나고 있다는 것은 아무도 모른다. 동생도 그 술집에 드나드는 게 아닐까 싶은 때가 있긴 하다. 그래도 올케에게 집을 나간 건 잘못이고, 더 큰 잘못은 아이들에게 엄마를 기다리게 만든다는 데 있다고 짚어주는 사람은 나밖에 없을 것이다. 올케는 아무리 술에 취해도 아이들에게 전화하지 않았고 식구들 안부를 먼저 묻지도 않았다. 올케가 집을 나갔을 때 나는 그녀를 찾아가 조심스럽게 물었다. 혹시 걔가 올케를 때리기라도 했어요?라고. 올케는 그게 무슨 미친 소리냐면서 펄쩍 뛰었다. 그래서 나는 다시 물어야 했다. 그런 것도 아닌데 왜 집을 나간 거예요, 언니?

남편은 자주 나를 때렸다. 그때까지 나는 내가 누구를 놀라게 한 적도 없고 감동시킨 적도 없고 이해시킨 적도 없다고 알고 있었다. 때리는데 계속 참을성 있게 맞고만 있어서였을까, 일년이 지나자 남편은 놀라는 눈치였다. 그러곤 나가달라고 말했다. 조금은 놀라고 조금은 감동을 받은 눈빛처럼 보였다. 나는 집으로 돌아왔지만 당신은 쓸모없는 인간이야,라는 말은 꿈에서도 들려왔다. 어떤 경우에도 모든 가능성이 열려 있다고 말하는 사람들이 있었다. 상담원도 그 비슷한 말을 했다. 용기를 내서 건 상담전화를 난 조용히 끊어버렸다. 그런 사람들은 어느 것 하나 확실한 게 없는 시간을 한번도 경험해보지 못한 사람들일 테니까.

식탁 위로 장바구니를 내려놓았다. 거실을 가로지르느라 창백한 초록과 강한 보라, 밝은 노랑 같은 색지들을 하는 수 없이 밟아야 했다. 생선과 대합이 든 봉지에서 물이 새어나오고 있었다. 바닥에 떨어진 빳빳한 종이들을 한장 한장 집어올렸다. 실기시험 때도 필요할 거였다. 아이들은 색색깔 종이들을 스케이트처럼 두 발로 밟고 밀어대며 키득거렸다. 어서 냉동실에 집어넣어야 할 고등어에 대해 생각하려고 했다. 눈을 떼어내면 익혔을 때 입을 벌리지 않는 대합에 대해 생각하고 싶었다. 아이들은 내 뒤를 졸졸 따라다니며 기껏 주운 종이들을 도로 바닥에 흩뿌린다.

너희들 한번만 더 이러면 쫓아낸다.

해봐 해봐.

진짜야, 바깥에 멧돼지도 있다.

고모 죽여버릴 거야.

고모 없을 때 텔레비전 틀지 말라고 했지.

그럼 나가질 말든가.

이 종이 너희들이 다 주워.

싫어 싫어.

그거 찢지 마.

우리 배고파.

………

찢지 마.

어어? 고모 운다.

＊

　나도 내 오븐을 가져본 적이 있었다. 남편과 살던 일년 동안. 동생 표현에 따르면 정말 더럽게 좁은 전세방이었다. 좁아도 필요한 것들은 많았다. 전화, 텔레비전, 선풍기, 냉장고, 장롱, 이불. 이불만 제외하고 나는 그런 가전제품들이 꼭 필요하다고 여기지는 않았다. 오븐도 마찬가지였는지도 모른다. 그러나 28L짜리 오븐을 한대 들였다. 오후가 되면 슬리퍼를 끌고 부엌과 대문 사이를 왔다 갔다 했다. 내가 한 잘못한 일들을 떠올리다보면 덮치듯 저녁이 왔다. 남편은 밤마다 나를 벽에 붙여세워놓곤 내가 그날그날 한 잘못들을 내 입으로 말하게 시켰다. 밀가루와 옥수수가루를 적당히 섞어 오븐에 빵을 굽기 시작했다. 한번도 해보지 않은 일이었다. 빵 굽는 냄새가 내 집에 조금은 도움이 될지도 몰랐다. 시간을 잠깐만 놓쳐도 빵은 타버리기 일쑤였다. 오븐을 사용하는 것도 빵 굽는 일도 익숙해지지 않았다.

내 오븐을 흘긋 본 엄마는 오븐을 사용할 때 초보자들이 주의해야 할 점들에 대해 말하고 싶어했다. 음식을 넣기 전에 미리 적당한 온도로 예열을 해야 한다, 음식이 다 되었다고 느낄 때까지는 오븐 문을 열어보지 말아야 하며, 가능한 한 한번에 오븐 한 칸만 사용해야 한다고 말이다. 중간중간 나는 오븐에 관해 궁금한 점을 묻기도 했다. 어쩌면 그건 옥수수빵을 제대로 구워낼 수 있는 노하우에 관한 이야기였을지 모른다. 이례적으로 우리는 꽤 긴 대화를 나누고 있었다. 하지만 엄마는 자신이 틀린 소리를 하고 있다는 사실을 모르는 것 같았다. 엄마는 빵을 굽기 전에 예열해야 한다는 걸 자주 잊어버렸고 빵이 채 익기도 전에 오븐 문을 열어보았으며 빵을 구울 때는 예외였지만 열이 아깝다고 생선을 구울 때 고구마나 감자도 같이 집어넣는 식이었다. 나라고 다를 바는 없었다.

내 오븐은 스테인리스 빛깔의 무광 은빛이었다. 듀오, 두 사람을 위한 제품이었다.

지난해 시험 삼아 처음 치러본 컬러리스트 기사 시험에서는 보기 좋게 떨어지고 말았다. 실기시험 시간에 '제품 디자인 색채 계획' 문제의 주제가 전기밥솥이었다. 시험지에는 커다란 전기밥솥이 그려져 있었다. 시험문제는 모던한 이미지의 주방에 놓을 전기밥솥을 색채 디자인하는 거였다. 배색 의도와 주된 색깔 및 보조색을 선정한 기준도 적어야 했고 그 색들의 사용 면적도 비율별로 작성해야 했다. 그런 것은 크게 어렵지 않았다. 시험문제에 전기밥솥 같은 게 출제가 되리라고 예상하지 못한 것도 아니었다. 내가 모르는 건 모던한 이미지의 주방이었다.

언제나 집 한구석을 차지하고 있던 엄마의 오븐은 까만색이었다. 색채라는 것은 어떤 물체와 심리를 표현하기 위한 요소이지만 그것은 객관적일 수 없다. 그러나 색채는 객관적이며 문화를 규정하기도 한다는 데 나는 놀랐고 실망하기도 했다. 나는 빨강은 왜 태양이나 사과를, 노랑은 달이나 해바라기를, 검정은 죽음이나 공포, 불안을 나타내는지 이해하지 못한다. 내가 상상하고 그리는 내 머릿속의 태양이나 사과는 밝은 보랏빛이다. 내가 계속 이런 상태라면 아무리 공부하고 준비를 해도 시험에 합격하지 못할 것 같다. 내가 좋아하는 말은 '색채 감성'이다. 같은 색이라도 개인의 체험이나 느끼는 정도에 따라 받아들이는 의미가 서로 다를 수 있다는. 그리고 그 색채 감성의 발생 요인이 바로 개인적 체험이라고 한다.

개인적 체험.

나는 그 전기밥솥의 몸통을 선명한 검정으로 칠했다. 밥 맞춤 기능과 진행, 시간 등을 나타내는 부분은 연한 파랑으로. 적어도 나의 배색 의도만은 분명했다. 눈에 띄게 크지는 않지만 밥솥 또한 가전 제품이니까 기계의 이미지를 덜 나타내기 위해서 검정이 필요하다고. 시간이 더 지나서 실기시험 때 검정을 쓰는 건 확실히 의도한 선택과 자신감이 아니라면 주의해야 한다는 걸 깨닫게 되었다. 모르긴 몰라도 컬러리스트가 된다는 것은 그것이 어떤 제품이든 자신이 선택한, 개인적 체험이 깃든 색채로 상대방을 이해시켜야 한다는 게 아닐까.

나에게 한국산업인력공단이라는 데를 알려주었던 올케가 그 시험에 합격하면 뭐가 되는 건데?라고 물었을 때 나는 머뭇거리다가 대답했다. 만약에 내가 전원주택 같은 것을 디자인하게 돼, 그러곤 그 집의 벽과 지붕을 온통 파랗게 칠해버리는 거예요. 그러면 언니가 그 집을 사는 거지. 골똘한 표정을 짓고 있던 올케가 심드렁하게 대꾸했다. 그런 집은 아마 아무도 사지 않을걸. 다른 직업을 알아보는 게 어때?

올케 말이 맞을 것이다. 파란색 집에 관한 나의 개인적 체험은 아무것도 없으니까. 그런 색깔의 집으로는 누구도 설득시키지 못할 게 분명하다.

엄마의 오븐은 달랐다.

점심과 저녁 사이, 따뜻한 우유나 보리차와 함께 빵을 조금 먹을 수 있는 삶이라면 행복한 거라고 엄마는 믿었다. 우리는 그런 말을 믿지 않았고 따르지도 않았다. 그것이 꼭 달지도 맛있지도 않은 옥수수빵이어야 할 필요도 없었다. 전세방에서 월세방으로, 살던 집에서 하루아침에 내쫓기게 되고 아들이 한쪽 손목을 잃는 사고를 당하고 남편이 수배를 당하는 시간에도, 그리고 마침내 우리 집을 얻게 되는 그 긴 시간 동안 엄마는 커다란 검정 오븐을 끌고 다니면서 옥수수빵을 구웠다. 무엇을 했든 그게 엄마가 이 세상에서 마지막까지 한 일처럼 남는다. 간식을 먹는 집, 홈 스위트 홈이라는 건 애당초 우리와는 무관한 것을 인정하지 않으려는 듯 말이다. 진짜로 간식을 먹는 집에서는 쿠키나 마들렌, 파이같이 보기도 좋고 달콤한 것들을 먹을 것 같다. 엄마가 채 마칠 수도 없었던 학창 시절에 급식으로 나오곤 했다는 팍팍한 옥수수빵 같은 게 아니라.

띠띠리리, 띠띠리리리. 타이머 소리가 굉음처럼 울린다.

*

지난여름에는 틈틈이 새 오븐을 보러 다녔다. 엄마의 고릿적 오븐은 제 기능을 하지 못한 지 이미 오래다. 아무 때나 울려대는 타이머는 그렇다고 쳐도 가스레인지 네개의 화구 중 두개밖에 사용할 수 없고 생선을 구울 땐 다른 화구에는 불이 전혀 들어오지 않는다. 화력도 약하다. 아무리 닦아도 오랜 세월 끈적끈적하게 들러붙은 음식 찌꺼기와 그 위에 말라붙은 먼지, 몸체 모서리 부분부터 슬기 시작한 녹 때문에 오븐은 이제 가전제품이 아니라 더럽고 쓸모없는 고철 덩어리처럼 보인다.

새 오븐들은 달랐다. 세상에는 다양한 오븐이 존재했다. 스팀오븐, 매직오븐, 멀티오븐, 무연무수오븐, 클래식가스오븐. 가족 수나 집 크기에 맞게 선택할 수 있고 폭도 넓었다. 색깔만은 예나 지금이나 크게 달라지지 않은 것 같았다. 블랙, 화이트, 실버. 그게 다였다. 핑크색 변기나 초록색 김치냉장고 같은 것을 본 적도 있지만 오븐에 관해서라면 사람들은 실험적인 컬러는 좋아하지 않는 모양이다. 기능도 우리 집 오븐에 비하면 다양해졌다. 생선이나 빵은 따로 구울 수 있고 찜요리, 그릴 기능도 따로, 어떤 제품은 전자레인지 기능까지 하나로 돼 있었다. 열 손실도 적을 터였다. 그러나 나는 어느 것 하나 결정하지 못하고 있다.

엄마가 이 오븐에 넣은 것은 많았다. 닭, 오리, 돼지, 두부, 호박, 고구마, 감자, 가지, 황태, 새우, 고등어, 갑오징어, 연어, 꽁치, 병어, 조개, 그리고 매만진 밀가루 반죽들.

그 커다란 오븐에 들어가지 못할 재료는 아무것도 없는 것 같았다. 정말 그렇다고 생각했을 때 엄마는 엄마 자신을 오븐에 넣었다. 아니, 넣었다기보다 들어갔다라고 해야 맞는 표현일지도 모르겠다. 학교가 파해도 내가 갈 데라고는 집밖에 없었다. 열쇠로 대문을 따고 그때 미닫이식이었던 현관문을 열고 들어간 순간 바로 그 장면을 보게 되었다. 막 오븐 안으로 머리를 들이밀고 있는 엄마의 웅크린 등과 엉덩이, 오븐 여닫이문을 피해 엉거주춤 구부러져 있던 맨다리들. 오븐 내부 가장 안쪽에 떨어진 뭔가를 주우려는 사람처럼 엄마의 얼굴과 목은 오븐 속으로 들어가 있었다. 그러므로 대개의 그런 예기치 못한 상황에서 두 사람이 마주쳤을 때처럼, 우리는 서로의 얼굴과 눈을 마주 보지 않을 수 있었다. 단지 기척만으로, 뒷모습만 보고 상대방을 알아차렸던 것이다. 나는 엄마, 지금 뭐 하시는 거예요?라고 물어볼 수도 있었을까. 우리는 서로 꼼짝도 하지 않았다. 나는 곧 내가 취해야 할, 엄마가 기다리고 있는 행동을 알아차렸다. 미닫이문을 잡고 서 있다가 그대로 내 방으로 들어갔다. ……오븐을 닫는 소리, 들으라는 듯 발을 질질 끄는 기척을 내며 엄마가 화장실로 들어가는 소리가 들렸다. 책가방을 내려놓곤 나는 밖으로 나가 가스밸브를 잠갔다. 그후에도 엄마와 나는 그 일에 관해서는 한번도 이야기를 꺼내본 적이 없다. 간혹 엄마가 헛소리처럼 죽는 것도 힘들다,라는 말을 할 때면 오븐 안으로 기어 들어가는 것 같던 엄마 뒷모습이 떠오르곤 했다. 정말 오븐 안쪽에 떨어진 뭔가를 줍거나 청소를 할 요량이었는지도 모른다.

새 오븐을 사게 된다면 그것은 블랙일까? 아니면 화이트나 실버?

나는 어째서 유채색의 오븐 같은 것은 없을까, 생각한다. 유채색을 말할 때 쓸 수 있는 형용사들을 떠올린다. 선명한, 흐린, 탁한, 밝은, 진한, 연한. 그런 형용사들은 색깔 앞에 결합해서 쓸 수 있다. 아주 선명한 노랑, 아주 밝은 초록, 아주 탁한 보라. 지금 내가 보고 쓰고 있는 엄마의 오븐은 무채색이다. 무채색의 기준이 되는 색은 회색. 내가 아는 무채색을 위한 수식 형용사는 단 두개밖에 없다. 밝은, 어두운.

*

「아기 돼지 삼형제」에서 늑대 역을 맡은 여자애는 온종일 큰 소리로 노래했다. 숲 속 길을 지나서 가자, 엉금엉금 기어서 가자, 돼지들이 나타나면 확 잡아먹을 거야, 난 늑대! 여자애는 혀짤배기소리를 내면서 고모 나 까만색 옷 사줘,라고 말했다. 유치원에서 놀기만 하는 게 아닌가보다. 일곱살짜리 남자애도 추석을 앞둔 금요일에는 민속놀이 한마당이라는 놀이를 해서 한복을 입고 가야 한다고 말한다. 연극의 주인공이 돼지들, 튼튼한 벽돌집을 지은 막내 돼지가 아니라 늑대라고 믿고 있는 여자애가 부르는 노랫소리는 낭랑하고 밤에는 시끄럽다. 늑대 역을 맡은 동네 아이들이 많은지 시장에 까만색 옷이 동이 났다. 옷집 주인은 까만색 옷은 사나흘 후쯤 다시 들어올 거라고 했다.

사갖고 온 색동저고리와 노란 한복 바지는 일곱살짜리에게 너무 컸다. 사내 녀석은 에이 이게 뭐야, 나를 걷어차듯 말하곤 옷뭉치를 구석으로 던져버렸다. 할머니가 있을 때만 해도 나한테 이렇게 하지는 않았다. 설거지감을 내버려둔 채 방으로 들어와버린다. 텔레비전 소리가 울려대고 며칠째 목욕도 안 시키고 옷도 안 갈아입힌 아이들은 라면과 과자 부스러기 속에서 뒹굴고 언제나처럼 나에게는 아이들을 제지할 만한 위엄이 없다. 방금 전, 늦게 들어올 거라는 제 아빠의 전화를 끊고 나서 아이들이 한쪽 손목이 없는 아빠 흉내를 내며 낄낄거리고 있어도 말이다.

나는 두 녀석을 벽에 세워두곤 지금 저희들이 하고 있는 잘못을 큰 소리로 말하게 하고 싶다, 멍 들어도 겉에서는 안 보이는 허벅지 안쪽이나 옆구리를 후려치고 싶다, 앞으론 고모한테 복종할게요, 백번씩 소리 내서 말하게 할 수도 있다. 저희들 스스로 지쳐 하지도 않은 잘못까지 무릎 꿇고 빌 때까지.

거실 불을 갑자기 꺼버리고 나는 말했다.

너희들 다 이리 들어와.

어둠 속에서 아이들은 더 더러워 보였다. 아이들이 잠시나마 온순해질 때는 집이 어두워지는 순간이다. 밖에 멧돼지가 어슬렁거릴지도 모른다는 불안은 아이들에게도 있을지 모른다. 불을 *끄자* 아이들은 서로 눈치를 보다가 엉거주춤 내 방으로 들어온다. 내가 깔고 앉은 이불 위를 턱으로 가리켰다. 아이들이 지나간 자리마다 말라비틀어진 밥풀이 떨어져 있다. 이불 안으로 아이들이 한 걸음 다가온다. 나는 허공으로 한 손을 들어올린다. 순간적으로 아이들이 몸을 움찔한다. 한쪽 어깨가 드러나도록 길게 늘이고 있는 여자애와 남자애의 소매를 바로잡아주었나. 아이들은 쥐고 있던 손을 폈다.

손을 이렇게 모아봐봐.

나는 소금 요만큼, 할 때처럼 왼손 다섯 손가락 끝을 모아 아이들 앞으로 내밀었다.

이게 뭐야?

아이들은 모아 붙인 제 왼손 손가락들을 보곤 입을 비죽거렸다.

엄지손가락은 빨강이고 집게손가락은 노랑이래.

가운뎃손가락은?

그건 초록.

넷째 손가락은?

파랑.

새끼손가락은?

그건 보라.

아이들은 마지못해 흥미를 보이는 듯했다.

그리고 손가락 끝은 하얀색, 손목은 까만색.

누가 그래?

사내 녀석이 입을 쑥 내밀고 물었다.

고모가 공부하는 책에서.

이게 뭔데?

사내 녀석이 손가락 끝을 빙글빙글 문질렀다.

색깔을 보여주는 회전 공.

그게 뭐야?

손가락들을 그렇게 문지르면 무슨 색이 될까?

나는 어리둥절해하는 아이들을 보며 물었다. 언젠가 아이들이 우리가 누는 똥들이 다 어디로 가는 거냐고 물었을 땐 제대로 대답하지 못했다. 지구의처럼 색채구 같은 것도 있다고, 그걸 이렇게 손가락을 모아 표현할 수 있다는 정도는 말해줄 수 있다. 아이들은 제 손가락들 끝을 비비고 있었다. 상상하는 갖가지 색깔들이 스쳐 보일지도 모른다. 그 왼손이 방금 전까지 제 아빠를 흉내내던 손이라는 걸 알지 못할지도 모른다. 그리고 밤은, 제 아빠와 할아버지가 오지 않는 밤은 아이들한테만큼이나 나에게도 길다. 여자애가 손을 펴더니 좋은 질문을 생각해냈다는 듯 손등을 톡톡 가리키며 물었다.

그럼 여긴 무슨 색이야?

거긴, 강한 색.

손바닥은?

사내 녀석이 제 손바닥 안쪽을 들여다보며 물었다.

거긴 약한 색.

치, 세상에 그런 색이 어딨어.

맞아, 고몬 완전 거짓말쟁이.

*

올케가 전화를 걸어왔다. 술 취한 아버지가 올케네 가게서 짐들어버렸다고 했다. 자정이 넘은 시간이었다. 올케는 집에 무슨 일이 더 있는 거냐고 물었다. 나는 말끝을 흐릴 수밖에 없다. 아버지가 올케 술집에 다니는 줄도 몰랐고 동생이 숲에서 이 시간까지 무엇을 하고 있는지도 모른다. 올케가 저기, 아버님 말야, 집에 안 들어가고 싶으시대, 자꾸,라고 말했을 때에야 나는 내 아버지가 그렇다는 것을 안다. 고마워요, 언니. 뭐가? 그런 걸 알려줘서. 올케는 전화를 탁 끊어버렸다. 내가 뭘 잘못 말한 걸까 짚어보다가 수화기를 내려놓았다. 팔다리를 제멋대로 포갠 채 자고 있는 아이들을 물끄러미 바라보았다. 늦가을 밤에 나는 말이 통하지 않는 잠든 아이들과 허물 같은 나 자신과 컴컴한 집에 남아 있다. 어쩌면 모두가 집을 나가고 싶어하는 사람들이 모여 살고 있는 그런 집.

아이들이 유치원에서 돌아오는 시간은 오후 세시 반이다. 가족 중 누군가가 차량이 오기를 기다렸다가 아이들을 데려가게 돼 있었다. 엄마가 살아 있을 적에는 올케가 있어도 엄마가 그 일을 했다. 나는 아이들을 데리러 가지 않고 이제 두 남매는 유치원 승합차에서 같이 내려 횡단보도를 하나 건너 골목을 내려와 집으로 오곤 한다. 보통은 산만하고 집중력도 떨어지는 데 반해 집으로 올 때만은 다르다. 아이들은 걷지 않고 언제나 뛰어온다. 오후 세시 반에 둘 중 한 아이가, 그것도 일곱살짜리 남자애가 집으로 오지 않을지도 모른다고 의심한 적은 한번도 없었다. 여자애 혼자 노란 유치원 가방을 메고 현관으로 들어왔다. ……오빠는? 나는 돌아서서 물었다. 어디 갔다 온대. 계집애는 가방을 바닥에 팽개쳐버리곤 화장실로 쪼르르 들어가버린다.

다섯시까지 식탁에 그대로 앉아 시험 예상 문제지를 들여다보았다. 여섯시가 되는 걸 보고 국을 끓이고 나물 한가지를 무쳐 저녁 준비를 마쳤다. 여섯시 반엔 자리에서 일어나버렸다. 텔레비전을 보고 있는 애한테 누가 벨을 눌러도 열어주지 말라고 이르곤 신발을 꿰신었다. 현관문을 닫을 때 계집아이가 뭐라고 한마디 하는 소리가 들렸다. 어디로 가야 할지 알 리 없었다. 사내 녀석과 변변히 말을 나눠본 적도 없었고 그애에 대해 아는 것도 없다. 오늘 금요일, 내가 알고 있는 유일한 것은 아침에 아이가 한복을 입고 노란 가방을 메고 파란색 운동화를 신고 유치원에 갔다는 사실이다. 유치원에서 윷놀이, 강강술래 같은 민속놀이를 한다고 들떠 있던 것도. 늦모기에 얼굴을 물려 뺨과 이마에 자국이 생긴 것도.

시장과 문방구, 초등학교 운동장을 차례대로 훑어보았다. 모르는 아이들이 모르는 아이들과 놀고 있었다. 현관문을 닫고 나올 때 계집아이가 무심히 해준 말을 다시 떠올렸다. 유치원 버스가 정차하는 데로 갔다. 정류장 의자 등받이에 몸을 기대고 섰다. 언덕 고개였다. 저녁이 몰려오면 어느 방향에서 아이가 나타난다고 해도 알아볼 수 없을지도 몰랐다. 새끼 멧돼지처럼 보일지도 모른다. 나는 애를 찾는 데 결국 실패할 거라고 생각한다. 제 발로 찾아오지 않는 한은.

스스로 집에 돌아온 적이 있었다.

기억은 우리가 오리배를 타고 강을 건넜다고 말한다. 강 앞에 벤치가 하나 있었다. 나를 벤치에 앉히고 엄마는 내 구두를 벗겼다. 엄마가 올 때까지 여기 꼼짝 말고 있어야 한다. 엄마는 내 구두를 엄마 가방에 집어넣었다. 한여름이었다. 내 비닐구두 앞코에는 작은 리본이 달려 있었다. 엄마의 바람과 달리 나는 우리 집을 찾아갔다. 엄마는, 내가 그때의 기억을 영원히 잊었을 거라고 생각하며 살았을까.

*

오븐을 들어낸 자리에는 밑면 크기만한 자국이 남았다. 희미하고 바랜 장판 위로 빵 부스러기들, 동전 두개, 바짝 마른 채소 조각들이 깔려 있었고 쥐며느리 한마리가 빌빌 기어갔다. 탈지면 같은 먼지 뭉치가 천천히 뒹굴었다. 오븐을 들어내고 새 오븐을 가져다

줄 남자들에게 이 오븐은 어디로 가는 거냐고 물었다. 그들은 오븐이 가면 어딜 가겠어요, 발이 달린 것도 아닌데, 농을 했다. 그들이 오기 전에 나는 타이머 버튼을 눌러보았다. 곧장 띠띠리리 띠띠리리리, 귀에 익은 소리가 흘러나왔다.

엄마가 이 오븐에서 꺼낸 것은 많았다. 엄마의 시름과 슬픔, 상실과 잘못들, 사라진 엄마의 시간과 꿈. 그리고 엄마는 거기서 옥수수빵을 꺼냈다. 그것은 엄마의 가족을 위한 것이었다. 우리를 위한 것이기도 했다. 딱딱하고 덜 구워졌거나 바닥이 새카맣게 탄 적도 많았다. 둥글고 따뜻하고 말랑말랑하고 부드러울 때가 많아졌다. 더 이상 필요하지 않은 것들을 엄마는 오븐에 넣고 다시는 꺼내지 않았다.

나 역시 내게 필요하지 않은 것들에 대해 떠올리고 있었다. 후회들, 쓸모없는 사람이라는 말, 말, 말들. 오븐은 필요했다. 그것은 갖고 있어야 했다.

새로 산 가스오븐은 상판이 스테인리스로 된 은빛 제품이다. 신제품은 아니지만 양면구이 기능도 있고 자동청소 기능도 있다. 화력 또한 5단으로 조절할 수 있다. 온도나 시간을 음성안내해주는 기능이 있고 다이얼을 간단히 조작하는 것만으로도 백여가지가 넘는 요리를 자동으로 조리할 수 있는 오븐은 끌리지 않았다. 내가 고른 것은 우리가 쓰던 것과 크기 높이도 비슷한, 자리를 많이 차지하는 제품이다.

나에게 필요한 것은 더 있었다.

일요일 아침이었다. 곧 10월이었다. 아버지가 모는 택시를 타고 동생은 아이들을 데리고 제 직장으로 갔다. 숲인데도 거긴 주말에만 개방한다고 했다. 나는 혼자 있었다. 동생이 사람들 앞에서 무슨 말인가를 할 수 있다는 게 믿기지 않았다. 동생이 사람들에게 산책로 입구나 미선나무 문배나무 같은 희귀식물들을 가리켜야 할 때 왼손을 쓸까 오른손을 쓸까 떠올려보았다. 나는 두 손을 갖고 있지만 실제로 내가 이 손으로 움직일 수 있는 것들은 많지 않다. 가리킬 수 있는 것도 별로 없었다. 왼손 다섯 손가락 끝을 모아 문질러본다. 실기와 면접시험 날짜가 정해졌다. 풀, 가위, 팔레트, 연필, 색지, 물통, 투명테이프, 색지, 무채색 명도자, 열두가지 색 컬러물감이 필요하다.

그날, 버스정류장에서 아이를 기다리고 있을 때 나는 바다를 처음 보러 간 사람을 기다리는 심정이 이럴 거라고 짐작하고 있었다. 제방까지 갔다면 이제 갔던 길을 되돌아올 수밖에 없을 거였다. 나는 아이가 언덕 밑에서부터 이쪽으로 올라오고 있는 것을 보았다. 어디를 갔든 할머니를 찾지 못했다면 돌아올 수밖에. 저녁놀 속에서 까만 머리와 얼굴 아래로 V자 모양의 동정이 희게 보였다. 나는 의자에서 몸을 일으켰다. 그다음은 알록달록한 소매와 노란 한복 바지가 보일 것이었다. 아이는 가슴 앞쪽으로 공 같은 것을 들고 있었다. 아이가 오는 방향으로 몇 걸음 걸었다. 제 몸에 헐렁한 한복을 입은 채 둥근 걸 안듯 걸어오고 있는 아이 쪽으로. 다른 길은 없었다. 내가 마주 걸어가는 모습이 꼭 오래 기다리고 있었다는 사실을, 올 거라고 믿고 있었다는 기대 같은 걸 말해줄 필요는 없었다. 아이가 두 손으로 들고 있는 것은 종이로 만든 등이었다. 손잡이는 줄에 묶어 등과 연결한 나무젓가락 한 짝. 등은 뼈대처럼 둥글게 엮은 철사 위에다가 흰색 한지를 이어붙여 만든 것 같았다. 한지에는 그림이 그려져 있었다. 아이가 온순히 앉아 책을 읽거나 그림 그리는 모습을 본 적도 없고 기대해본 적도 없었다. 집에서 나가면 아이는 딴 아이가 되는 걸까. 종이등은 불을 밝힌다면 아마도 주황색 감나무와 새 한마리, 제가 써넣은 비뚤비뚤한 아이의 이름이 어룽거리게 될 거였다. 눈이 뿌예지려고 했다. 색채들은 섞이지 않고 겹치는 것 같다. 깨끗한 옷을 입고 환한 달 아래 불 밝힌 등을 들고 원을 그리며 도는 사람들이 떠올랐다. 나는 깜짝 놀라 뒤로 한 발 물러섰다. 아이에게 너무 가까이 다가가 있었다. 아이는 지친 표정이었다. 귀밑으로 땀이 흘렀다. 아이는 등에 메고 있던 노란색 유치원 가방을 내게 넘겨주었다. 아이가 내민 유치원 가방의 어깨끈을 어색하게 잡았다. 집이 있는 쪽으로 우리는 말없이 걸었다. 나 배고파. 아이가 처음으로 입을 열었다. 나는 고개만 끄덕거렸다. 아이를 돌아보지도 내려다보지도 않았다. 나 완전 배고프다니까, 고모. 심통 부리고 싶은 걸 애써 꾹 참는 목소리 같았다. 성급하고 언제나 제멋대로인 녀석은 내가 이렇게 말할까 말까 망설이는 것을 전혀 모르는 듯했다. 그럼, 옥수수빵 구워줄까?

성냥의 시대

그가 J읍으로 돌아온 것은 삼년 만이었다. 떠날 때와 똑같은 이유에서였다. 나무를 만지게 된 건 다른 이유였지만 그 이유를 금방 알게 될 것 같지는 않았다. 두 손바닥에 마주 대고 있는 나무피는 이태리 포플러였다. 롤러에 넣고 돌린 나무는 매끄럽지도 까슬거리지도 않았다. 손바닥을 대고 있자 온기가 느껴지는 것 같았다. 미미했다 점차 분명하게 느낄 수 있는. 원래 은빛을 띤 나무는 껍질을 벗기면 미색에 가까워진다. 그런 미색을 어떻게 표현하면 좋을까. 그는 두루마리처럼 얇게 만들어낸 나무피 한장을 앞에 두고 인상을 찡그리고 있었다. 어떤 느낌이나 감정을 말로 표현하는 일이 중요하다고 여긴 때가 있지만 이제 그것은 버릇으로만 남았다. 그는 겉껍질이 벗겨진 나무에 대해 계속 생각하려고 했다. 적절한 말은 적절할 때 떠오르지 않았다. 집중하기도 어려워졌다. 지금 누가 자신을 본다면 기도하는 사람처럼 보일지도 모른다는 생각이 들었기 때문이기도 했다. 나무는 바닥에 기왓장처럼 쌓여 있었다. 절단기 속으로 나무를 집어넣기 시작했다. 비는 내리고 스위치를 다 올려도 공장 안은 크게 밝아지지 않는다.

아버지의 마지막에 관해 말해주려는 사람은 없었다.

그게 궁금하긴 하냐.

최사장은 물었다. 셔츠 주머니 속에서 성냥갑을 꺼냈다. 성냥개비 하나를 마찰판에 대고 슬쩍 밀었다. 불꽃이 피었다. 최사장의 얼굴이 일순 환한 주황색으로 빛났다. 누구든 성냥을 하나 켜고 있을 때는 그렇게 보인다. 그러나 그건 너무나 짧은 순간이다.

아저씨.

사장이라고 불러라.

틈을 주지 않아도 좋았다. 아버지의 마지막에 관해 말해줄 수 있는 사람은 최사장이다. 아버지의 친구이자 상사인. 언젠가 아버지는 자신이 최사장을 처음 좋아하게 된 게 귀 때문이라고 털어놓은 적이 있었다. 최사장의 귀는 큰데다가 당나귀 귀처럼 앞쪽으로 쏠려 있다. 그 모양을 보고 있자면 어떤 이야기도 다 들어주고 끄덕이듯 귀를 살짝 움직여 그 이야기를 영원히 덮어줄 것 같은 느낌이 들기는 했다. 그런 사람 밑에 들어가 일을 배우는 것도 나쁘지 않을 거라고 생각했던 모양이다. 채 스무살이 되기 전의 아버지는. 그 말을 하는 아버지는 예의 그 모호한 웃음을 짓고 있었다. 최사장의 귀 안쪽에서 흰털이 삐져나와 보였다. 아버지의 귀는 어땠는지, 담배를 쥔 아버지 손가락은 어땠는지 전혀 기억나지 않았고 그것은 이상한 일은 아닐지도 몰랐다.

아버지와 통화를 한 것은 부음을 듣기 한달 전이었다. 어쩌면 한 계절 전이었을지도 모른다. 아버지에 관한 기억은 언제나 자신할 수 없었다. 한밤중이었고 그는 다리 사이에 이불을 끼고 누워 있다가 벨소리 때문에 급작스럽게 몸을 일으켰다.

어떠냐.

아버지가 물었다.

좋아요, 다 좋아요.

그는 말했다. 목청을 높였을 수도 있다. 귀가 어두운 아버지보다 더. 뭐든지 다 좋다고 생각하는 게 최선이라고 여기던 때였다. 아버지가 전화를 해온 시기는 좋지 않았다. 전화는 언제나 그럴 때만 오긴 했다.

다 좋다고? 그래, 그래.

아버지는 더 묻지 않았다. 자신을 경계하고 있다는 걸 알아차린 것일까. 그는 오토바이를 타고 물건을 배달하러 다니는 일에 관해 말하려 했다. 날마다 새로운 사람을 만나고 새로운 장소를 찾아다니는 일에 대해서. 아버지는 그런 것을 알 필요가 있는 사람이었다. 먼저 전화를 거는 사람들이 그렇듯 아버지도 상대의 말을 듣기보다 자신이 필요한 말을 하고 싶어했다.

나도 늙었다.

아버지가 불쑥 말했다. 소리가 너무 컸다. 그 말을 하기 위해서
한 전화 같았다. 그래도 전 돌아가지 않을 거예요. 아버지는 그 속
엣말을 들었을지 모른다. 부음을 들었을 때 맨 먼저 그 생각이 스
쳤다. 아버지의 부음은 자, 이래도 안 내려올 거냐?라고 비아냥거
리는 것 같았다. 아무튼 그건 한달이나 한 계절 뒤의 일이다. 그 마
지막 전화를 끊고 나서 그는 아버지에게 어떠냐고 한번쯤 물어봤
어야 했다고 후회했다. 그날은 정말 괜찮은 밤이었는지도 모른다.
그날 한 후회는 그것밖에 없었으니까.

아버지가 발견된 장소는 목재를 쌓아놓는 공장 뒷마당이었다고
한다. 정문 쪽에서 보자면 자물쇠가 달린 낮은 철문을 열고 나가야
하는 공터였다. 형식적인 문이기는 했지만 공터는 동네 골목과 이
어져 있었다. 그러나 이태리 포플러에 관심 있는 사람은 없어 보였
다. 단속을 하지 않아도 쌓아놓은 목재가 없어지는 경우는 없었다.
사람들의 관심은 한때 J읍을 대표하다시피 했던 성냥공장이 언제
문을 닫을까 하는 것인지도 몰랐다. 최사장은 일년에 한번씩 사만
에서 오만 사이(才, さい) 분량의 나무를 사들이곤 했다. 한 사이를
열두자라고 치면 대충 셈해도 열 트럭 분량이 넘는다. 사들이는 나
무의 양이 해마다 줄어들기는 했다.
공장 사람이라면 뒷마당에서 아버지가 무엇을 하는지, 무엇을
하려고 했는지 모르지 않았다. 그 역시 마찬가지다. 부모는 자식
에 대해 모르고 자식은 부모에 대해 모르는 게 당연한 관계라고 깨

닫게 되었을 때 그는 자신이 어른이 된 것을 느꼈고 기다렸다는 듯 집을 떠났다. 부모라고 해봐야 처음부터 아버지밖에 없기도 했다. 그러나 베어진 포플러들이 쌓여 있는 공장 뒷마당의 아버지에 관해서라면, 조금은 기억하고 있었다. 그게 아버지에 관해 알고 있는 전부일지도 몰랐기 때문에 잊을 수도 없었다.

결정을 내려야 할 일이 있으면 아버지는 성냥통을 들고 뒷마당으로 나갔다. 고민거리가 있을 때도 마찬가지였다. 아버지는 묶어놓은 목재 더미에 앉아 하나씩 하나씩 성냥을 켜곤 했다. 고민 한 가지를 성냥 하나가 켜졌다 꺼지는 순간만큼, 결정할 일도 성냥 하나가 켜졌다 꺼지는 찰나만큼만 생각했다 결정짓는 게 아버지 버릇이었다. 저물녘, 그런 아버지의 모습은 남다른 데가 있었다. 신성한 의식처럼 보였다거나 접근하기 어려운, 하는 등의 표현을 쓸 수 있다면 좋았을까. 그러나 말없이, 혼자, 목재에 걸터앉아 골똘히 성냥불을 밝히고 있는 모습은 J읍에서 가장 멍청하고 바보 같아 보였다. 뭐든 너무 오래 생각하면 병든다고 아버지는 말했지만 때로는 앉은자리에서 성냥 한 통을 다 써버릴 때도 있었다. 그날도 예외는 아니었을 것이다. 점심시간이었고 아버지는 도시락을 꺼내놓는 동료들 사이를 지나 뒷마당으로 나가는 철문을 열었다. 삐걱거리는 소리 때문에 모두들 그런 줄 알았다고 했다.

점심시간이 지나도, 그 한참 후에도 아버지는 돌아오지 않았다. 아버지는 목재 더미에 가슴팍을 댄 채 쓰러져 있었다. 오른 발치에 떨어져 있던 성냥통은 대략 650개쯤의 성냥개비가 들어 있는 제품이었다. 사각 성냥통엔 두 면에만 적린(赤燐)을 바른다. 나머지 두 면에는 아버지가 매달 골라 새기는 그달의 문구가 씌어 있었다. '인간은 오직 노동에 의해서만 세상을 편안히 지낼 수 있다.' 아우어바흐라는 사람의 말이었다. 그다음 문구를 그는 알고 있었다. '그러므로 노동을 하지 않는 자는 편안을 누릴 수 없다.' 어렸을 때부터 귀에 못이 박히게 들어온 말이었다. 아버지는 일부러 목재 더미 위에 엎드려 잠이라도 자는 사람처럼 보였다고 했다. 잎이 다 떨어지길 기다렸다가 벌목한 가을 나무들이었다. 속이 비어 있는 나무. 이태리 포플러는 잎이 나 있을 땐 힘이 없어 쓰지 못한다. 불이 가장 잘 붙을 때도 가을 나무일 때다. 아버지는 한 손에 성냥통을 들고 있었을 거였고 적린이 없어도 서로 부딪치면 마찰을 일으켜 불을 낼 수 있는 게 성냥개비다. 오해를 받을 수도 있는 죽음이었다. 불이 나지 않은 게 다행이었지. 공장 사람들은 그런 말로 아버지의 죽음을 지나쳐가고 싶어했다. 불이 안 난 건 천만다행이었다. 아버지도 그렇게 여길 게 틀림없었다. 불을 만들어야 하는 공장은 그 자체가 언제나 화재 위험을 안고 있는 거나 다름없었다. 어쨌거나 사인은 심장마비였다. 아버지 말이 맞을 때도 있었다. 뭐든 한가지를 너무 오래 생각하면 힘들어진다. 정말 그렇다. 아버지의 죽음을 마무리짓고 싶어하느라 그가 내린 결론은 이랬다. 만약 어떤 결정을 내려야 할 일들이 650개나 되는 성냥을 다 그어대야 할 만큼 있었다면 심장이 마비되는 건 당연할지도 모른다고.

하천이 많은 곳이었다. 둘러싼 산맥들 때문에 바람의 영향을 적게 받았다. 여름에 가장 덥고 겨울에 가장 추운 데였다. 흐린 날과 강수량이 적어 사과나 자두 재배에 적합했다. 겨울은 말할 수 없이 길었다. 아버지 때문이 아니라면 J읍을 벗어나고 싶었던 이유 중 하나는 겨울이었을지 모른다. 인근에 댐들이 축조되면서 안개일수도 늘어났다. 자연은 이해할 수 없는 고리로 촘촘히 연결돼 있는 듯싶었다. 안개일수가 많아지자 겨울이 더 춥게 느껴졌고 여름에는 우박도 자주 내리는 것 같았다. 그것은 국지적이었고 그 말처럼 자신의 영역과 한계를 늦하는 것처럼 느껴졌다. 아버지가 죽고 나서야 그는 집을 떠난 이유가 단지 아버지 때문만은 아니었다고 여기고 싶어했다.

밤이 되길 기다렸다가 그는 공장 마당, 낡은 의자로 가 앉았다. 그가 대여섯살 적에도 그 자리에 있던 나무의자였다. 어쩌면 태어나기 전부터 줄곧. 벽에 걸린 아버지의 낡고 오래된 작업복처럼 말이다. 아무도 없는 것이 당연했지만 괴괴한 공장은 낯설었다. 그는 하늘을 올려다보았다. 볼 때마다 달의 형태가 달라진다는 사실을 전혀 몰랐던 것처럼 그 일은 싫증나지 않았다. 그는 달의 작용으로 일어나는 변화들에 대해 떠올려보려고 했다. 누가 그런 자신의 모습을 먼 데서 본다면 사람이 아니라 도마뱀이나 악어 같은 변온동물쯤으로 생각하지 않을까. 많은 시간을 아무 일도 하지 않는 것으로 보내는 동물들 말이다. 실제로 그 동물들은 그렇다고 생각하진 않겠지만.

그는 마당을 가로질러 칠이 벗겨진 붉은 철문을 밀었다. 삐걱거리며 어둠이 뒤로 밀려났다. 공장 밖으로 나가 그는 아버지가 보았던 것들을 보았다. 쌓여 있는 목재 더미, 건조실 외부를 뒤덮은 담쟁이덩굴, 간격이 잘 맞지 않는 오선지 같은 전깃줄들. 그는 경사진 골목 아래 기숙사로 내려갔다. 공장이 전성기이던 시절에 구내식당으로 쓰였던 곳이고 아직도 그 간판이 걸려 있었다. 성냥공장이 사양길로 접어들기 시작한 십여년 전부터 사람들이 떠났고 구내식당도 쓸모가 없어졌다. 아버지도 그때 떠났어야 했다. 그건 그의 생각이었다. 언제나 이해하기 어려운 일만 하는 사람이 아버지였다. 아버지는 쓸모가 없어진 구내식당의 의자와 테이블을 치우고 구들을 올리고 거기 들어가 살기 시작했다. 아버지에게 자신은 세상에 하나밖에 없는 아들이 아니라 성냥만도 못한 놈이라는 짐작이 그때 처음 든 게 아니라 다행이었다. 그 감정들이 J읍을 떠날 때 큰 도움이 되었으니까. 그 휑한 방을 아버지는 기숙사라고 불렀다. 최사장은 아버지 숙소에 소형 텔레비전 한대를 들여놓아주었다. 그리고 한 손으로 들기에도 무거운 공장 열쇠들도. 아버지가 궁극적으로 원한 것은 그 열쇠들이었을까? 무엇이었을까? 그는 도시로 가는 고속버스에서 그런 것들을 궁금해하고 있었다.

잠은 잘 오지 않았다. 이불과 베개에서는 아버지 냄새가 났다. 톱밥과 담배를 섞은 듯한 냄새였다. 아버지는 시간 지키는 것을 중요하게 여겼다. 공장 안에 '시간 엄수'나 '불 불 불, 불조심'이라는 주의 표시를 달아놓은 사람은 아버지였다. 그는 잠을 자야 했다. 출근시간은 오전 여덟시. 걸어서 칠십보밖에 안돼도 늦는 것은 좋지 않았다. 다시 J읍으로 돌아오다니, 그것도 이 성냥공장으로. 도시의 좁은 방에는 아직 내 이불과 읽지 못한 책들이 남아 있겠지. 울려도, 울리지 않아도 불안했던 전화벨 소리는. 집주인 할머니는 아직도 비 오는 날 새벽이면 공원에 가는 대신 맨발로 컴컴한 마루를 돌고 또 돌고 있을까. 마루에 간이벽을 치고 만든 쪽방이었고 장판도 그대로 연결돼 있었다. 방바닥에 모로 누워 있으면 그 장판을 통해서 발소리가 더 과장되게 들려왔다. 처음엔 벽돌 같은 데 대고 슥슥, 무딘 칼을 가는 소리같이 들렸고 그것이 굳은살 박인 발바닥이 장판을 쓸고 지나가는 소리라는 것을 알아차린 후에도 그가 느끼는 공포는 사라지지 않았다. 비 내리는 새벽이면 거구의 할머니가 맨발로 마루를 쓸어대듯 천천히 걸어다녔고 그는 귀를 틀어막으며 이불을 뒤집어쓰지 않을 수 없었다. 그럴 때마다 그 소리를 막아주는 망또를 정말로 만들었어야 했다고 떠올리곤 했다. 그리고 또 오토바이는? 신호도 무시해가며 아파트로, 골목의 집집으로 배달했던 납작한 봉투와 상자 속에 든 물건들은 뭐였을까? 검은 비닐봉지 속에 들어 있던 물컹거리는 건 뭐였지? 그는 끙 하고 돌아누웠다. 시외버스 터미널은 차를 타고 겨우 오분 거리였다. 걸어서 가면 십오분. 매표소 옆은 할인마트, 매표소 이층에는 병원과 택시회사, 매표소 여자 이름은 신마리아. 홑겹에 눈이 가느스름한 여자. 그는 잠꼬대를 하듯 어둠 속에서 이렇게 웅얼거렸다. 걸어서 십오분.

아침이면 많은 것이 달라졌다. 그는 이불을 개고 공장으로 갔다. 다시 떠나는 건 언제든지 할 수 있었다.

나무를 자르고 벗겨내고 말리고 두약(頭藥)을 바르고 상자에 넣는다. ……성냥 한 통을 만드는 일이 그게 다라면 좋았을 것이다. 그랬다면 아버지가 성냥 만드는 일에 평생 매달리진 않았을지도 모른다.

1공장에서 그는 펄펄 끓는 물통 옆에서 성냥 머리에 묻힐 황을 개고 있는 박씨를 물끄러미 바라보았다. 아버지가 하던 일이었다. 그가 J읍을 떠나기 전까지만 해도 박씨는 주로 나무를 말리고 자르고 각을 만들어주는 전조기와 미각기 같은 기계를 다뤘다. 황 배합은 아버지 같은 사람, 그러니까 최사장이 가장 신뢰하는 직원이 아니고는 맡기지 않는 일이었다. 아버지에게 질 좋은 성냥을 만들어낼 수 있는 최고의 황 배합 비율을 알려준 사람도 최사장이었다. 황 배합이 잘된 성냥은 발화력이 좋았고 무엇보다 습기에 강했다. 아버지가 만든 성냥은 염분이 많은 해풍 속에서 일하는 뱃사람들에게 특히 인기가 많았다.

주원료인 염소산가리 때문인지 역한 냄새가 진동했다. 그는 벽에 걸린 환풍기의 세기를 강으로 맞추고 회전시켰다. 옆에 걸린 때에 전 수건 한장이 펄럭거렸다.

한때는 백오십명이 넘게 일해도 손이 부족하던 공장이었다. 70년대 농한기에는 J읍 사람치고 공장 부업을 안해본 사람이 없을 정도였다. 대지가 팔천 제곱미터도 넘었다. 지금은 일곱명이 일하고 있다. 못 보던 사람도 있지만 일곱명 중 세명은 공장에서 근무한 지 족히 이십년은 되었다. 그래도 예전처럼 그에게 야, 야, 태오야, 같이 점심 먹자,라거나 퇴근 후에 뭘 할 거냐고 말을 붙여오는 사람은 없었다. 그가 곧 다시 떠날 거라고 생각하는 것 같았다. 공장 사람들이 보기에 그는 평생 키워준 홀아버지를 두고 어느날 온다 간다 말도 없이 도시로 떠나버린 자식이었고 그게 사실이 아니라고 말하기는 어려웠다. 그는 혼자 해성식당에 가서 점심을 해결하고는 했다. 아버지는 두번 사랑한 것 같지는 않았지만 아버지가 돌아가시고 나서 머리를 자른 사람은 J읍에서 해성식당 양씨 아주머니밖에 없었다.

장례를 치르고 나흘 뒤부터 그는 매일 아침 공장으로 출근했다. 누구도 먼저 그에게 일을 시키지는 않았다. 공장 안의 축열실과 철공부, 목곽부를 오가며 할 만한 일을 찾아다녔다. 최사장은 보고도 모른 척했다. 그는 화목용이나 버섯 재배용으로 재활용될 못 쓰는 나무나 톱밥을 쓸어 한데 모아놓고 두명의 중국인 아주머니 틈에 끼어 대갑부나 소갑부에서 갑에 성냥알을 넣는 수작업을 도왔다. 오십년 전 열일곱살의 아버지가 공장에 들어와 처음 한 일이었고 그는 자신이 이미 서른이 넘었다는 사실을 깨닫고는 깜짝깜짝 놀라곤 했다.

다섯시가 된 모양이었다. 까만색 구형 그랜저가 마당에 주차되어 있는 것을 보고 그는 마스크와 면장갑을 벗었다. 둘째아들인 최상무에게 공장을 맡긴 후에도 칠십이 넘은 최사장은 자동차를 몰고 퇴근시간쯤 공장으로 왔다. 아버지와 아저씨, 아니 최사장은 한가지 일을 오십년 넘게 해왔다는 데 남다른 자부심을 가지는 게 당연할지도 몰랐다. 그러나 아버지의 삶은 크게 달라지지 않았다. 허드렛일부터 시작해 공장 책임자가 되기까지 오십여년이 걸린 것을 두고 성공했다고 말할 수는 없다. 게다가 성냥의 전성기가 지난 것도 벌써 오래전이다.

80년대 후반쯤 일회용 라이터가 등장했고 집집마다 가스레인지가 보급되었다. 사람들은 더이상 곤로 같은 것을 쓰지 않게 되었고 통통배의 수동엔진도 자동식으로 교체되었다. 문 닫을 처지에 놓인 전국의 성냥공장들은 기계를 처분하고 값싼 중국산 성냥을 수입해오기 바빴다. 다방이나 모텔, 술집, 식당같이 판촉을 필요로 하는 데가 아니면 납품할 데도 눈에 띄게 줄어들었다. 어느 모로 보나 성냥의 시대는 끝났지만 아버지도 최사장도 그같은 변화를 받아들이기 어려워했다. 신념만으로는 버티기 어려운 많은 일들이 있었고 성냥을 만드는 일, 최고로 질 좋은 성냥을 만들겠다는 꿈이란 거기에 가장 먼저 속했을 것이다.

아버지의 관을 두 손바닥으로 문지르며 최사장은 울었다. 김반장이 만든 성냥이 최고였다, 니 성냥이 최고였다,라며 흐느꼈다. 관을 들어올리려는데 몸이 휘청거렸다. 성냥개비처럼 마른 아버지의 생이 담긴 관은 뜻밖에도 너무나 무거웠다.

여름 오후 다섯시는 아직 이른 시간이었다. 도시에서는 한번도 그 시간에 일을 마쳐본 적이 없었다. 오토바이를 타고 물건을 배달하러 다니는 일은 시간과의 싸움이지 시간을 누릴 수 있는 일은 아니었다. 그는 손을 씻고 나무의자에 앉아 퇴근하는 사람들을 지켜보았다. 그럴 마음은 없었다. 최사장을 기다리는 것도 아니었다. 바람이 불었고 옷과 머리카락, 그리고 콧구멍에까지 달라붙은 것 같은 먼지와 황 냄새가 사라지기를 기다렸다. 황 배합의 비율과 질 좋은 성냥을 만드는 방법이 꼼꼼히 적혀 있는 아버지 노트를 자꾸만 떠올리는 건 의미가 없었다. 앞장에 김소봉이라는 이름 대신 K라는 이니셜로 써놓은. 바람도 더이상 불어오지 않았다. 그는 자신이 의자에 앉아 있는 게 아니라고 생각했다. 미래는 닫힌 채 7월에 고여 있는 것 같았다.

사거리, 우체국 쪽으로 내려갔다. 퇴근 후에 아버지는 무엇을 했는지, 밤이 오기까지의 그 긴 시간을 혼자 어떻게 보냈는지 처음 생각했다. 이대로 내려가면 J읍에서 가장 오래된 상설시장이 나오고 시장 안에는 해성식당을 비롯해 아버지와 매일 다니다시피 한 식당들이 있었다. 아버지가 만들 수 있는 음식은 다섯가지를 넘지 않았고 두 사람이 같이 밥을 먹는다는 것은 시장에 가는 걸 뜻했다. 그는 아버지가 죽고 나서야 아버지를 자주 떠올리는 것, 그리고 이렇게 아버지가 지나던 길을 걷고 있는 것이 어쩔 수 없는 일이라고 여기고 싶었다. 그가 원하는 아버지는 아버지가 원하지 않는 아버지였고, 아버지가 원한 아들은 그가 될 수 없었던 아들이었다. 아버지와 아들이란 이런 관계다. 그는 침울해지는 것을 느꼈고 그것은 배고픔 때문일 거였다.

　어둠 속에서 그는 성냥을 하나 슷 그었다. 불꽃이 일었다. 하나, 둘, 셋, 넷, 다섯. 성냥을 쥐고 있는 엄지와 검지가 뜨거워질 때까지 움직이지 않았다. 채 열셋을 세기도 전에 소리 없이 불이 꺼져버렸다. 망할 아버지. 그는 중얼거리곤 도로 자리에 털썩 누웠다. 성냥 한 개비에 불이 붙어 있는 시간은 뭔가를 결정하기에 역시 터무니없이 짧기만 했다.

　장마를 앞둔 날씨는 뜨겁고 습했다. 공장의 낮은 담 밑으로 고양이들이 흰 배를 드러내놓고 누워 있었고 개들은 뼈가 든 음경을 세우고 동네를 어슬렁거렸다. 그는 그 개들과 날개가 찢어진 채 포장도로에서 퍼덕거리고 있는 여름 나비들과 비키니 수영복의 하의만 입은 채 무람없이 강가로 뛰어가는, 아직 가슴 발육이 안된 어린 여자애들을 피해 걸어다녔다. 젊은 사람은 대부분 떠나버리고 노인만 남은 동네에서 어린 여자애들은 어디서 무엇을 하든 표적처럼 금방 눈에 띄었다. 볕에 그을린 여자애들의 상체엔 희미하게 수영복 자국이 남아 있었다. 그는 타지 사람처럼 J읍을 걸어다녔다. 어디를 가든 활기차게 걷기는 어려웠지만 더 먼 데까지 나가는 날이 많아졌다. 공장이 쉬는 주말에는 할 일도 만날 사람도 없었다. 한번은 버스를 타고 연(蓮) 농사를 짓는다는 아버지의 사촌 집을 찾아간 적도 있었다. 연초록 커다란 연잎 위에 물방울이 맺혀 있다가 이따금 정적을 깨듯 또르르 잎 가장자리로 떨어져내리는 것을 우두커니 지켜보았다. 그는 연잎은 비를 맞아도 젖지 않는다는 사실을 기억해냈고 그 이유에 대해 궁금해하다 J읍으로 돌아오는 막차를 놓치지 않기 위해 서둘러 자리에서 일어났다. 낮에도 밝은 초신성 하나가 차창 밖을 따라오다 사라져버렸다.

버스 등받이에 머리를 기댄 채 그는 도시에서 보낸 날들이 그리 좋지 않은 것만은 아니었다고 떠올렸다. 아버지의 부음을 듣기 전날, 물건을 배달하러 간 마지막 집에서였다. 벨을 누르자 예닐곱쯤 돼 보이는 사내아이가 문을 열었다. 요즘은 그만한 아이들도 낯선 사람에게는 문을 열어주지 않곤 했다. 어른은 안 계시니? 부모님은 밤에만 돌아오세요. 그럼 집에 너 혼자뿐이냐? 매일 그런걸요, 뭐. 사내아이는 낯선 사람한텐 거짓말을 하는 법을 좀 배워야 할 것 같았다. 그는 현관 바닥에 무거운 상자 하나를 내려놓았다. 물 한잔 줄 수 있니, 목이 너무 마르구나. 아이는 안쪽으로 뛰어들어갔고 현관에는 그 혼자 서 있었다. 가슴이 쿵쿵 뛰는 것 같았다. 그는 모자를 눈썹 아래로 눌러썼다. 아이가 물잔을 내밀었다. 심심했는데 뜻밖의 즐거운 놀이를 하게 되었다는 듯한 표정이었다. 그는 터무니없이 넓어 보이는 집 안쪽과 아이의 얼굴을 번갈아 바라봤다. 왜요, 아저씨? 물 말고 주스도 있어요. 아니, 아니다. 그는 돌아서려고 했다. 아저씨. 아이가 그를 불러세웠다. 왜? 귀밑으로 땀이 흘렀다. 이거, 아저씨한테 드릴게요. 아이는 아까부터 손에 들고 있던 것을 앞으로 내밀었다. 이게, 뭐냐? 그는 더듬거리며 물었다. 행성이에요.

행성이라고? 얼결에 아이가 내민 것을 낚아채듯 받아쥐었다. 색칠한 야구공만한 크기의 스티로폼 공에 나무젓가락 하나가 손잡이처럼 끼워져 있었다. 차, 착하구나, 어른들 말씀 잘 들어라. 그는 손에 행성 하나를 든 채 아이의 집을 나왔다. 행성은 화성인지 금성인지 분간할 수 없었지만 제법 알록달록하고 한쪽이 오목한 게 화성을 닮은 것 같아 보였다. 아버지의 죽음을 알리는 최사장의 전화를 받고 짐을 꾸리다가 그는 두루마리 화장지 가운데 홈에 세워둔 그 스티로폼 행성을 얼마간 바라보았다.

양씨 아주머니가 만든 음식은 간이 점점 짜졌다. 배추전과 부추전까지. 그는 크게 잘라 한입에 넣은 배추전을 뱉지도 삼키지도 못하고 있었다. 아버지보다 서너살쯤 아래인 양씨 아주머니도 이제는 어머니뻘이 아니라 할머니처럼 보였고 실제로 그랬다. 식당에는 손님이 없었다. 시장도 활기를 잃어가기는 마찬가지였다. 그는 전을 꿀꺽 삼키곤 자리에서 일어나 냉장고에서 소주 한 병을 꺼냈다. 카운터에 앉아 텔레비전을 보고 있던 양씨 아주머니가 그를 흘긋 보더니 어쩐 일이냐? 하는 표정으로 주방 쪽으로 갔다. 저녁마다 소주를 한 병씩 마셨던 아버지와 달리 그는 술이라고는 입에 대지 않았고 그래야 한다고 오랫동안 생각해왔다.

식당 벽 한쪽엔 소주병 뚜껑들로 뒤덮인 커다란 발이 하나 걸려 있었다. 양씨 아주머니는 손님들이 시킨 술병 뚜껑들을 그 발에 끼워두었다. 수천개쯤 되는 초록색 병뚜껑이 걸린 발은 담쟁이덩굴 같았다. 형광등 아래 생긴 그늘 때문에 더 입체적으로 보이기도 했다. 식당 안으로 바람이 불어올라치면 서로 부딪쳐 진짜 담쟁이덩굴처럼 스스스 소리를 내고는 했다. 그는 두 손으로 병뚜껑을 비틀었다. 금속 뚜껑 끝을 잡아 늘이면 발에 끼우기 적당했고 고리처럼 단단하게 걸렸다. 그는 에어컨을 끄고 시장 골목으로 난 출입구 문을 열어두었다. 그러곤 다시 자리에서 일어나 병뚜껑을 발의 가장 아래쪽에 걸어두었다. 매번 아버지가 그랬듯. 천개, 혹은 이천개도 넘는 이 병뚜껑들 중 아버지가 마신 것은 얼마나 될까. 그는 소주 한 잔을 목으로 넘겼다.

질반 안 님겠나.

양씨 아주머니가 길쭉하게 썬 오이 접시를 탁자에 내려놓으며 무뚝뚝하게 말했다. 그는 피식 웃음이 나오려고 했다. 자신이 무엇이든 다 잘하다가 한가지 실수로 갑자기 총애를 잃어버린 소년같이 느껴졌다. 아버지와 가까웠던 사람들은 약속이나 한 듯 그에게 못마땅하게 굴기로 마음먹은 것 같았다. 최사장과 양씨 아주머니, 공장 사람들, 시장 사람들 모두. 그는 새로 술을 따랐다. 최사장과 양씨 아주머니. 이 둘은 아버지가 한번도 말해주지 않았던 그의 어머니라는 여자를 알고 있는 유일한 사람들이었다.

양씨 아주머니가 갖고 있는 아버지의 흔적은 저 병뚜껑들이 다일까? 그가 이 식당에 다니던 다섯살 때부터 봐온 양씨 아주머니 머리는 언제나 단정히 빗어 뒷머리를 단단히 틀어올려 고정시킨 모습이었다. 평생 한번도 그 머리를 풀어본 적이 없는 사람 같은. 짧게 잘라 파마를 한 모습은 낯설기만 했다. 사람은 조금씩 늙지 않고 일정한 나이가 되면 서너개씩 계단 아래로 굴러떨어지듯 급격히, 갑자기 늙어가는 것처럼 보였다. 최사장이나 양씨 아주머니, 그리고 아버지. 그의 옆에 있던 사람들은 모두. 장례식 이후 양씨 아주머니는 한순간에 늙어버린 모습이었다. 양씨 아주머니의 빗장 같아 보이던 머리를 풀어보고 냄새를 맡아본 남자는 아버지였을까. 그 머리카락에서도 기름내와 족발, 수육, 칼국수 냄새가 났을까. 못 이기는 척 그런 냄새로 가득한 저녁의 집을 상상해보지 않은 것은 아니었다. 무엇이 잘못된 것이었을까. 서로. 사랑 직전의 것들은 있었을 거라고 그는 떠올렸다. 누구에게나 그랬을 거라고. 수영을 할 줄 알았다면 좋았을 것이다. 저물어도 아직 날은 뜨거웠고 강이나 호수라면 가까운 곳에 있었으니까. 벽거울 쪽으로 고개를 돌려보았다. 그는 보고 싶었다. 남들에게 비치는 자신의 모습이 아니라 그가 보는 그의 모습을.

아줌마.

텔레비전에서 눈을 뗀 양씨 아주머니가 무덤덤한 눈으로 그를 봤다.

물어보고 싶은 게 있어요.

전 식으면 말해라. 다시 지져줄 테니까.

양씨 아주머니는 담배를 한대 입에 물고 성냥을 칙 그었다.

목구멍에 불이 붙는 것 같았다. 술에 취해 어디든 쓰러져 자고 싶었다. 집을 떠나기 얼마 전부터, 그는 술 취해 집 안 아무 데서나 쓰러져 웅크리고 잠든 아버지 몸을 발로 넘어다니곤 했다. 시시한

장애물처럼, 주둥이가 풀어진 허룩한 자루처럼.

잠든 아버지는 꼭 그렇게 보였다.

윤전기를 돌리는 날이었다. 다듬은 나뭇개비 머리에 파라핀을 먹이는 작업부터 한다. 최초로 성냥을 만든 사람은 고대 그리스인들이었지만 인을 묻히기 시작한 것은 중세시대 들어서부터였다. 황을 묻히기 전에 나뭇개비 머리에 먼저 파라핀을 먹이지 않으면 나무에 황이 잘 흡수되지 않았다. 이태리 포플러를 써야 하는 이유가 거기에 있었다. 나무가 너무 무르거나 상하면 파라핀을 흡수하지 못한다. 이 나무의 장점은 무르면서도 질기고 완전히 건조된 후에는 잘 부러진다는 것이다. 제때 잘 부러지는 것도 중요했다. 무르면서도 단단한 목질. 공장이 성시를 이루던 때, 그가 유년이던 시절만 해도 이태리 포플러는 신작로나 논둑 밭둑 어디든 지천으로 널려 있었다. 나무 심기를 장려하던 시절에 첫번째로 꼽히던 나무였다. 그때만 해도 삼사십년 후 그 나무가 고갈될 처지에 놓일 거라고 짐작하긴 어려웠을 것이다. 누구도 앞을 내다보지 못했다.

파라핀 솥에 불을 붙였다. 우물처럼 검고 깊이를 알 수 없는 사각형 솥이었다. 우물과 다른 게 있다면 그 안엔 차가운 물이 아니라 부글부글 끓는 파라핀이 들어 있다는 것이다. 어렸을 적부터 아버지가 그에게 가장 주의를 준 데가 파라핀 솥이 있는 2공장이었다. 쏟아지는 주문량을 맞추기에 바빴던 그 시절에는 날마다 솥에 불을 때야 했고 파라핀이라는 것은 그야말로 실수가 통하지 않는 위험물질이었다. 그가 보기에 성냥공장이 화약품 취급허가를 받아야 하는 이유는 폭탄을 만들 때도 필요한 염소산가리나 유황 때문이 아니라 바로 파라핀 때문인 것 같았다. 시멘트처럼 포대에 담긴 파라핀이 한쪽에 차곡차곡 쌓여 있다. 그것은 얼마든지 있었고, 원한다면 누구라도 솥에 불을 지필 수 있었다. 솥 안쪽에서 천천히, 몰아붙이듯 부글거리는 소리가 들릴 것이다. 그는 간밤에 수첩에 적어둔 몇개의 문구를 떠올리려고 했다. 성냥갑 옆면에 들어갈 문구를 찾아내는 것이 공장 업무 중에 그가 가장 실수 없이 해낼 수 있는 일일지도 몰랐다. 아버지가 성냥이나 나무에 대해 알려준 사실은 많아도 정작 성냥을 만드는 공정에 대해서는 가르쳐준 적이 없다는 게 새삼 떠올랐다. 솥이 달아오르려면 시간이 걸렸다. 그는 윗주머니에서 수첩을 꺼내들고 마당을 가로질러 사장실 쪽으로 갔다.

언젠가 아버지가 불의 종류에 대해 말해준 적이 있었다. 그때까지 그는 불이란 그냥 확 타오르는 붉고 뜨거운 것, 그리고 꺼지는 거라고만 여겼다. 아버지는 소리 없이 웃었고, 역시 뜻을 알 수 없는 웃음이었다.

세상에는 두 종류의 불이 있다.

어떤 불이요?

좋은 불과 나쁜 불.

그걸 어떻게 구별하는데요?

나쁜 불은 너울거린다. 사납고 공격적으로 보이지.

좋은 불은요?

고요해. 침착하고, 부드럽지.

그런 불이 정말 있어요?

좋은 불은 뜨겁고 나쁜 불은 차갑다.

세상에, 차가운 불이 어디 있어요.

거기서 아버지는 입을 다물어버렸던 것 같다. 아버지가 ‘사람을 살지 못하게 하는’ 같은 표현을 쓰고 싶었던 것은 아닐까라는 짐작이 든 건 그후였다. 아버지가 그가 이해할 수 없는 아버지가 되고 떠나버리고 싶은 아버지가 되었을 때. 아버지가 말했던 것은 불이 아니라 불꽃에 관한 것이었을까. 생각이 거기까지 미치면 성냥은 더이상 성냥이 아닌 것 같았다. 불은 이제 누구나 다, 어떤 방식으로든 만들어낼 수 있다. 아버지의 삶이 실패했다면 그 이유는 차가운 불이 아니라 고요한 꽃, 침착하고 바라볼수록 위로를 받게 되는 불꽃을 만들어내고 싶다는 불가능한 꿈을 버리지 못해서일 거라고 그는 단정했다.

이야기를 나누고 있던 최사장과 최상무가 문 앞에서 주춤거리는 그를 동시에 돌아봤다. 최사장은 책상 의자에 앉아 있고 최상무는 장식장 모서리에 몸을 기대고 서 있었다. 최상무가 소파에 앉아 있으라는 눈짓을 보냈다.

그는 들려오는 이야기를, 다 듣고 있었다. 성냥공장에 이제 비밀은 없는 것 같았다. 마치 아버지의 오래된 노트처럼. 최사장이 아버지에게만 알려준 황 배합의 황금비율도 더이상 소용없었다. 그걸 빼돌릴 데도, 옮겨갈 더 좋은 자리도 없었다. 아버지의 노트에 담긴 성냥에 관한 거의 모든 것들이 쓸모가 없었다. 그리고 그는 지금 최사장 부자가 나누는 대화가 자신이 듣고 싶어했던 것인지 아닌지 생각해야 했다. 최상무 말이 옳았다. 틀린 데가 없었다. 월급도 제때 못 주는 달이 많은데다 더이상의 적자를 감수하고 공장을 운영하긴 어렵다는. 사장은 딴 데를 바라보고 있었고 최상무 말에 고개를 끄덕이는 사람은 자신밖에 없었다. 언젠가 다시 성냥을 필요로 하는 시대가 올지도 모른다는 늙은 아저씨의 말은 누가 듣기에도 설득력이 떨어질 것이었다.

아버지는 성냥왕에 대해서도 말해주었다. 황과 인을 섞어 화학성냥을 만들어낸 사람은 17세기 프랑스 화학자였고 그후에 영국의 약사가 마찰성냥을 만들었지만 안전성에 문제가 있었다고 했다. 아버지가 인정하는 사람은 안전성과 발화성이 높은 안전성냥을 고안해낸 스웨덴의 룬드스트룀이었다. 그러나 그 스웨덴 사람이 고안해낸 성냥은 빠리에서 발명된 딱성냥이라고 불리던 화성성냥이 팔리기 시작하면서 빛을 보지 못했다. 딱성냥은 만드는 과정에서 발생하는 공해 문제로 여러 나라에서 제조가 금지되었다.

그러니까 룬드스트룀이 성냥의 왕인 거지.

아버지는 발음도 어려운 그 스웨덴 사람의 이름을 정확히 말했지만 사실인지 아닌지는 알 수 없었다. 자신이 지금 왜 그 성냥왕을 떠올리고 있는지도.

지난밤부터 늦장마가 시작되었다. 빗방울은 간헐적으로 떨어졌다. 아주 강한 초대형 태풍이 북상할 거라는 예보도 있었다. 재해가 닥치기 전 아버지가 그랬던 것처럼 머리맡에 성냥과 양초를 챙겨놔야 할까. 그는 쓴웃음을 지었다. 빗줄기는 대단한 것이 못되었다. 예보는 빗나갈 것 같았다. 그러나 최사장은 어제 그에게 목재 더미에 친 포장을 좀더 단단히 단속하라고 말했다. 그는 문득 최사장의 귀를 가만히 잡아당기곤, 아저씨 고맙습니다,라고 말하고 싶다고 생각했다. 비를 피해 나무에 포장을 치는 것. 그가 공장에 와서 최사장에게 받은 첫번째 지시였다. 사장 방에는 에어컨이 없었다. 공장을 세운 시절과 달라진 게 하나도 없었다. 정말 지독한 사람들이군. 아버지에게 한 말은 아니었다. 장식장에는 원목 하치장에서 찍은 공장 사람들의 흑백사진이 놓여 있을 터였다. 소가 끄는 배달 수레가 왼쪽에 있고 머리를 짧게 친 젊은 아버지는 쌓인 원목 위에 한 다리를 늘어뜨린 채 앉아 있었다. 1975년, 그가 태어나기 이전의 아버지 얼굴은 정말 낯선 사람 같았다. 즐겁고 생기가 넘쳐 보였다. 너무 더웠고 목이 탔다. 길이 4.2센티미터, 굵기는 채 2.5밀리미터도 안되는 보잘것없고 가느다란 나뭇개비. 세상에는 그런 일에 전 생애를 거는 사람도 있었다. 그는 자리에서 일어났다. 최상무와 사장은 그를 흘깃 보고는 그들의 이야기를 계속했다.

검은 양초 물은 부글부글 끓고 있었다. 그 솥의 바닥이 얼마나 깊은지 아는 사람은 아버지 말고는 아무도 없을 것 같았다.

성냥왕이라니. 그는 고개를 흔들어댔다. 사람들 앞에서 눈도 똑바로 못 뜨는 사람이 돼버린 건 다른 누구 때문이 아니었다. 그는 파라핀 솥 앞에서, 성냥을 하나 탁 켰다. 밖으로 밀어서 켰다. 불꽃이 사납게 일렁거렸다. 황에 죽은 짐승이나 새의 뼈를 갈아 넣기도 했었다. 성냥을 켤 때 사람들은 성냥을 밖으로 밀었다. 아버지는 안쪽으로 당겼다. 안쪽으로 당기면 질 나쁜 성냥은 적린이 몸으로 튄다. 사람들은 불을 필요로 했지만 불을 두려워했다. 그가 마지막으로 본, 성냥을 안쪽으로 당기는 사람은 아버지였다. 아버지는 불을 두려워하는 사람이 아니었다. 제때에 성냥을 켜고 끄는 사소한 일만으로도 한 사람의 삶은 크게 달라질 수 있다고 말한 사람도 아버지였다. 장례만 치르고 돌아갈 작정이었는데. 그는 다시 고개를 내둘렀다. 시외버스 터미널로 가야겠다고 생각했다. J읍을 거의 떠나본 적이 없는 아버지에게는 타지가 고통이었다. 성냥 밖의 모든 세계가. 하지만 그에게는 바로 여기가 그랬다. 지금 가자. 그는 혼자말했다. 걸어서 가고 싶었고, 오후 다섯시가 되자 그렇게 했다. 성냥개비를 뚝뚝 부러뜨리며 걸었다.

여름이 가는 속도는 항상 동일하지도 일정하지도 않았다. 그러나 그것은 결코 반복되지 않는 시간에 속했다. 장맛비 속에서 그는 자신이 기다리는 것에 대해 떠올리려고 했다. 비가 그치지 않는 것이, J읍의 기상관측 이래로 강수일수가 기록적으로 지속되고 있는 이 상태가 좋은지 그렇지 않은지 대답하기 어려웠다. 그는 규칙적으로 공장에 출근하고 해성식당에 가서 밥을 먹고 걷다가 지치면 시외버스 터미널 매표소 바로 앞 의자에 앉아 있곤 했다. 한번은 매표소 유리 창구 안쪽에서 표를 내주던 신마리아가 말을 걸어온 적이 있었다. 그녀는 그에게 왜 타지도 않을 버스표를 자꾸 사가는 거냐고, 머뭇거리며 물었다.

　아래 지방에서는 폭염이 시작되었으며 아주 강한 초대형 태풍은 남동쪽으로 진로를 바꾸었다는 소식이 들렸다. 그는 몹시 실망스러운 기분이 들었다. 다른 때라면 몰라도 지금 그래서는 안되는 것처럼 느껴졌다. 어떤 뜻밖의 일, 가슴을 쓸어내리게 하고 두렵게 만들고 피난처를 찾아야 하는 그런 일. 폭우에 제방이 무너지거나 과수원에서 토사가 휩쓸려나가거나 수로가 막혀 물이 역류되거나 집들이 파손되고 누군가 매몰되거나 실종되는 일들. 그런 일을 지켜볼 때마다 여름의 절정을, 가장 위험한 순간을 무사히 지나간다고 위안받을 수 있었다. 그런 일은 생기지 않았다. 다만 비가 내릴 뿐이었다. 거세지도 약하지도 않게, 그러나 쉬지 않고 몇날 며칠 비는 내렸다. 포플러 나무에도 톱밥에도 이불에도 아버지 노트에도 습기가 배었고 모든 것이 소리 없이 눅눅해지고 부풀었다. 그는 자주 성냥을 켰다. 불을 보면 생각이 많아졌다. 여느 때의 잡념과는 다른 데가 있기도 했다. 성냥을 켤 때마다 점화력이 좋지 않은 데 신경이 쓰였고 불의 밝기와 흔들림이 눈에 들어왔다. 성냥이 저절로 꺼지기도 전에 황급히 손을 흔들어 불을 꺼버리곤 했다. 그를 여기에 붙잡아두려는 것이 그 주황색 작은 불꽃처럼 여겨지는 순간이 많았으니까. 불에서는 흙냄새가 났다. 짐승의 골분이 아니라 지금은 규조토를 황에 배합하고 있으며, 규조토의 양을 조절하는 것이 처음에는 쉽지 않았다고 노트에 적혀 있었다. 밤이면 그는 베개를 가슴에 댄 채 쥐며느리가 지나다니는 방바닥에 엎드려 아버지의 노트를 읽었다. 열하루 동안 눅눅해지지 않는 유일한 것은 아버지가 만든 성냥밖에 없었다.

열이틀째 되던 날, 동네 사과밭의 사과들이 터지기 시작했다. 장맛비로 수분을 지나치게 흡수해 압력을 이기지 못한 탓이었다. 사과들이 쩍쩍 갈라졌다. 금이 간 사과는 불그죽죽한 작은 폭탄처럼 보였다. 그는 이것이 올 여름에 일어난 가장 극적인 사건이라는 걸 깨닫기 위해 떨어진 사과 한알을 손바닥에 오래 올려두고 서 있었다.

7월 마지막 주 월요일 아침이었다. 그는 세수를 하고 물 한 잔을 마신 후 기숙사 밖으로 나갔다. 출근을 하기에는 이른 시간이었다. 덮개 속의 목재들은 속까지 젖어 있을 거였다. 다시 나무를 말리고 자르고 건조실로 보내기까지 얼마나 걸릴지 가늠할 수 없었다. 공장 뒷문을 열었다. 마당으로 들어가 십 미터쯤, 정면으로 보이는 곳이 대갑부, 소갑부가 속한 3공장이었다. 그는 마당에 선 채로 3공장 입구를 올려다보았다. 컴컴한 출입구 위에 오래된, 이제는 희미해져 아는 사람들만 알아볼 수 있는 주의 표시가 걸려 있었다. 귀마개 착용, 주의 요망. 그리고 느낌표가 두개나 붙어 있었다. 아버지 필체였다.

성냥공장이 전성기였던 시절에는 하루 종일 공장의 모든 기계를 가동시켜야 했다. 성냥이 많이 팔려나갈수록, 주문이 많이 들어올수록 아버지가 공장에서 해야 할 일도 쏟아졌다. 학교가 파하면 그는 공장으로 와 놀았다. 마당은 넓었고 그때는 친구들도 있었고 무엇보다 늘 아버지 곁에 있을 수 있었다. 그러나 공장 안으로 들어서면 귀를 찢어대는 듯한 소음 때문에 두 손으로 귀를 틀어막아야 했다. 아버지가 이토록 시끄러운 데서 일을 해야 하다니. 그는 아버지와 소리치면서 이야기하곤 했다. 아버지, 이러다가 귀먹겠어요! 괜찮다, 괜찮아. 누런 작업복을 입은 젊은 아버지가 성냥을 만들면서 웃었다. 아버지, 내가 어른이 되면 요술 망또를 만들어드릴게요. 소년은 호기롭게 말했다. 뭐에 쓰려고? 이렇게 시끄러운 곳에서 쓰는 망또요, 옆의 소리가 안 들리는 망또요. 아홉살 때부터 집안 살림을 도와야 했던 아버지, 한번도 소년의 시절이 없었던 아버지가 또 크게 웃었다. 우리 아들이 최고다. 진짜예요, 제가 이런 소리를 막을 수 있는 망또를 발명할게요. 그래, 그래. 기다리세요, 네? 아버지. 소년은 벽에 아무렇게나 걸려 있는 수건 한장을 껑충 뛰어 낚아챘다. 그러곤 그걸 망또처럼 어깨에 휙 둘렀다. 이렇게요. 그래, 그래. 귀마개 같은 걸로는 어림도 없어요, 제가 커다랗고 투명한 망또를 만들어드릴게요. 그걸 정적 망또라고 부르면 좋겠어요. 정적, 정적 망또라, 우리 아들은 커서 시인이 되도 좋겠다. 시인이 뭐예요 아버지, 저는 저 시끄러운 소음을 막을 수 있는 망또를 만드는 사람이 될 거라니까요. 그래, 우리 아들, 어디, 어디 한번 안아보자!

땀 냄새가 풍기는 아버지가 토시 낀 두 팔을 벌린 채 소년을 향해 다가왔고 소년은 나 잡아보세요, 하면서 공장 마당으로 뛰어나갔다. 저놈 잡아라. 아버지는 두 손으로 어홍, 호랑이 흉내를 내며 소년을 향해 큰 걸음으로 달려왔고 성냥공장 창립 15주년 기념 타월을 보자기처럼 어깨에 두른 소년은 캥거루같이 마당을 뛰어다니며 나 잡아보세요, 웃음을 터뜨렸다. 그때 그 젊은 아버지와 소년 사이에 다른 것은 없었다. 서로 더 많이 원하지도 않았고 자신에게 없는 것을 바라지도 않았다. 앞으로 서로가 서로에게 실망하고 불편해하고 경계하다 서서히, 서로 비슷한 힘으로 서로를 밀어내게 될 거라고는 전혀 알지 못하던 시절이었다. 그래서 아버지와 소년은 공장 마당이 울리도록 뛰어다니고 큰 소리로 웃을 수 있었다. 작은 돛처럼 수건이 부풀어올랐다.

그는 고개를 떨어뜨렸다. 행복의 순간도 슬픔과 비슷한 데가 있다는 게 이상했다. 믿고 싶지도 않았다. 그러나 그것은 천장의 얼룩처럼 차츰 번지며 짙어져갔다.

비가 그쳤고 구름 뒤에서 곧 해가 떠오를 것 같았다. 부지런한 공장 사람들도 하나둘씩 출근할 시간이 가까웠다. 소음을 차단해줄 수 있는 정적 망또. 그는 그것에 대해 조금은 알고 있었다. 어느 나라에선가 실제로 그걸 만들고 있는 과학자가 있다는 사실도. 망또의 원리는 개울물이 바위 주변을 돌아가는 것과 흡사하다고 했다. 이해하기 힘들었지만 그는 그 원리를 기억하고 있었고 잊을 수 없었다. 네가 만약 시인이 된다면 네 시를 성냥통에 새겨넣어주마.

젊은 아버지는 의기양양하게 말했다. 와! 그는 큰 소리로 외쳤다. 자신의 시가 새겨진 사각 성냥통이 전국 각지의 다방과 숙박업소와 식당과 부둣가로 팔려나가는 것을 상상해보았다. 그 성냥을 실은 배가 먼 바다로 항해하는 것도. 그렇게 되지 못한 것이 다행인지 아닌지 알 수 없었다. 이제 그가 읽는 건 아버지의 노트였고 어젯밤 그가 외운 것은 황 배합을 위한 황금비율이었다. 성냥 머리가 쉽게 부서지지 않는, 불꽃이 너울거리지 않는, 습기에도 강한 그런 최고의 성냥을 위한. 다 외우고 나서 그는 노트를 덮었다.

별은 농심원을 그리며 지구 주위를 돌고 개울물은 바위 주변을 돌며 흐르고 연잎은 표면에 빗물을 밀어내는 미세돌기를 스스로 만들며 커간다. 세상에는 여전히 그가 이해할 수 없는 질서가 숨어 있는 것 같았다. 성냥왕 K. 아버지는 성냥왕이었다. 햇살이 번져들고 있었다. 공장 안은 아직 어두컴컴했고 귀마개가 필요할 만큼 많이 만들어내야 할 성냥도 없었지만 그는 그쪽으로 걸어들어가야 할 것 같았다. 갑자기 햇빛을 받으면 눈이 아플지도 몰랐다. 어둠이 아니라 그늘 속으로 그는 똑바로 걸어갔다. 그가 그를 지켜보는 것 같았다. 그가 자신의 길을 걸어가는 것처럼 보였으면 좋겠다고 생각했다.

미니멀리즘 서사의 파동 · 백지연

1. '나의 방', 글쓰기의 기원과 중력

조경란의 소설에서 집과 가족의 이야기가 고백적 서사의 간곡함을 띠고 구체화되기 시작한 것은 '봉천동'이라는 지명이 등장하면서부터이다. 봉천동 이야기는 감각적인 이미지들의 섬세한 나열과 개인 내면의 응시를 출발점으로 한 조경란의 소설 여정에서 중요한 분기점을 이룬다. 서울 변두리 달동네의 고단한 삶을 담은 봉천동의 옥탑방은 주인공에게 문학과 글쓰기의 체험을 가능하게 한 상징적인 장소이다. 부조리한 외부의 세계와 쉽게 타협하지 않으려는 존재의 내면적인 고투가 발견한 실존적인 장소가 바로 봉천동인 셈이다.

「나는 봉천동에 산다」(『국자 이야기』, 문학동네 2004)에서 흘러나온 바 있는 서울시와 봉천동의 역사는 이번 소설집에 실린 「봉천동의 유령」에서 다시 한번 환기된다. 주인공은 아버지가 손수 지은 집의 옥탑방에서 처음으로 자기만의 창작 공간을 마련하고 '하이그로시 식탁'을 책상 삼아 소설 쓰기를 시작했다. 가족과 결부된 일상에서 자유롭기를 갈망해온 주인공은 새로운 작업실을 마련하지만 그곳은 집 대문에서 불과 '아홉 걸음' 떨어진 곳이다. 공간을 이동했는데도 쉽게 주인공을 떠나지 않는 가족들의 삶은 생생한 '소리'들로 귓가에 들려온다. 절실하게 찾아 헤매던 독자적인 공간은 그 어디에도 없는 것처럼 보인다. 봉천동의 집에 스며들어 있는 꿈과 기억은 보이지 않는 유령처럼 주인공의 내면에 깊숙이 스며들어 자리잡고 있다.

집을 떠나고자 갈망하던 주인공의 마음을 알아채기라도 한 듯이 봉천동은 도시개발의 역사 속에서 '중앙동'이라는 이름으로 바뀌게 된다. 가족들의 고단한 생애가 담겨 있는 "서울시 관악구 봉천 10동 41-762 4통 2반"(102면)이라는 주소는 수많은 기억들을 뒤로한 채 현실의 기록에서 삭제된다. 주소의 사라짐이라는 상징적인 사건으로 환기되는 '한 시절과의 작별'이란 구체적으로 무엇을 의미하는 것일까. 모두들 떠나고 싶어하는 집, 쇠락하고 허물어져서 이제는 주소지에서도 삭제되어 한 시대를 마감하게 된 집, 그것은 "서정시대가 끝났다는"(100면) 징표로 다가온다. 낡아서 삐걱거리는 집, 느슨해져가는 가족들의 관계, 가까운 사람이 앓고 있는 깊은 병, 자기만의 공간을 만들기 위해 애쓰는 주인공의 분투가 어우러진 이 소설은 결국 현재의 삶과 대결할 수밖에 없는 글쓰기의 운명을 자각하게 한다.

봉천동이라는 지명이 사라지고 한때 주인공이 글을 쓰고 가족이 함께 밥을 먹었던 하이그로시 식탁은 누군가의 재활용을 기다리며 골목으로 옮겨진다. 식탁에 담겨 있던 꿈과 기억은 '서정적인 시기'를 마감하고 새로운 공간, 새로운 사람을 만나 사라진다. 거실 창을 통해 골목에서 비를 맞고 있는 식탁을 내다보는 주인공의 모습은 인상적인 씰루엣으로 다가온다. 이 장면은 조경란의 소설이 출발했던 고립된 개인의 내면세계, 자기만의 방의 실체가 무엇인가에 대한 물음을 다시 환기한다. "죽음에 관해 처음 생각했던 곳. 두려워했던 곳"으로서의 "나의 방"(95면)은 글쓰기의 주체가 자기를 증명하고 세계로 나아가기 위한 기원을 상징하는 공간이었다. 이제 그 공간은 현재적 삶 속에서 새로운 의미를 마련하지 않으면 안된다.

"나는 죽음만 생각하는 것은 아니다. 삶에 대해서도 생각한다. 단 하루도 생각하지 않은 적이 없다. 날마다 아홉 걸음 걷는다. 가깝지만 비가 오면 비를 맞아야 하고 눈이 오면 눈을 맞는다"(102면)라는 담담한 고백 속에는 삶으로 스며드는 문학의 의미에 대한 깊은 고민이 담겨 있다. 여기에는 개인주의의 미학과 감각적인 기호들의 세례 속에서 출발했던 세대가 자신의 문학세계를 어떻게 확장하고 심화할 수 있는가에 대한 오랜 고민 또한 드러나 있다. 봉천동의 기억과 체험은 불안하고 강박적인 글쓰기의 삶을 위무하는 든든한 지반인 동시에 조경란의 소설이 모색하는 자아의 탐구를 심화하는 전환점인 것이다.

2. 기억을 품은 사물과 공간

이번 소설집에서 단연 돋보이는 것은 간결해진 서사와, 기억의 응축된 상징들이다. 심미적 체험을 함축적인 문장으로 아름답게 포착하는 산문적인 특성은 이전의 조경란 소설에서도 드러나는 것이지만, 최근 소설들에서는 일상적 소재를 통한 공백과 응축의 미학이 유독 두드러져 보인다. 줄거리로 쉽게 흡수되지 않는 돌발적이고도 우연한 시적 이미지들을 자주 드러냈던 조경란의 소설을 돌이켜보면, 최근 소설들이 일관되게 유지하고 있는 가지런한 서사의 배열과 공간의 섬세한 조형은 주목해서 볼 필요가 있다.

'봉천동'으로 대변되는 가족과 집에 대한 공간적 탐색은 「봉천동의 유령」 「옥수수빵 구워줄까」 「일요일의 철학」 「파종」에서 일상의 섬세한 묘사를 통해 나타난다. 주인공의 내면적인 고백과 맞물려 서술되는 이 계열의 작품들은 집에서 떠나고 돌아오는 과정을 통하여 가족의 지나간 시절을 섬세하게 반추한다. 인물의 연대기를 들여다보는 객관적인 관찰자의 시선이 두드러지는 작품으로는 「성냥의 시대」와 「밤을 기다리는 사람에게」를 들 수 있다. 두 소설에 각각 등장하는 J읍과 제주도는 관찰자적인 시선으로 드러나는 인물들 간의 관계를 강조한다. 이에 비해 「학습의 生」과 「단념」에 등장하는 집의 공간은 단절과 고립을 상징하는 외딴 곳으로 강조된다.

공간의 여로에 압축된 지난 시절의 기억과 꿈은 삶의 본질을 규명하려는 존재적 탐색이라는 일관된 주제를 표방하고 있다. 우선 흥미롭게 보이는 작품은 「성냥의 시대」와 「밤을 기다리는 사람에게」이다. 두 작품의 공간적인 이동은 출생의 트라우마를 극복하고 '아버지'의 존재를 성찰하는 문제와 결부되어 진행된다. 특히 「성냥의 시대」는 인물의 일대기를 중심에 두고 있다는 점에서 눈길을 끈다. 이미지의 과잉이나 일탈적 에피소드가 거의 나타나지 않는 이 소설은 아버지의 생을 바라보는 아들의 '시선의 거리'를 지속적으로 강조한다. 그간 조경란의 소설에서 떨치기 어려운 애증과 강박의 대상으로 형상화되곤 했던 아버지의 인물형과 견준다면 이 작품의 아버지는 연민과 이해를 요구하는 객관적인 해석의 대상으로 형상화되어 있다.

이 작품에서 주인공이 구체적으로 아버지와 어떤 갈등을 일으켰는지, 어떤 결정적인 이유로 집을 떠나게 되었는지의 인과관계는 구체적인 사건으로 설명되지 않는다. 주인공에게 상처로 다가왔을 어머니의 부재 역시 은연중에 암시될 따름이다. 과거의 기억들은 아버지의 흔적이 남아 있는 공간과 사물 속에서 되살아난다. 평생 성냥을 만드는 일에 자부심을 가졌던 아버지가 숨을 거둔 후에야 J읍의 성냥공장으로 찾아온 아들은 아버지의 손길이 닿은 공간과 사물을 통해 옛 시절을 돌이켜본다. 공장에서 심장마비로 숨을 거둔 아버지는 '톱밥과 담배를 섞은 듯한 냄새'로 주인공에게 현현한다. 성냥공장이라는 공간에서 이루어지는 이러한 상상력의 향연 속에서 '기억하는 인간'의 미학적인 애도 행위는 극대화된다. 그는 성냥에 불을 붙이는 것처럼 기억의 촛대에 추억의 사물들을 하나씩 점화한다. 아버지의 노트를 읽고, 아버지와 인연을 맺은 사람들을 만나고, 아버지가 술을 마셨던 흔적들을 찾는 고독한 연기의 행위 뒤에는 어머니에 대한 그리움과 아버지의 기대를 충족시키지 못했던 아쉬움과 회한이 서려 있다.

한때 아버지와 아들이 상상했던 가장 행복한 미래는 아들의 시를 아버지가 만든 성냥통에 새겨 세계에 퍼뜨리는 것이었다. 그러나 이제 아버지는 기억의 어둠 속으로 사라지고 괴괴한 성냥공장만이 남아 있다. "누구든 성냥을 하나 켜고 있을 때는 그렇게 보인다. 그러나 그건 너무나 짧은 순간이다."(226면) 한 존재가 자신의 전부를 바쳐 집중하는 순간, 그것은 그 누구에게도 잊히지 않는 영원한 기억이다. 한 인물의 고독한 삶을 가로질러 이 소설이 발견하려는 것은 누구에게도 온전히 이해받을 수 없는 고유한 개인 내면의 기억이다. 아버지의 삶을 추모하는 주인공의 행위는 성냥을 켜는 스스로의 삶에 대한 규명으로 돌아온다. 귀향과 애도를 거쳐 확인하는 것은 자기 삶의 존재방식과 가능성에 대한 솔직한 탐문인 것이다.

「밤을 기다리는 사람에게」에서도 출생의 비밀과 아버지의 존재
는 등장인물들을 강박하는 조건으로 놓여 있다. 인물들이 집으로
돌아오는 과정은 이러한 강박과 의문을 풀어나가는 애도와 치유의
여정이기도 하다. 일본과 제주도, P시를 오가는 인물들의 여정은
죽음의 공포와 우울, 고통스러운 폭력의 상처로 얼룩진 과거를 힘
겹게 복구하고 살아내는 과정이었다. 이들에게 가족은 상처의 깊
은 뿌리와도 같다. 종교에 심취해 가족을 등한시했던 아버지의 기
억에 괴로웠던 미호는 우울과 불안을 품은 남편을 이해하려고 애
쓰지만, 이들의 거리는 완전히 좁혀지지 않는다. 태어나자마자 버
려진 자식이라는 사실에서 평생 자유롭지 못했던 남편 진교가 자
살 비슷한 사건으로 세상을 떠나고 주인공 미호는 심근경색으로
입원한 시아버지를 바라보며 자신의 삶을 회상한다. 소설의 사건
은 진교와 아버지의 관계를 들여다보는 것으로 시작하지만, 이 치
유와 애도는 미호 자신이 그토록 부정하고 떠나고 싶어했던 고향
인 일본으로 다시 돌아가게 되는 과정으로 모아진다. "아버지가 보
지 못한, 아버지가 모르는 진교 씨 이야기를 들려드리기 위해" 미
호가 쓰기 시작한 편지는 "결국은 제 이야기만 하게 된"(195면) 내
밀한 고백으로 귀결된다. 진교의 죽음으로 깊은 상처를 받은 아버
지와 미호 자신을 향한 이 편지는 "작고 응축된 어떤 덩어리로 제
몸 어딘가에 웅크리고 있다가 울컥, 토해져나오는"(194면) 기억들
을 섬세하게 풀어내면서 새로운 출구를 모색한다. 사랑하는 이의
죽음이 남긴 허무와 슬픔 속에서 그녀가 발견한 것은 "서툴게, 꼭

가운데가 아니라도 살을 쏘아 닿는 곳이면 어디나 명중일지 모른다는 의외의 확신"인 동시에 "제가 믿고 저를 이끄는 것을 다시 한번 따라가볼까"(196면)라는 결심이다. 자신을 흔드는 고통과 슬픔을 묵묵히 통과하여 생의 의지를 다시 한번 세워보려는 미호의 안간힘 속에는 작가가 믿고 있는 삶의 순수한 의지가 드러난다. "밤은 지나가고, 어떤 일이 있어도 아침이 올 거라는 사실만큼은 단념한 적 없었으니까"(「단념」130면)라는 다짐에서도 볼 수 있듯이, 비관적인 고립의 상황에 맞서는 '생의 의지'야말로 조경란의 소설이 지속적으로 형상화해온 주제라고 할 수 있다.

3. 밀고 당기는 힘, 존재들의 기투

세상에 던져진 존재로서의 비관적인 운명에 맞서 삶의 의지를 세우는 인물들의 주체적인 기획은 「학습의 生」에서 전면화된다. 이 소설에서도 소통에 대한 절망감은 체념에 가까운 부부관계의 문제로 암시된다. 가족관계에 대한 비관적인 상상력은 조경란의 소설들에서 늘 심화된 상징으로 가라앉아 있다가 어느 순간 슬그머니 모습을 드러내곤 한다. 가령 「옥수수빵 구워줄까」에서 가족 내부에 도사리고 있던 깊은 균열과 갈등은 오븐에 머리를 들이밀고 있는 어머니를 우연히 발견하는 장면으로 등장한다. 어머니와 딸이 더이상의 물음도 설명도 덧붙이지 않는 이 기묘한 장면은 세밀한 묘사 못지않은 강도의 울림으로 다가온다. 「봉천동의 유령」에서도 허물어져가는 위태로운 집과 가족의 상징은 층간소음을 항의하는 낯선 남자의 거친 모습으로 대신된다.

「학습의 生」이 주목되는 것은 소통의 단절이 가져오는 고통을 직시하고 이것을 돌파하려는 주체의 동적인 에너지를 한껏 확장시켰다는 점에 있다. 회복되기 힘든 면역질환에 시달리는 한 여성이 산속의 외딴집으로 이사 온다. 이혼과 퇴직을 결심하고 단절된 공간에 스스로를 가두어 새로운 삶을 시작하고자 하는 그녀의 집에 한 소년이 찾아오면서 기묘한 공존판세가 시작된다. 아버지의 폭력에 시달리고 자신의 꿈을 어느 순간 접어야 했던 소년은 마당이 있는 그녀의 집에서 투포환 선수의 꿈을 상기한다. 소년의 공 던지기를 보면서 주인공 역시 자신의 내부에 잠겨 있던 생의 의지와 감각을 끌어낸다. 쇠공을 던지고 줍는 반복적인 동선에 함축된 '밀고 당기는' 관계의 형상화는 "그 어린것도 사내"(59면)라는 동네 사람들의 수군거림으로 위기를 겪는다. 아는 사람이 없는 곳에 고립되고 싶었던 주인공은 무중력 공간 같았던 산속의 집이 '암흑'도 '사차원'도 아닌 그저 삶임을 깨닫는다. "나는 단지 내 몸을 적으로 알고 나를 공격하는 병을 견디기 위해서가 아니라 이 허기 때문에라도 밥과 찬을 먹어야"(72면) 한다는 깨달음 속에 마당의 쇠공 던지는 소리가 새롭게 들려오기 시작한다.

아이가 멀리 더 멀리 밀어내는 공, 그 호를 그리며 날아가는

공을. 정지된 내 생명을 먼 데로 밀어내는 것 같은 힘. 공이 지면
에 쿵, 부딪칠 때마다 내 몸이 흔들리는 것 같았다. 나를 에워싸
고 있는 이 깊고 과묵한 시간과 어둠이 조금씩 뒤로 밀려났다.
나는 반듯하게 돌아누워 그 울림이 전하는 말에 귀 기울였다. 내
가 사는 곳은 암흑도 사차원의 상태도 아니다. 이곳은 저 쇠공이
밀어내는 강한 힘으로 허공을 꿰뚫고 지나가는 세계다. 나는 보
지 않고서도 쇠공을 던지고 줍고 다시 던지는 아이를 본다. 그
공이 날아가는 궤적도. 그것은 마치 내 힘의 크기 같아 보인다.
내가 보는 것이 현재다,라고 나는 말하고 싶다.(72~73면)

내부와 외부의 경계를 상징하는 '마당'의 공간은 정적인 것과 동
적인 것, 여성과 남성, 늙음과 젊음, 관계와 단절의 대립을 허물면
서 삶의 동력을 근원적인 면에서 돌아보게 한다. 어느 순간이든지
처음부터 다시 배워야 하는 '학습의 생'으로서의 인생은 소년과 여
성이 시작하는 우정과 공감의 관계에서 새롭게 확인된다. 그것은
결국 자발적인 생의 의지라는 조경란 소설의 지속적인 주제와 연
결된다.

이 소설에서 쇠공을 던지면서 체감하는 육체의 생생한 감각은
「일요일의 철학」의 마지막 장면과도 연결된다. "낯설고 새로운 곳.
가능한 한 집에서 멀리 떨어진 곳"(138면)을 갈망했던 주인공은 정
작 그 공간에서 뚜렷한 좌표를 찾지 못한다. 이따금 만나는 술집
바텐더인 '원숭이 남자'는 이곳에서 무엇을 하느냐고 묻지만 주인

공은 선뜻 대답하지 못한다. 집을 떠나고 싶어했지만 다시 돌아올 수밖에 없는 반복의 여정에서 주인공이 발견하는 것은 육체로 감지되는 삶의 에너지이다. 주방에서 더듬거리며 연습했던 인라인스케이트를 타기 위해 거리로 나서는 주인공의 모습은 자기 찾기의 필사적인 여정을 보여준다. "속도가 붙었고 나는 다시 앞을 내다보는 수밖에 없었다"(165면)라는 소설의 마지막 문장은 생이 품고 있는 역동적인 에너지를 강렬하게 환기한다. 단절의 벽을 뚫고 새로운 생의 에너지를 충전하려는 이 간곡한 시도는 소설의 '삶 되기'를 시도하는 질실한 몸짓으로 다가온다.

4. 미니멀리즘 서사의 파동

무중력 공간에 스스로를 던짐으로써 생의 강렬한 의지를 일깨우는 긴 여정의 중심부에 「파종」이 놓여 있다. 이 작품의 간결하고 견고한 서사는 가장 적게 표현하는 것이 가장 많은 것을 함축한다는 미니멀리즘 서사의 명제를 떠올리게 한다. 소설에서 구현된 서사의 여백은 '낯설게 하기'나 해석 불가능성을 의도하는 방향으로 나아가지 않는다. 이야기의 극적 전개를 의도적으로 가라앉힌 이 고요하고 정결한 세계는 사소한 일상 풍경 속에 가장 깊고 센 에너지를 실어나른다. 「파종」이 보여주는 일상성의 심화된 통찰은 근래 한국 단편소설이 보여준 가장 깊고 아름다운 세계라고 할 만하다.

소설은 주인공이 도쿄에 살고 있는 동생 집을 아버지와 함께 방문하면서 시작된다. 팔을 다쳐 집안일을 하지 못하는 동생을 돕기 위해 오랜만에 한 공간에서 일상을 함께하게 된 가족들은 자연스럽게 과거의 상처와 마주하게 된다. 이 소설이 자연스럽게 포착하는 것은 함께 있어도 해소되지 않는, 각자가 감당하는 세계의 우울이다. "경비나 청소부로도 써주지 않을 나이에 친형제처럼 가깝게 지내던 숙부에게 사기를 당한"(24면) 아버지의 우울과 주사는 가족들에게 깊은 상처를 안겨주었다. 주인공을 감싸고 있는 우울은 소설의 후반부에 짤막하게 등장하는 것처럼 사고로 남편과 아이를 잃은 비극적인 사건에서 비롯되었다. "한번 떠났다가 다시 들어와 살게 된 부모의 집은 이제는 떠나는 것이 영원히 어려운 일처럼 느껴집니다"(13면)라는 나지막한 고백은 "같은 집에 살고 있어도 우리는 각자 다른 세상에 살고 있으니까요"(같은 곳)라는 담담한 응시와 이어진다.

소설은 과거의 상흔을 간직한 식구들이 낯선 이국의 공간에 모이면서 각자의 내면에 자리한 삶의 충동과 갈등을 마주하는 순간들을 묘사해간다. 사돈 식구와 술을 마시고 주정하는 아버지 때문에 자매간에 싸움이 벌어질 뻔하기도 하고, 이석증으로 쓰러진 아버지 때문에 모두 근심에 휩싸이기도 한다. "찌를 때마다 좀더 오래, 몸속 깊이 서로의 송곳니를 작살처럼 쑤셔넣"(10면)는 조마조마한 순간들은 현재의 일상에도 여전히 존재한다. 이 작품이 흥미로운 것은 이러한 상처의 환부를 상기하면서도 가족들이 자기의 삶에서 조금씩 미끄러져나와 다른 존재와의 관계를 도모하는 지점들을 섬세하게 그려나가고 있다는 점이다. 서울의 집을 떠나온 아버지와 주인공은 낯선 도시에서 환기되는 감각의 자극에 자신을 조금씩 열어놓기 시작한다. 그것은 새로운 자기 발견의 기쁨인 동시에 그동안 잊고 있던 사물과 풍경에 대한 관심으로 드러난다.

"이따금 깊은 새벽에 불 꺼진 식탁에서 깨어날 때도 있습니다. 텔레비전은 지지직거리며 켜져 있고 저녁에 구워 먹은 비릿한 고등어 냄새가 희미하게 나고 공룡이나 로봇 같은 아이들 장난감이나 시계 같은 사물들이 거리낌 없이 움직이고 있다가 삽자기 넘순 듯한 공기의 흐름이 느껴지고는 하지요"(19면)라는 소소한 풍경 묘사는 자기 안에 잠겨 있던 기억과 욕망을 조금씩 풀어놓는 과정으로 나아간다. 주인공과 아버지가 나누는 관계의 진전은 하루의 일상 속에서 자연스럽게 이루어진다. 주인공이 "지갑을 챙겨들고 나서면 어느새 아버지가 짐받이가 달린 동생 자전거를 끌고 털레털레 뒤따라"(17면)와서 각기 따로 헤어져 볼일을 보고 또 함께 돌아온다.

느리고 지루하게 반복되는 듯한 일상에서 잊고 있던 사소한 감각의 기쁨을 발견하는 가족들은 어느 순간 우연히 씨앗을 심고 지켜보는 과정을 함께하면서 서로의 존재를 실감하게 된다. 도쿄의 무료한 일상 속에서 뭔가를 키우고 싶었던 아버지는 시장에서 사온 꽃씨를 주인공과 함께 심는다. 꽃씨인 줄 알고 사온 것이 엉뚱하게도 시금치의 씨앗임을 뒤늦게 알게 되면서 주인공과 아버지가 공유했던 '파종'은 싱거운 소일거리가 되어버린다. 그러나 씨 뿌리는 시기도 못 맞추고 품종도 잘못 알고 있었던 이 엉뚱한 '파종'의 행위는 예견하지 않았던 소통의 활로가 된다. 씨앗을 뿌린 이는 아버지였지만 핀잔을 주던 동생도 슬며시 베란다에 신경을 쓰고 주인공은 시금치에 관한 책을 사와서 읽기 시작한다. 시간이 흘러 한국으로 돌아갈 날이 가까워오면서 자연스럽게 서로의 존재를 가슴에 품기 시작하는 이 담담한 발견의 과정은 어떤 극적 전개 못지않게 깊은 여운을 남긴다.

소설의 제목인 '파종'은 일상에 대한 발견의 기쁨과 소통의 희구를 함축하는 상징적인 행위로서 의미가 깊다. 인물들이 추구하는 공존의 세계는 한국으로 돌아오기 전 주인공과 아버지가 함께하는 식사 자리에서 상징적으로 드러난다. 시장을 보고 거리의 어느 음식점에서 '히또리'(한 사람)라고 말하는 주인공의 등 뒤에서 '후따리'(두 사람)를 외치는 아버지의 목소리가 들려온다. 부녀는 합석하고 함께 술잔을 기울인다. 이 장면은 가족의 울타리를 벗어나 개별적인 성인 존재로서 서로를 담담하게 마주 보는 한 풍경으로 가슴에 와 닿는다. "아버지와 나는 가끔 봉천동에서 우연히 만난다. 아버지는 나를 아는 척하지 않고 나 역시 이제는 무심히 아, 하고는 그냥 지나쳐버린다"(「나는 봉천동에 산다」, 『국자 이야기』 53면)라고 했던 오래전 장면을 떠올린다면 이 '후따리'의 세계로 건너오기까지 많은 시간이 흘렀음을 느낄 수 있다. 조경란의 소설은 망원경으로 멀리서 아버지를 바라보던 시간을 통과하여 이제는 각각의 고유한 존재로서 식탁을 마주하는 시간을 그려낸다. 각자의 불안과 고독을 간직하면서도 타인과 관계하는 접면을 부정하지 않는 것, 그것은 삶과 접속하는 소설의 힘에 대한 끊임없는 고민 속에서 진전되어온 성찰이라 할 수 있다.

고립된 개인의 내면에 대한 섬세한 응시와 존재의 실존적 탐구라는 주제를 천착해온 조경란의 소설은 집과 가족의 이야기를 중심으로 하여 관계와 소통의 질문을 새롭게 열어왔다. 운명적인 혈연 공동체의 테두리에서 벗어나 가족을 고독한 개별자의 세계로 바라보는 성숙한 시선은 응축과 여백의 이야기늘 속에서 노나튼 서사의 모험을 시작하고자 한다. 달에 가서 바다코끼리를 보는 환상의 여행은 현실에 묵직한 추를 드리운 간결하고 아름다운 서사를 통하여 새로운 영역으로 진입하는 듯하다. 그런 점에서 집으로 돌아오는 이 소설의 마지막 문장은 몇번이고 되새기고 싶은 깊은 여운으로 남는다. "그동안 허공을 날고 있었던 게 아니라 이 세계에서 자꾸만 미끄러지고 있었던 것일까요. 아무려나 지금은 집으로 갑니다."(35면)

白智延 | 문학평론가

미래를 생각하면 불안하지 않은 때가 거의 없는 것 같습니다. 이 시대에 이렇게 단편소설을 쓰는 것이 어떤 의미가 있을까, 하는 생각 역시 저에게는 마찬가지입니다. 지금까지 해오던 것과 달리 이 여섯번째 소설집을 내기까지는 시간이 꽤 오래 걸린 편입니다. 글쓰기란 무엇인가? 이런 질문에 한번 빠지면 헤어나오기도 어려워지는데다 글을 쓰기도 어려운 상태가 됩니다. 많은 시간들을 실제로 글을 쓰기보다는 그런 생각에 빠져 지낸 기분입니다. 그사이에도 무언가 한 게 있다면 매일매일 같은 일을 반복해왔다는 것 정도일까요. 이 여덟편의 단편들은 그러한 날들에 한 문장씩 천천히 쓰였다가 지워졌다가 지금의 형태를 갖추게 되었을 겁니다.

생각하고 읽고 쓰는 일도 하고 또 하면 어제보다는 나아질 수 있는 것일까, 예전처럼 의심하지도 기대하지도 않았습니다. 그저 매일 할 수 있는 일을 하려고 했을 뿐. 그래서인가, 지금 하는 일을 스스로 좋아하고 그것에 여전히 반해 있다면 앞으로도 계속할 수 있을 거라고 여기게 된 건 뜻밖의 위로처럼 느껴집니다. 이 소설집을 준비하던 시간은 내가 아직 이 일을 좋아하고 반해 있어서 언제까지라도 이렇게 살아갈 수 있겠구나, 깨닫게 해주었으니까 말입니다. 미래를 떠올리면 불안하지만 항상 내일을 생각합니다. 무엇을 하든 그래야 지금처럼 반복적으로 읽고 쓸 수 있게 될 테니까요.

책을 만들어주신 창비와 편집부에 특별한 고마움을 전합니다. 이 봄, 이 책으로 만나게 될 독자 여러분께도.

2013년 3월

조경란

수록작품 발표지면

파종 ……『문학의문학』 2009년 여름호

학습의 生 ……『문학과사회』 2010년 겨울호

봉천동의 유령 ……『현대문학』 2010년 1월호

단념 ……『문예중앙』 2012년 가을호

일요일의 철학 ……『현대문학』 2009년 3월호

밤을 기다리는 사람에게 ……『문학동네』 2012년 겨울호

옥수수빵 구워줄까 ……『현대문학』 2012년 1월호

성냥의 시대 ……『창작과비평』 2011년 가을호

일요일의 철학

초판 1쇄 발행 • 2013년 3월 15일
초판 2쇄 발행 • 2013년 3월 28일

지은이/조경란
펴낸이/강일우
책임편집/이상술
펴낸곳/(주)창비
등록/1986년 8월 5일 제85호
주소/413-120 경기도 파주시 회동길 184
전화/031-955-3333
팩시밀리/영업 031-955-3399 · 편집 031-955-3400
홈페이지/www.changbi.com
전자우편/lit@changbi.com

ⓒ 조경란 2013
ISBN 978-89-364-3724-4 03810